L'ÉCHARPE OUBLIÉE

LAURE DE PIERREFEU

City
Roman

ISBN : 978-2-8246-2095-4
Code Hachette : 63 6437 2
Collection dirigée par Christian English & Frédéric Thibaud
Catalogues et manuscrits : city-editions.com

Dépôt légal : Septembre 2022

Mon premier mort est une morte.
J'ai dix ans.

De retour des vacances de la Toussaint, nous entrons dans la classe, surpris d'y découvrir Mère Odile Marie, la directrice du primaire. Derrière elle, le tableau vert garde les traces de craie du dernier exercice achevé l'après-midi de la sortie, effacé en hâte d'un coup de tampon sec. On devine encore quelques chiffres. Il n'a pas été nettoyé ce matin, à l'eau. La date du jour n'est pas écrite, en haut à gauche et en toutes lettres, soulignée d'un trait tiré à la règle.

La directrice nous regarde en silence. Elle ne coupe pas de sa voix autoritaire le brouhaha qui s'enhardit, s'amplifie tandis que nous prenons place derrière nos pupitres. Elle porte une longue jupe plissée sans taille, un cardigan gris boutonné laissant affleurer sa poitrine qui tombe juste au-dessus de son nombril. Un chignon gris, une croix en argent.

— Vous pouvez vous asseoir.

Raclements de chaises et chuchotements faiblissent.

La classe frémit.

Mère Odile Marie joint les mains, ferme les yeux un court instant.

— Votre maîtresse, mademoiselle Fayet... ne reviendra pas. Elle est au ciel, aux côtés du Seigneur. Elle est morte.

Après un moment de silence, les premières questions, les premiers pleurs éclatent et se propagent de rang en rang. L'effroi est contagieux.

— Quoi ?

— Mais... Elle était pas vieille !

— Elle est morte comment ?

— On va avoir qui comme maîtresse, maintenant ?

— Mais non, on devait lui faire nos exposés cette semaine !

Je garde les yeux secs, rivés sur Mère Odile Marie. Avec dans la tête l'image de mademoiselle Fayet, là, au même endroit devant le tableau. Son petit carré de cheveux translucides. Le teint très pâle rosissant à tout instant. Elle n'était là que depuis quelques semaines. Nous étions sa première classe.

— Allons, je comprends que vous soyez bouleversés. Nous le sommes tous. Je vais vous expliquer, vous êtes assez grands pour savoir... mais taisez-vous un peu ! Mademoiselle Fayet a souffert d'une rupture d'anévrisme. Une artère dans le cerveau – c'est comme une veine – qui avait gonflé sans qu'elle le sache et qui a fini par éclater. Elle n'a pas eu mal, c'est toujours une bonne chose, merci mon Dieu... Elle était très jeune mais c'était son heure. On ne choisit pas.

Mère Odile Marie finit par tirer la chaise pour s'asseoir au bureau de la maîtresse. De mon pupitre situé au deuxième rang, je l'entends murmurer comme en elle-même :

— Vous ne pouvez pas comprendre…

À peine assise, la directrice se relève. Elle nous fait signe de l'imiter.

— Nous allons prier pour elle, tous ensemble.

Je vous salue Marie, pleine de grâce, le Seigneur...

Soudain, mon regard accroche une tache sombre, là-bas, sur le portemanteau à l'entrée de la classe. L'écharpe de mademoiselle Fayet. Je me souviens du jour où elle l'a portée pour la première fois, juste avant les vacances. Une écharpe tricotée au point mousse dans un ton de mauve.

Elle ne peut pas être morte puisque son écharpe est là.

I

Juste avant Passy, le métro s'arrête, dans le noir au milieu des voies alors qu'à quelques centaines de mètres seulement la ligne devenait aérienne. « Panne de signalisation », annoncent les haut-parleurs. Incident technique… Je lâche le poteau métallique qui garde un instant la trace de mes doigts, replie mon bras en frôlant plusieurs têtes sans en toucher aucune malgré l'affluence. L'avantage d'être grande, surtout l'été dans la moiteur des rames.

L'incident aura duré dix minutes. Erwan, sa mère plutôt, a l'habitude d'arriver en avance. J'aurai à peine le temps d'ouvrir le cabinet. Sortant de la station Cambronne, je presse le pas.

Notre immeuble date des années 1930, en briques et pierres de taille. Une plaque à l'entrée signale notre présence : « Cabinet de Psychothérapie – Graphothérapie – 1er étage ».

Isabelle n'est pas là. Comme tous les mercredis matin, elle enseigne à l'École de psychologues praticiens non loin d'ici. J'allume la salle d'attente, inspecte les toilettes, ouvre mon bureau, aère. Le dossier d'Erwan est déjà sur ma table, je l'ai sorti hier soir. Huit ans, CE2. Première rencontre en mars 2019 quand j'ai fait son bilan graphomoteur, suivi de séances hebdomadaires dont la dernière le 25 juin.

La sonnette ! Déjà…

Je désinfecte rapidement mes mains avec la solution hydroalcoolique qui jouxte le pot à crayons, et ferme la fenêtre.

— Claire !

Dans l'entrée, Erwan se jette dans mes bras. Sa joue gauche est percée d'une fossette qui se creuse et rayonne quand il sourit, et tout son visage rond s'éclaire. C'est bon de le retrouver, si détendu, confiant. Je le garde un bref instant serré contre moi avant de reculer, mes mains posées sur ses épaules :

— Tu as encore grandi cet été !

Sa mère, toujours discrète, acquiesce en souriant à son tour tandis qu'Erwan file dans mon bureau.

— On se voit à la fin de la séance ?

Elle acquiesce encore et entre dans la salle d'attente.

— Donne-moi tes cahiers, tout ce que tu as fait depuis la rentrée, et pendant que je regarde, raconte-moi tes vacances… C'était bien ?

Je n'ai pas grand-chose à voir mais hélas, les quelques lignes que j'ai sous les yeux confirment mes craintes. Erwan est un garçon appliqué mais les automatismes d'écriture peinent à se mettre en place. Ce qu'on croyait acquis a tendance à disparaître dès qu'on interrompt les séances.

— Tu en as bien profité, je suis contente. Maintenant on s'y met, d'accord ? Et on commence avec ?

— Le grand 8 couché !

Erwan est assis devant mon bureau, face à moi. Il a bonne mine. Ses cheveux bruns sont coupés très court mais un épi en haut du front fait un début de houppette à la Tintin. Il est massif pour son âge, à la fois rond, potelé même, et grand et costaud. Il a presque des mains d'adulte. Motivé, il prend une feuille blanche sur la pile à côté de lui, hésite entre deux crayons en plissant le front, puis commence à dessiner un 8 horizontal sur toute la largeur de la page. Il repasse sur les boucles d'un geste ample, plus assuré, de plus en plus rapide.

— C'est très bien, continue à t'échauffer comme ça. Souviens-toi, il n'y a que le bras qui bouge, pas le corps qui danse ! Et ne relève pas ton coude, il doit *gliiiiisser* sur la feuille. Mais tu connais tout ça par cœur…

— Ben oui !

— Comment est ton poignet ?

— Verrouillé ! Clic-clac-il-est-fermé-à-clé !

— C'est bien ça, bravo ! Encore un peu… c'est très bien…

D'un geste vif, j'attrape au vol son crayon. Il lève la tête, dépité.

— Oh non !

— Ce n'est pas grave, Erwan. C'est juste pour te montrer que si tu ne tiens pas ton crayon, ça ne peut pas marcher. C'est comme conduire une voiture sans tenir le volant. Tu dois le maîtriser.

— Mais un crayon, ce n'est pas un être !

— Un être ? Qu'est-ce que tu veux dire ?

— Ben…

— Une voiture, ça n'en est pas non plus…

— Ah oui !

Je le laisse poursuivre un moment car je sais qu'il aime cet exercice simple qui permet d'entrer dans la séance. Il est maintenant très concentré. Ses doigts saisissent plus fermement son crayon. Sa langue pointe entre ses lèvres serrées.

— Super. On enchaîne avec le petit 8 couché.

Il déplace sa feuille pour dessiner dans un coin un 8 d'un à deux centimètres, passant et repassant d'une boucle à l'autre. Pour cet exercice, ce sont les doigts seuls qui bougent afin de développer la motricité fine. Erwan a plus de mal. Il fronce et défronce les sourcils. Sa langue s'échappe vers un côté ou l'autre de sa bouche, ou trouve refuge à l'intérieur d'une joue, raide comme un piquet sous une toile de tente.

— Mais respire, mon grand !

Il éclate de rire, pose son crayon et lève les yeux vers moi.

— Depuis que je suis venu avant les vacances… Tu en as eu combien, des mamies qui sont mortes ?

— ...

Il me regarde en souriant, sans embarras ni provocation, sans tristesse. Je me rappelle ma surprise, et la sienne, quand je l'avais vu sortir d'une chambre à Saint-André au printemps dernier. Il avait couru dans le couloir avec le même sourire et s'était jeté dans mes bras. Un court instant je n'avais plus su où j'étais, ce que je faisais là. Seul importait ce corps d'enfant blotti contre le mien.

Je soutiens son regard et finis par lui répondre doucement mais fermement :

— Tu sais très bien que ce que je fais à Saint-André, ici, ça ne nous intéresse pas. Alors on continue et on va passer aux lettres rondes. Rappelle-moi, comment on commence un cercle ?

Il lève la main en répondant très vite :

— Comme un *C* !

— C'est ça, on attaque toujours de la même manière, par le côté – comme lui, je forme un *C* avec ma main levée – un *C* un peu crochu, tu vois, et hop, tu fermes !

Je prends une feuille et trace des lignes à la règle, sur lesquelles j'écris une première lettre : *a*, *o*, *q*, *d...*, et la lui tends avec un roller.

*

Erwan est parti lire des BD dans la salle d'attente. Sa mère assise face à moi paraît très jeune avec sa queue-de-cheval brune, épaisse et lisse, son visage hâlé sans aucun maquillage. Je lui montre les exercices de copie du jour :

— Vous voyez, pour les *t*, là, je l'ai laissé faire. Il lève systématiquement la main en cours de mot. Même chose pour les accents ou les points sur les *i* alors qu'on a travaillé tout ça avant l'été. Quand j'interviens, il rectifie et tout va bien. Mais ce n'est pas spontané, ça lui demande beaucoup de réflexion.

Lever la main ou pas, allonger la queue des lettres pour éviter la compression, commencer ses lettres rondes au bon endroit... c'est fondamental pour la fluidité de l'écriture. Quand j'ai fait son bilan en première séance, Erwan a obtenu des scores très bas dans les tests de vitesse : entre 20 et 30 lettres par minute là où l'Éducation nationale en attend à son âge 50 à 80.

— ... Erwan est un garçon intelligent et volontaire. Je ne suis pas inquiète. Mais il n'arrive pas à automatiser son geste, d'où sa lenteur. Il faut aller plus loin maintenant, pour mieux comprendre ses difficultés. Il y a à l'hôpital de Garches un centre de référence des troubles des apprentissages qui est excellent. J'aimerais qu'il y aille pour une évaluation.

— Pourquoi ? D'après vous, qu'est-ce qu'il a ?

La mère d'Erwan me regarde avec l'intensité que je retrouve souvent dans les yeux de son fils. Lors de notre premier rendez-vous, elle m'avait dit gravement : « Je ne comprends pas pourquoi la maîtresse veut qu'il voie une graphologue... » Je lui avais expliqué que la graphologie n'a pas grand-chose à voir avec la graphothérapie – la rééducation de l'écriture. Quand elle entrave la bonne marche de la scolarité, l'écriture est souvent le signal d'alerte d'un trouble d'apprentissage, lui-même la conséquence d'un trouble du développement neurologique.

— Rien n'est sûr... Je pense à un trouble de la coordination, qu'on appelle aussi dyspraxie. Erwan a du mal à créer les automatismes qui aident à faire les choses sans y penser. En gros, à chaque fois qu'il écrit, c'est comme s'il réapprenait à écrire. Il n'y peut rien. Ça lui demande beaucoup d'efforts et ça le fatigue énormément.

— Qu'est-ce qu'on peut faire alors ?

Inutile de l'affoler mais je sais déjà quel sera leur parcours du combattant. Je l'ai vécu avec ma fille cadette Charlotte, diagnostiquée dyspraxique en sixième.

— Erwan est jeune, c'est un atout formidable. Il a le temps de développer des stratégies de compensation. Pour l'instant, le plus important, c'est le rendez-vous à Garches. Il y a des mois d'attente mais je vous fais tout de suite un courrier pour un neuropédiatre que je connais bien. Ça devrait accélérer les choses.

En serrant la main de la mère d'Erwan, j'ai une soudaine envie de la rassurer. Lui dire que ma fille Charlotte va bien.

— Pour Garches, vous me tenez au courant, d'accord ?

*

La brasserie la plus proche du cabinet ayant changé de propriétaire, on a décidé avec Isabelle de lui redonner sa chance. Arrivée la première, je m'installe au fond de la salle. Dans le miroir proche, j'observe les reflets châtain clair pris par mes cheveux pendant les vacances. Mes yeux marron semblent s'être éclaircis, eux aussi. Le visage plus lisse, reposé… Un instant, je me crois revenue en Espagne où l'été paraissait ne jamais s'arrêter. Je me penche pour récupérer la nouvelle carte sur la table à côté quand Isabelle surgit et se laisse tomber sur la banquette, jetant près d'elle sac et cartable qui rebondissent légèrement.

— Hello Claire !

Isabelle a franchi la cinquantaine tandis que j'en approche mais l'écart apparent tient surtout à son refus de teindre ses cheveux. Mi-longs comme les miens, leur grisaille a l'aspect rêche d'une brosse métallique. Heureusement ses yeux verts et ses rides souriantes assouplissent son visage.

— ... Contente de me poser ! Grosse matinée aujourd'hui. Et toi ?

— Bien remplie aussi, finalement.

Après Erwan, j'ai reçu Mathis, Yohevin et Alexandre. Je dois encore voir Emma à 14 heures et ma journée sera terminée.

Je fais glisser la carte sur le côté.

— Alors, tes nouveaux étudiants, un bon cru ?

— J'ai l'impression. Encore quelques garçons de plus cette année, tant mieux !

Isabelle ne consulte qu'à mi-temps comme psychologue. Passionnée d'enseignement, elle donne des cours et elle en prend, depuis toujours. Combien d'années d'études au total… Quant à moi, ma profession de graphothérapeute est une vraie reconversion. Facilitée par une formation courte, complétée par un diplôme universitaire de « Psychopathologie des troubles intellectuels et cognitifs de l'enfant et de l'adolescent » à La Pitié-Salpêtrière. C'est là qu'Isabelle et moi nous sommes connues et qu'elle m'a proposé de partager son cabinet. Une collaboration dont je me félicite tous les jours.

Je lui raconte ma séance avec Erwan.

— Ça y est, j'ai parlé de Garches à sa mère. Je lui ai dit que ça ne servait à rien d'attendre.

— Tu as bien fait.

Isabelle a réalisé avant l'été le bilan psychométrique d'Erwan, ou test de QI. La plupart de mes patients ont un « haut potentiel intellectuel ». Ils sont ce qu'on appelait surdoués ou précoces. Pour la moitié d'entre eux, le geste d'écriture est simplement immature, en retard sur l'intellect, et la rééducation portera ses fruits. Pour les autres hélas, une dyspraxie crée les difficultés. L'analyse détaillée des tests qui composent un haut QI global permet souvent de la suspecter. En constatant les limites de la graphothérapie et en adressant Erwan à Isabelle, j'aurai accéléré son diagnostic. C'est déjà ça…

Le garçon approche avec une ardoise où sont inscrits les plats du jour. Brochette de bœuf et aile de raie aux câpres. On testera les deux.

Je reprends le fil de la conversation :

— Erwan était en pleine forme, ça faisait plaisir à voir. Tu l'aurais vu… incroyablement plus ouvert et sûr de lui qu'il y a quelques mois ! Il m'a épatée en me demandant combien de mamies étaient mortes à Saint-André depuis notre dernière séance… Dit comme ça, franco ! Il n'était pas du tout perturbé, au contraire. … Je t'avais raconté que je l'avais croisé là-bas un vendredi, non ? Il venait voir sa grand-mère.

— Je me souviens très bien.

Pensive, elle ajoute :

— Je ne sais pas comment tu fais pour y retourner toutes les semaines. Des patients compliqués, des situations dramatiques, j'en ai toujours connu. Mais ça, ça me dépasse...

Comme à son habitude, Isabelle a vite changé de sujet pour revenir à nos patients, le cabinet (la cage d'escalier de l'immeuble est dans un état qui lui fait honte), le quartier... Jamais rien de personnel. Je sais tout juste qu'elle vit avec un journaliste. Ils ont un fils unique qui habite Marseille. Jamais vu ni l'un ni l'autre. Tout comme Isabelle n'a jamais connu Vincent, mon mari, mort d'un arrêt cardiaque il y a deux ans. Elle n'aura vu que son cercueil le jour des obsèques et rencontré brièvement mes filles. Maud et Charlotte, alors âgées de dix-neuf et seize ans. Même si j'apprécie notre relation professionnelle, respectueuse et complice, je regrette parfois de ne pas pouvoir évoquer avec elle ma famille. Celle qu'elle était et qu'elle ne sera plus jamais.

*

Retour au cabinet. Dans le hall d'entrée de l'immeuble, Isabelle ouvre la boîte aux lettres :

— « Avis de passage ». Relevé des compteurs, vendredi 20 septembre.

— Tu vas devoir t'en occuper. Désolée...

Je ne suis jamais là le vendredi. C'est le jour de mon bénévolat à Saint-André.

Au pied de l'escalier, Isabelle pousse un soupir en hochant la tête, désignant du menton une fois encore l'état des murs. Après un dégât des eaux il y a un an, ils ont été grattés mais rien n'a été fait depuis. Ils sont bien secs maintenant… Et guère engageants pour nos visiteurs, c'est vrai. Mais j'aime leur surface un peu poudreuse, irrégulière, ces vestiges d'enduit et de peinture en plaques discontinues qui font une cartographie singulière. L'ensemble a pris un ton de pierre qui me rappelle ces églises byzantines de Cappadoce, où sur les murs d'une même teinte monochrome surgissent parfois des fragments de fresques, éclatants de couleur. J'ai toujours été émue par cette juxtaposition. Par ce qui a disparu et ce qui est resté. Laissant ma main glisser le long du mur, je monte à la suite d'Isabelle, reconnaissant du bout des doigts sur ce relief accidenté ses formes les plus marquées. Je pourrais les dessiner les yeux fermés.

2

La porte de la salle de soins se referme doucement derrière moi, presque d'elle-même. *Clonc.* Je vais prendre le couloir par la gauche, un rituel désormais. Je fais toujours ma ronde dans le sens inverse des aiguilles d'une montre. Saint-André est un hôpital bâti sur un plan circulaire : les chambres des malades se trouvent à la périphérie et possèdent toutes une fenêtre, ouvrant sur un jardin de près d'un hectare – un luxe en plein Paris. Les salles de soins et les bureaux sont plantés au centre. En suivant le couloir tout droit, on retombe toujours sur ses pas.

Derrière les portes closes ou juste entrebâillées se reposent des hommes et des femmes mais pas d'enfants. Des dizaines et des dizaines d'années de vies dont la plupart vont s'achever ici. La « Maison médicale Saint-André » est un hôpital qui ne dit pas son nom. C'est une grosse maison, entièrement dédiée aux soins palliatifs, et même la plus importante d'Europe. Intégrés aux équipes soignantes, plus de cent bénévoles s'y relaient pour soutenir les malades. Dont moi, chaque vendredi après-midi depuis quatre ans déjà.

À travers la porte fermée de la salle de soins, j'entends le rire sonore d'Aurélie. Nous avons pris un café toutes les deux avant le début des transmissions. Une fois la réunion terminée, je serais bien restée bavarder avec elle mais j'avais hâte d'entamer mon premier tour de piste. J'aime ce moment, quand l'équipe médicale n'a pas encore lancé les soins de l'après-midi. Les visiteurs sont rares. Je marche lentement, sans bruit dans le couloir désert. Les chambres se succèdent sous une lumière tranquille. Tout est calme, ralenti, tout commence et tout s'efface. L'heure n'aura bientôt plus d'importance. Le temps qu'il fait n'existera que dans le regard des malades quand il se dirigera vers la fenêtre. Je découvrirai alors, avec la même surprise, les feuilles des arbres scintillant au soleil ou ruisselantes de pluie. Je ne serai plus qu'un prénom épinglé sur un vêtement quelconque et pourtant je serai là, pleinement, comme je ne peux l'être nulle part ailleurs de cette façon. À ma place, comme on a coutume de dire entre nous.

Je fais ma ronde en jetant un œil discret à travers les hublots des chambres pour découvrir les nouveaux visages, repérer ceux qui dorment, ceux qui ont de la compagnie.

Je ne suis pas encore revenue à mon point de départ lorsque j'entends :

— *Claire !*

Aurélie avance vers moi avec autorité mais son sourire et ses sabots en résine violette désamorcent le caractère martial de sa démarche. Parvenue à ma hauteur, elle déclare d'une voix qui résonne un peu fort :

— Je voulais te dire… J'ai parlé de toi à M. Kashani et il t'attend !

Tête baissée, je déplie la petite feuille de calepin que je garde dans ma poche – une liste de noms et de numéros de chambre, quelques notes réduites au minimum – et la range aussitôt. Je sais déjà qu'il s'agit du patient de la chambre 118. Entré ici il y a trois semaines. Homme de pouvoir, il a paraît-il connu la prison et même la torture dans son pays d'origine, l'Iran.

— Je viens de lui dire qu'une super bénévole allait venir le voir et il avait l'air ravi, poursuit-elle sur le ton de la confidence maintenant. Alors vas-y vite, ma grande. Je t'ai dit, passé le premier abord, c'est un vrai gentleman.

J'apprécie la délicatesse d'Aurélie. Elle sait qu'il y a deux semaines, j'ai vu M. Kashani pour lui proposer « une petite visite ». Il a refusé d'un ton sans appel, tout comme la semaine suivante, sans faire usage de ces « Je suis fatigué… », « Un peu plus tard peut-être ? » qui parfois servent à gentiment nous congédier.

Je regarde par le hublot dont le volet est ouvert côté chambre. M. Kashani est allongé torse nu, un bras derrière la tête, les jambes à l'air, maigres et nues elles aussi. Sous le drap bouchonné apparaît par endroits le bord de sa protection – pas question ici d'employer le mot « couche » – mais dans sa posture, aucune honte. L'image me saisit chaque fois avec la même intensité : un Christ en croix, le drap comme un suaire enroulé autour de la taille, les pieds posés l'un sur l'autre. Une sérénité à découvert qui contraste avec la première fois que je l'ai vu, quand sa maigreur s'enfouissait sous les draps.

Je prends une inspiration profonde comme du haut d'un plongeoir, et pousse la porte.

— Bonjour monsieur. Je suis Claire, de l'équipe des bénévoles…

Je ne sais pas pourquoi je dis toujours « Je suis Claire », à l'anglaise. Il n'y a qu'ici que je me présente de cette manière. Tout en prononçant ces mots, devenus comme une seconde peau, je presse le bouton à côté de la porte. Une lumière orange va s'allumer dans le couloir, signalant ma présence dans la chambre. Gestes, mots, démarche, regard, sourire, je ne pense à rien d'autre. L'entrée en matière est capitale. Cette fois, j'ai prévu d'ajouter « Aurélie, l'infirmière, a dû vous dire… » mais M. Kashani me devance d'un léger hochement de tête. Il fait un geste de la main pour m'inviter du bout des doigts à m'approcher. Un sourire flotte sur ses lèvres étirées. Sans le quitter du regard, je ferme la porte et j'avance. J'entre et j'oublie tout ce que je viens d'entendre lors de la réunion de transmission avec les soignants, j'oublie ce que m'a dit un peu plus tôt Édouard, le bénévole du matin, pendant la réunion d'équipe.

Je ne reste jamais longtemps debout, préférant me situer à hauteur de regard. Saisissant une chaise laissée au pied du lit, je m'apprête à demander à M. Kashani s'il me permet de m'asseoir près de lui, et de quel côté du lit. Il y a des côtés souvent plus confortables que d'autres pour un cou fatigué, un œil qui voit moins bien, une oreille plus faible, et des contre-jours mordants qui peuvent devenir insupportables. Il me regarde soulever la chaise quand tout à coup son visage se transforme. D'un geste impérieux, les yeux brillant d'une fureur soudaine, il me fait signe de dégager ! Aucune ambiguïté ! Son menton s'est relevé, son dos s'est redressé, son bras, démesuré, est sorti de sous sa tête. Il dessine un demi-cercle d'une ampleur théâtrale, plie et se déplie sèchement, index pointé en direction du couloir. Avec une vigueur retrouvée, une majesté nouvelle, M. Kashani grandit sur son lit et m'ordonne, sans un mot, de prendre la porte… et le plus vite possible ! Je repose la chaise sans me préoccuper de la laisser en plein milieu et quitte la chambre, sans baisser les yeux mais sans défi non plus.

Je m'assieds sur un banc dans cette zone élargie du couloir qu'on appelle le coin famille, heureusement vide à cette heure. Pour une première visite aujourd'hui, elle est raide ! Jamais été reçue comme ça. J'ai beau savoir que je n'y suis pour rien, il me faudra un peu de temps pour recouvrer mes esprits.

Je reprends ma ronde, sans avoir l'intention de raconter la scène à qui que ce soit. Mais quand je passe devant la salle de soins Aurélie m'aperçoit. Elle est en grande discussion avec Lionel, un aide-soignant d'origine togolaise proche de la retraite, un pilier de Saint-André. Elle s'interrompt et me fait signe. J'ouvre la porte avec mon badge magnétique – une nouveauté depuis la rentrée, pour empêcher les vols de produits stupéfiants. « Alors ? » Je décris l'accueil et le renvoi presque immédiat de M. Kashani en mimant ses gestes, dans toute leur spectaculaire amplitude. J'en rajoute même un peu, ce qui me vaut un éclat de rire de Lionel et un sourire amusé d'Aurélie. Je ris aussi mais suis encore un peu vexée malgré tout. À l'issue de la réunion d'équipe de 13 heures, Édouard m'a parlé des « conversations passionnantes » qu'il a chaque vendredi matin avec M. Kashani. Édouard est un ancien cadre dirigeant. Il m'énerve avec sa componction, cette façon qu'il a de toujours vivre des expériences essentielles. Comme s'il touchait à chaque visite au cœur de la condition humaine.

À quelques pas de la salle de soins, dans la petite cuisine du coin famille, tout est en place. Thé, café, infusions sont à la disposition des visiteurs. Je pose ma main sur le pot en verre. Le café est encore chaud. J'en referai un peu plus tard, en petite quantité car les candidats se raréfient quand le jour décline. Je déplie discrètement ma liste. Il y a eu deux entrées dans le service ce matin, Mme Diolet et M. Malcor. Édouard a « fait l'entrée » pour la femme mais pas pour l'homme car il dormait. Plus de quatre-vingt-dix ans, veuf, trois fils dont deux en région parisienne. 126, sa chambre est juste en face.

En approchant, je constate par le hublot qu'il dort encore. Personne à ses côtés. Il est sur son lit, tout habillé, comme posé sur les draps qui n'accusent pas son poids. Des chaussettes sombres. Un pantalon à pinces, du même ton d'un beige crème colonial que sa chemise à manches longues, impeccablement repassée. Sa poitrine se soulève à intervalles réguliers sans y faire aucun pli.

Autour de lui, rien. Ni sur la table de nuit ni sur le fauteuil, les étagères, la table roulante poussée le long du mur. Juste une valise noire devant le placard. Vide ? Les infirmières auront-elles rangé pour lui ses affaires ? Pleine ? Comme si, son état s'étant stabilisé, il attendait sagement de retourner chez lui.

J'approche encore et j'aperçois une écharpe, un foulard plutôt, bleu ciel, enroulé sur la patère près de la fenêtre. Un imprimé difficile à distinguer à cette distance, se détachant à peine du bois blond des lambris. Inhabituel en cette saison. Comme abandonné, là-bas tout au fond.

La main sur la poignée de la porte, quelque chose en moi vacille, j'ai une soudaine envie d'avancer, franchir le seuil. Faire entrer dans cette chambre un peu de l'animation des couloirs et des chambres alentour. Chasser le silence et l'immobilité.

… Qu'a dit l'infirmière coordinatrice, tout à l'heure en réunion de transmissions ? Un homme « difficile à cerner », « pas simple à mon avis… ». Peu bavard. On ne sait pas s'il souffre et encore moins de quoi.

Je retire ma main en reculant. Je reviendrai dès qu'il sera réveillé.

*

Chambre 125, un dos bien droit et une chevelure d'un roux vaporeux. Joséphine est assise au bord du lit, tournée vers la fenêtre. Je me réjouis de la trouver seule car c'est un délice de lui rendre visite ! Âgée elle aussi de plus de quatre-vingt-dix ans, elle est entrée ici il y a un mois pour un « séjour de répit » à la suite d'une infection dont j'ignore les détails. Elle n'est pas en fin de vie et attend le feu vert de l'assistante sociale pour retourner chez elle, le temps de mettre en place les aides à domicile qui lui sont nécessaires.

J'apprécie de ne pas devoir suivre de programme de visites. Les bénévoles sont libres de naviguer à leur guise. Et si on ne se sent pas bien, pas à sa place dans une chambre, mal à l'aise, on sort, c'est aussi simple que ça. Ou comme on nous le répète souvent, on « écoute son ressenti ». C'est une mesure de protection mais c'est aussi un luxe dont je crains parfois d'abuser. De la liberté de sortir à celle de ne pas entrer... Il y a des portes plus dures à pousser que d'autres.

Je me souviens d'un homme qui avait une trachéotomie, dont j'avais sciemment ignoré la chambre, impressionnée par le tuyau qui lui sortait du cou. Aurélie m'avait prise un jour par le bras et m'avait dit : « Je rentre avec toi, c'est trop dommage. Ce monsieur est adorable mais il est très seul. Tu vas te régaler et lui aussi... » J'étais devenue bénévole peu de temps avant et connaissais à peine Aurélie. Cette façon de me bousculer sans reproche avait scellé notre amitié. Elle avait raison. J'ai passé dans cette chambre des heures dont je garde encore la chaleur au fond de moi. J'entends encore la voix de cet homme, métallique, rauque et stridente à la fois, pleine de tendresse et de reconnaissance. Parmi tous les malades que j'ai vus depuis quatre ans, il y a ces rencontres un peu particulières, ces petits feux intérieurs qui ne s'éteindront jamais.

Toujours plantée devant la porte 125. N'y a-t-il pas un malade qui aurait plus besoin de compagnie ? Une famille à soutenir ? Après le renvoi brutal de M. Kashani, je me donne le droit et toque doucement avant d'entrer. J'écoute mon ressenti…

— Bonjour Joséphine. Je suis Claire, de l'équipe des bénévoles…

Elle m'avait dit la première fois : « Ah non, soyez gentille, appelez-moi par mon prénom ! »

— Ah, c'est vous, quelle bonne surprise ! dit-elle en se retournant. C'est charmant de venir me voir ! Je vous en prie, asseyez-vous…

Je m'installe dans le gros fauteuil dans lequel elle fait souvent la sieste. Comme à son habitude, Joséphine est pimpante, tirée à quatre épingles. Le coiffeur a dû passer ce matin dans sa chambre. Devant mes yeux s'offre un festival de couleurs : la mise en plis roux-brun, bien soufflée, dont les cheveux fins et clairsemés peinent à recouvrir le crâne ; les deux pulls superposés, un coquet *twin-set* turquoise où je remarque, attendrie, un petit trou au coude gauche ; les grosses boucles d'oreilles en or pesant lourdement sur des lobes imposants mais presque translucides, comme de la pâte à tarte trop étirée ; le rouge à lèvres fuchsia qui déborde de la lèvre supérieure. J'imagine Joséphine l'appliquant d'une main tremblante, avec la concentration d'une enfant attentive à ne pas dépasser les lignes d'un coloriage ardu.

Je me relève d'un bond et me penche vers elle :

— Je ne vous avais même pas embrassée !

Rosissante et ravie, elle se laisse faire puis ordonne gentiment :

— Allez, racontez-moi ! Vos filles…

Un bénévole ne parle pas de lui en théorie. Il est là pour écouter. C'est vrai mais il y a des cas où une forme de réciprocité s'impose, comme avec Joséphine.

Je donne des nouvelles de Maud et Charlotte, sensiblement les mêmes que vendredi dernier.

— Et vous, comment allez-vous ?

Avec un malade en fin de vie, j'aurais évité cette phrase. J'aurais dit : « Comment vous *sentez*-vous *aujourd'hui* ? » Ce sont des nuances qui sont devenues des réflexes avec le temps.

Joséphine me raconte les démarches de l'assistante sociale, dont je suis bien au fait mais que j'écoute avec attention. Derrière ces mots choisis, articulés avec lenteur, derrière cette syntaxe impeccable et désuète et tous les détails qu'elle véhicule avec une précision exquise, transparaît un vrai plaisir de la conversation et du temps partagé. Je pourrais rester des heures à l'écouter parler.

Elle s'interrompt par moments pour me prendre la main, et à témoin de ce qu'elle affirme avec ardeur. J'admire son assurance, cette façon qu'elle a de relire les événements récents à l'aune de sa seule volonté, comme si elle contrôlait encore le cours de sa vie. Il est vrai qu'elle a réussi à imposer son choix de retourner chez elle alors qu'elle devait partir en Ehpad. L'assistante sociale se démène pour elle depuis deux semaines. Mais je perçois aussi son appréhension à l'idée de revivre seule… Et pour combien de temps ?

Une inquiétude qui surgit parfois au détour d'une phrase, comme un petit accroc dans un vêtement élégant, un rouge à lèvres qui déborde… Elle n'en dira rien aux soignants, j'en suis convaincue. Tandis que l'absence de blouse et de pouvoir de décision facilite les confidences.

Je profite d'une pause dans son récit pour regarder autour de moi. Elle a peu personnalisé sa chambre pour bien marquer qu'elle est ici de passage. Pas de photos, cartes ou dessins d'enfants affichés sur les lambris. Peu d'effets personnels sur les étagères. Mais sur la table de nuit, près d'un téléphone portable à grosses touches, repose un cadre photo. Le portrait noir et blanc d'un homme au visage concentré, assis derrière un bureau Empire, apparemment surpris dans son travail, le stylo-plume à jamais figé en l'air. Joséphine repère mon coup d'œil et son visage s'éclaire.

— C'est cette photographie que vous regardez ?

— Oui. Votre mari, n'est-ce pas ? Bel homme…

— Ah oui ! Je vous ai raconté la façon dont nous nous sommes fiancés ?

Je l'encourage d'un haussement de sourcils et d'un sourire.

— Vous savez que j'ai toujours vécu à Saint-Germain-des-Prés...

Je sais aussi qu'elle a longtemps travaillé dans la mode. À la fin de sa carrière, elle était l'assistante personnelle d'un couturier célèbre.

— Nous étions toute une bande à l'époque, nous sortions beaucoup. Nous nous amusions follement ! Et puis Claude est arrivé, discret, il était un peu plus âgé et travaillait à la Banque de France... Un banquier ! Vous vous rendez compte, pour moi qui venais tout juste de commencer chez *Vogue* ? J'y suis entrée le 1er avril 1952 et ce n'est pas une plaisanterie ! Avec son air sérieux et ses lunettes, je l'ai à peine remarqué... Mais lui oui, il faut croire que je lui ai même tapé dans l'œil si vous me pardonnez l'expression ! Et... pour me faire la cour, vous ne devinerez jamais ce qu'il a fait ?

— ?

— Eh bien il est allé voir le curé de Saint-Germain-des-Prés, rien que ça ! Il lui a dit qu'il venait se renseigner sur les démarches à effectuer pour se marier. Claude n'avait déjà plus ses parents, il ne devait pas trop savoir comment tout cela s'organisait... Bref, il va voir le père Philibert (qui est devenu un de nos bons amis, un homme tout à fait merveilleux) et il lui demande tout un tas de choses... À un moment de la conversation, le père Philibert lui dit qu'il souhaite bien sûr rencontrer la fiancée dès que possible, et là, Claude rougit (c'est ce qu'il m'a raconté)... et le père comprend que je ne suis pas au courant !

— Comment ça ?

— Mais je ne savais rien du tout ! Nous nous connaissions à peine, nous avions à peine échangé trois mots ! Le père Philibert demande alors : « Vous dites

que Joséphine ne sait rien de vos projets de mariage ?
— Non... justement... si vous pouviez lui parler... ?
— Attendez... si je comprends bien, c'est une demande en mariage que vous voulez que je fasse ? À *votre* place ? » Il a, paraît-il, éclaté de rire devant la mine penaude de mon Claude qui n'en menait pas large. Il en riait encore à chaque fois que nous l'invitions à dîner ; et nous aussi d'ailleurs...

Joséphine s'interrompt pour s'essuyer les yeux du bout des doigts, et répète d'une voix raffermie :

— *C'est une demande en mariage que vous voulez que je fasse ?*

Son rire traverse par vagues tout son corps délicat sans en affecter le maintien. Nous laissons la phrase résonner longtemps dans la chambre. Je dois avoir sur le visage la même expression hilare, le même ravissement qu'elle tandis que nous nous regardons. Puis dans un grand soupir, elle ajoute :

— Que c'était amusant... ! C'est ça, la vie, c'est toujours voir le côté *a-mu-sant*, vous ne croyez pas ? Sinon, quel intérêt ?

J'acquiesce vivement, heureuse d'y croire à mon tour, en cet instant, dans cette chambre.

*

Le lit est lourd. Il y a toujours ce moment délicat, en sortant, où il faut lui faire passer sans élan le seuil métallique de la cage d'ascenseur. C'est bon, je l'ai tiré vers moi sans à-coup, M. Besse n'a rien senti. Je le pousse, maintenant. Heureusement le couloir est large et sa courbure est faible. Il n'empêche, ce lit est un mastodonte sur roues qui braque difficilement, m'obligeant à faire de temps en temps marche arrière. Un parcours épineux car il faut empêcher la poche d'urine qui pend sur le côté de se prendre dans les roues.

J'emmène M. Besse en promenade dans le jardin sans qu'il ait à bouger de son lit.

Régulièrement, je commente en me penchant vers lui : « On va prendre l'ascenseur pour descendre », « Nous sommes au rez-de-chaussée »... Des phrases simples, rassurantes, où les mots comptent moins que l'intonation qui les porte. M. Besse est parfois bien présent, comme tout à l'heure dans sa chambre quand je lui ai proposé de sortir, parfois confus sous la morsure des métastases qui colonisent son cerveau.

Il est pour l'instant dans un état d'hébétude qui paraît s'accentuer quand nous passons les portes coulissantes. Le bruit de la rue proche le fait tressaillir, comme un retour de bande-son après une longue coupure. Un vent modeste s'est levé sur le jardin depuis le début de l'après-midi. J'inspire à pleins poumons, heureuse d'en chasser l'air confiné des chambres. M. Besse porte une blouse légère qui s'ouvre dans le dos, fournie par la maison. Je remonte sa couverture jusqu'au menton, repousse une mèche de cheveux de son visage, impassible, encadré d'une abondante chevelure blanche. C'est un ancien ouvrier de l'industrie automobile d'une soixantaine d'années. Renault ou Peugeot, je ne sais plus. Il y a fait toute sa carrière comme il me l'a raconté vendredi dernier.

Il regarde autour de lui en tendant le cou de droite et de gauche mais reste calme tandis que je m'arc-boute sur le bois du lit. Nous empruntons l'allée principale. Le ciel est voilé, d'un blanc laiteux uniforme. Nul besoin de chercher une place à l'ombre. Je m'arrête au premier endroit disponible, un espace cimenté bordé d'arbres où deux chaises vides ont été laissées en vis-à-vis.

— On va se mettre ici si vous voulez ?

Je bloque les freins du lit et rapproche une chaise. Une tiédeur encore estivale imprègne mon visage. J'espère qu'il la sent, lui aussi. Partout dans le jardin, des groupes épars de malades et d'accompagnants sont rassemblés sur des chaises, près d'un lit ou d'un fauteuil roulant, ou sur des bancs d'où s'élève par endroits la longue tige d'un pied à perfusion. La rumeur de la rue couvre les conversations. D'ici la vue englobe le bâtiment et sa centaine de chambres mais ce sont les feuilles d'un tilleul, oscillant au-dessus de nos têtes, qui retiennent l'attention de M. Besse. Comme lui, je les observe se mouvoir sur le ciel opaque, fluides et solidaires comme un banc de poissons. Et je l'entends déclarer :

— Elle est bien, cette résidence. Tous les habitants sont du quartier ?

Je redoute toujours un peu d'être interrogée sur Saint-André. Mais je sais maintenant que les malades posent en général les questions dont ils connaissent et ont assimilé les réponses. Ils ne posent pas celles pour lesquelles ils ne veulent rien savoir, quelle que soit l'évidence. La plupart du temps, quand on me demande : « Où est-ce que je suis, c'est quoi cet hôpital ? », je réponds : « Un établissement de soins où on va s'occuper de vous pour que vous soyez bien… », et ça s'arrête là. Une fois, une malade m'a dit en me dévisageant brutalement : « C'est un mouroir ici, n'est-ce pas ? » Je n'ai rien répondu, incapable de prononcer un mot, mais en soutenant son regard, je laissais la porte ouverte… Je me souviendrai toujours de ce face-à-face. La femme avait posé la main sur sa poitrine, lentement, puis elle avait changé de sujet.

Je réponds à M. Besse :

— Les habitants ? Ils sont d'un peu partout…

Devant son absence de réaction, je poursuis :

— Oui, le jardin est agréable, n'est-ce pas ?

Il plonge à nouveau dans une torpeur qui fait ployer ses paupières. Je cale mon dos contre la chaise, prête à attendre en silence le temps qu'il faudra.

Mais il ouvre tout à coup les yeux, harponne les miens et demande d'une voix forte, agressive :

— Mais où est-ce que tu as garé la Mercedes ? Enfin !

Je sursaute.

— C'est… important pour vous qu'elle soit bien garée, la Mercedes ?

— Tu parles !

Après un moment de silence, il ajoute sur le même ton :

— J'avais dit 16 heures, pas plus tard !

— En effet…

Il se lance alors dans des explications véhémentes où l'agressivité cède peu à peu la place à l'exaltation, ponctuée de ricanements retentissants ou de marmonnements sourds, inintelligibles. Tout est de plus en plus incohérent. Je ne cherche pas à comprendre. Ce n'est ni comique ni tragique, c'est une autre langue. Les mots assemblés sans logique apparente prennent une saveur étrange, une vie nouvelle d'objets sonores indépendants. Ils se bousculent sans vouloir s'arrêter ne serait-ce qu'un instant. Son visage mobile accompagne son discours. Froncements de sourcils, immenses sourires, moues… Les expressions passent à une cadence inhabituelle comme un ciel en accéléré aux couleurs changeantes, traversé de nuages filants. Et toujours ce regard fixe planté dans le mien. C'est à moi qu'il s'adresse même s'il ne me voit pas.

Touchée par la force de cet abandon, je lui ai pris la main qu'il serre avec vigueur et je hoche de temps en temps la tête, en cadence, portée par la musique des phrases, les émotions. Improvisant par petites touches avec des « Hmm… », des « Ah ! », je laisse couler le flot tant qu'il est là.

*

J'ai raccompagné M. Besse dans sa chambre. À l'étage de mon service se trouve la salle des bénévoles. J'y entre. Personne. J'en profite pour prendre mon téléphone portable dans mon sac, rangé dans le placard. Bientôt 17 heures. Mails, messages, je fais un tour rapide. Rien de saillant. Je le remets en place. Coup de barre… Je rassemble deux chaises pour m'allonger à moitié quand j'aperçois sur la table basse un petit bouquet de fleurs dans un vase. Je dois « faire l'entrée », accueillir le nouveau malade de la chambre 126… Je l'aurais presque oublié.

Mon vase de fleurs en main, je regarde une nouvelle fois par le hublot. La chambre est plongée dans la pénombre, stores baissés. La valise n'est plus à côté du placard. M. Malcor est toujours bien droit sur son lit, il n'a pas dû bouger d'un pouce depuis le début de l'après-midi. Je m'apprête à tourner les talons lorsque je remarque ses yeux grands ouverts. Que fixe-t-il ? Que ressent-il depuis son arrivée, aujourd'hui… ? D'où vient-il ? De chez lui ou d'un hôpital, je ne sais pas. J'ai relu mes notes : plus de quatre-vingt-dix ans, veuf, trois fils dont deux en région parisienne. C'est tout et c'est bien assez.

Je pousse la porte.

— Bonjour monsieur. Je suis Claire… Je fais partie d'une équipe de bénévoles. Nous assurons une présence auprès des malades et des familles dans tous les services, tous les jours. Disponibles pour vous…

— Bonjour madame.

Sa voix de basse me surprend. De faible intensité mais sa netteté et son timbre lui donnent une ampleur, une plénitude qui rappelle celle d'un violoncelle.

J'avance d'un pas.

— Je vous souhaite la bienvenue à la Maison médicale. C'est une tradition de notre équipe d'offrir un petit bouquet de fleurs le jour de l'arrivée.

— Merci beaucoup.

Je désigne la table roulante, placée le long du lit, côté fenêtre.

— Je le pose là ?

— Très bien.

Je pourrais informer dès maintenant M. Malcor de l'existence ici d'un atelier d'art-thérapie, d'une bibliothèque, d'une chapelle, de la présence possible de représentants de tous les cultes, évoquer les promenades dans le jardin ou même dans les couloirs, mais ce n'est pas le moment. Pas le premier jour. La fatigue du transport, l'adaptation à un nouvel environnement… Demain un autre bénévole prendra le relais pour « terminer l'accueil ».

Tandis que je contourne le lit, je capte son regard. Des yeux bleu clair voilés de gris qui accompagnent tous mes mouvements, où je crois lire un questionnement. Je m'arrête et demande doucement, sans détour :

— Souhaitez-vous que je passe un moment avec vous ?

— Comme vous voulez.

La plus embarrassante des phrases… Je dépose le bouquet sur la table et me place face à lui, au pied du lit.

— C'est ce que vous voulez, vous, qui est important.

— Je suis épuisé…

Ces mots devraient sonner comme un congé mais quelque chose me retient. L'épuisement qui émane de ses yeux, en effet. La détresse, qui passe par cette façon de fixer l'autre sans ciller. Nul besoin de défense puisque rien ne peut plus jamais vous atteindre. J'imagine mes pupilles en train de se dilater tandis que j'en absorbe la charge et qu'à l'intérieur de moi un vide étrange m'envahit. Je ne demande plus rien, je m'assieds dans le fauteuil roulant près du lit en disant tout bas :

— Je vais rester près de vous. En silence si ça vous va.

Il acquiesce d'un battement de paupières et ferme les yeux.

Un profil accentué par les ans et par la maladie. Un nez fort et droit, les narines légèrement dilatées d'où s'échappent quelques poils drus, noirs ou blancs, comme si chez lui le gris n'existait pas. J'aperçois aussi quelques poils blancs très pâles sur le dessus du nez, vers sa pointe : une petite touffe d'apparence soyeuse, inattendue. Ses cheveux blancs sont fins, raides et plaqués en arrière mais ils forment quelques bouclettes d'une délicatesse enfantine au contact de l'oreiller. Il est maigre mais je pressens qu'il a toujours été longiligne. Sur son pantalon de toile beige, la ceinture est bouclée au cran le plus serré. Le cuir est encore frais. On aperçoit les marques anciennes juste à côté.

Je cale ma respiration sur les mouvements réguliers de sa poitrine. Mon crâne repose sur l'appuie-tête de mon fauteuil coquille, un siège enveloppant et confortable qui sert au transport des malades. Mes paupières se ferment.

Lorsque j'ouvre les yeux, j'aperçois le visage de M. Malcor tourné vers moi. Sa voix ample et grave me surprend une nouvelle fois.

— J'ai quatre-vingt-onze ans, je suis né dans une famille unie et j'ai eu la chance de former à mon tour une famille unie. Mes enfants vont bien. Ma femme est morte il y a un an après soixante-cinq ans de mariage, et moi, je suis malade, je me dégrade un peu plus chaque jour. Je sais parfaitement ce que je fais ici. Je suis prêt… J'attends.

— Vous attendez ?

— La mort.

Rares sont les malades qui la nomment. L'adjectif, passe encore, mais même les soignants et les bénévoles ont du mal avec le substantif, préférant décès, départ, dernier souffle, fin… Pas moi, et depuis toujours. Je me sens tout à coup pleine d'une gratitude dont la vigueur m'étonne. Je répète sans réfléchir :

— La mort…

Un éclair de reconnaissance traverse son regard. Il se redresse et remonte son oreiller.

— Vous comprenez, qu'est-ce qui me reste, maintenant ? Regardez-moi !

Il tire le tissu de son pantalon à la hauteur des cuisses pour me montrer le vide, le flottement. Sur son visage, l'impuissance et l'effroi. Je les reçois le cœur serré tout en soutenant son regard. Je n'ai pas de point de comparaison. Ce qui est révoltant pour lui ne l'est pas pour moi. C'est ce qui me permet de faire face à tous ces corps, tous ces visages chaque vendredi, même les plus diminués. Quand j'entre dans une chambre, je n'ai pas ce mouvement de recul que peuvent avoir les proches, qui fait si mal.

Il élève maintenant les bras, doucement. Les manches de sa chemise se baissent et les poignets se découvrent. Il les regarde et me regarde pour me dire « Vous voyez ? », en les enserrant tour à tour de ses doigts effilés. Il répète ce geste plusieurs fois dans une chorégraphie lente qui m'est destinée. J'ai envie de saisir ses bras pour les aider à redescendre sur le lit mais j'attends. C'est tout ce que j'ai à offrir. Il finit par les poser et il me dit :

— Je suis en train de devenir aveugle, vous savez... Ça empire de jour en jour. C'est insupportable. Je ne peux plus lire, c'est fini... Tenez, je devine que vous avez une étiquette accrochée à votre chemisier mais je ne vois rien. Juste un rectangle blanc.

Je touche machinalement mon badge, un simple carton plastifié.

— Mon prénom et le logo de la maison.

Je sens qu'il ne faut pas trop en dire. Qu'il puisse s'épancher, autant qu'il le désire. Mais il ferme les yeux et se laisse glisser sur le lit, recouvrant sa position initiale.

— Je vous ai dit, je suis épuisé... Ça ne va pas aller en s'améliorant, soupire-t-il en esquissant un sourire.

J'hésite à partir. Prenant appui sur les accoudoirs, je me redresse et avance dans mon fauteuil. Le mouvement de mes cuisses fait crisser le Skaï de l'assise. M. Malcor tourne aussitôt la tête et me regarde. Je m'arrête, et me renfonce dans la coque de mon siège.

Ses yeux sont à nouveau fermés mais sa respiration est courte. La tension est manifeste, comme si à l'intérieur de son corps tout s'était tapi sous la surface, les capteurs en alerte, alors que tout à l'heure il se recroquevillait en lui dans une respiration profonde.

Je ne fais plus un geste. Mon regard se perd vers la fenêtre où j'aperçois le jour qui baisse.

Des yeux, je reviens vers le lit. Son bras plié est appuyé sur sa poitrine. L'autre est tout près de moi, étendu le long du corps. La paume tournée vers l'extérieur, offerte.

Du bout des pieds je rapproche mon fauteuil en faisant tourner les grosses roues silencieuses. Ma main se pose, timide, sur son avant-bras et descend vers la sienne quand tout à coup ses doigts se dressent pour agripper les miens. Il serre maintenant ma main très fort, sa paume plaquée contre ma paume. Je me lève de mon fauteuil, bouleversée par cette main dans la mienne. Je tourne la tête vers lui et découvre les larmes au coin de ses paupières fermées, deux petits filets qui s'écoulent en silence, se perdent dans son cou avant d'être absorbés par le tissu des draps. Je reste quelques instants suspendue, ni assise ni debout, saisie par l'émotion. Lentement son avant-bras se soulève, mon bras pivote, je me retrouve face à lui tandis qu'il pose sa main toujours fermement agrippée à la mienne sur sa poitrine. Je sens ses côtes saillantes, mes doigts s'y placent naturellement et bougent au rythme de sa cage thoracique. Son souffle est court, heurté. Sous ma main son cœur martèle et accélère. Je m'assieds au bord du lit, tout contre lui, penchée vers lui. De ma main restée libre je cherche la sienne, l'autre, et la serre à mon tour. Nos avant-bras se rejoignent, nos visages se rapprochent. J'ai du mal à respirer et à retenir mes larmes. J'accentue la pression de mes doigts.

Il ouvre les yeux et me regarde. Un cri silencieux, qui se transforme en sanglots. Les miens et les siens. Je pleure avec lui sans retenue, secouée de tremblements, sans essuyer les grosses gouttes qui s'écrasent sur son torse.

Jamais ici je n'ai pleuré comme ça.

Nos sanglots s'apaisent. M. Malcor déplie ses doigts. Je redresse mon buste.

— Je vais me reposer maintenant. Ça va aller. Merci… Merci d'être venue.

— Je… passerai vous dire au revoir avant de partir.

Je quitte la chambre à reculons, ferme la porte sans bruit.

La lumière du couloir me fait plisser les yeux. Baissant la tête, je marche en direction de la salle des bénévoles d'un pas dont je contiens difficilement l'impatience.

Me retrouver seule.

La porte de la salle est entrebâillée, je passe une tête. Anne-Laure est là, avec Yves, le coordinateur des bénévoles. Je recule. La bibliothèque à côté semble vide, lumières éteintes. Je m'y réfugie. Assise à une table, je laisse éclater les sanglots qui sont revenus en force. Je ne cherche pas à en analyser la cause, je ne sais pas ce que j'éprouve, je suis simplement submergée. La tête entre les mains, j'essaye de contenir le bruit des pleurs car j'ai laissé la porte ouverte. Tout à coup des bras m'entourent. Anne-Laure me serre contre elle. « Ça va ? » J'arrive à répondre : « Rien de grave, l'émotion, ça va passer… » Elle a la bonne idée de ne rien ajouter.

Je finis par essuyer mes larmes en souriant :

— Eh bien, là… je n'ai rien vu venir !

Cela fait plus de quinze ans qu'Anne-Laure, de dix ans mon aînée, discrète et délicate, est bénévole. Je lui raconte ma rencontre avec M. Malcor, le contraste étonnant entre sa sérénité – « Je suis prêt » – et la détresse que j'ai perçue dans ses yeux, qui s'est déversée en m'entraînant avec elle quand il s'est mis à pleurer.

Anne-Laure m'écoute, m'enserrant toujours de ses bras.

Je me sens bien maintenant, le corps apaisé, vidé. Comme nettoyé de l'intérieur par cet accès de larmes qui n'étaient pas les miennes, mais qui ont su si bien y trouver leur chemin.

Nous revenons toutes deux en salle des bénévoles. Une quinzaine de chaises est disposée en cercle autour d'une table basse. Chaque jour lors de la réunion d'équipe, ceux du matin passent le relais à ceux de l'après-midi : partage d'expérience, discussions, transmission d'informations, café... La vie d'équipe, sous la tutelle du coordinateur du jour. Yves, le vendredi. Un physique de colosse, un homme efficace mais toujours un peu froid. Il est en train d'écrire au feutre sur le grand tableau blanc une liste de noms : les entrées prévues le lendemain dans les six services de la maison, à destination des bénévoles du samedi ; et les départs, ceux des corps qui quitteront le funérarium installé au sous-sol après une petite cérémonie en présence des proches.

Mais nous sommes encore vendredi. Je prends sur une étagère le classeur de mon service et fais défiler les fiches des malades. Celle de M. Malcor a été créée ce matin par Édouard. En en-tête, le nom du malade, sa date d'entrée, son numéro de chambre, son âge, les quelques données qu'il convient de connaître (Voit mal / Entend mal / Communique mal). Dans le corps de la fiche, Édouard a noté :

13 sept. – Édouard : Accueil non fait.

J'entoure « Voit mal » en haut de la fiche, et à la suite d'Édouard :

13 sept. – Claire : Bouquet donné. M. M. fatigué. Accueil à terminer.

Si Yves a bien perçu l'aller-retour d'Anne-Laure ou s'il remarque mes yeux rougis, il n'en laisse rien paraître. Ça tombe bien. Je respecte son efficacité mais sa froideur est pour moi une énigme. Je n'attends plus rien de lui. Que fait-il ici, en soins palliatifs… J'ai cessé depuis longtemps de me poser des questions sur les motivations des uns et des autres. La mienne est déjà assez mystérieuse parfois…

Je repose le classeur sur l'étagère. Je compléterai les fiches tout à l'heure, avant de partir.

Hâte de retourner dans mon service.

J'aurais voulu voir Aurélie mais dans la salle de soins se trouve une infirmière que je connais peu, revenue récemment de congé maternité. Je lui aurais à peine donné l'âge de ma fille Maud. Concentrée, elle prépare le chariot des médicaments et des poches de perfusion qui circulera tout à l'heure de chambre en chambre. Inutile et même inopportun de la déranger.

Dans le coin famille, je m'assieds près de la femme d'un malade qui vient tous les jours à la sortie de son travail pour dîner avec lui. Elle me raconte l'évolution de son mari depuis hier, depuis trois jours ou bien cinq, comme si j'avais vécu comme elle toutes les étapes et connaissais son dossier médical par cœur. Peu importe, je l'écoute. J'entends ses paroles qui disent l'espoir et la résignation, dans un va-et-vient permanent dont nous sommes souvent les témoins.

18 heures passées, sans doute. La porte de la cuisine de l'étage s'ouvre sur Lionel tirant le chariot des plateaux-repas. La femme prend aussitôt congé pour regagner la chambre de son mari.

Je m'approche de Lionel et l'accompagne dans le couloir.

— Vous aurez besoin d'aide pour le dîner ?

Je pose la question rituelle, priant pour qu'il n'en soit rien. Pas ce soir, je suis épuisée…

— Non, c'est bon, merci. On te revoit vendredi prochain ? Je serai là mais pas celui d'après.

— Bien sûr… Avant de partir, je vais dire au revoir à M. Malcor, je lui ai promis. Tu sais si son arrivée s'est bien passée ce matin ? Il venait d'où ?

— Domicile. Oui, ça va, sauf que les ambulanciers nous ont encore plantés en arrivant trop tôt.

Lionel aime bien râler, surtout en fin de journée.

— Et le patient n'a pas l'air commode, ajoute-t-il en ouvrant la porte de la chambre de M. Kashani.

Je regarde une fois encore par le hublot. Je ne veux pas m'attarder sur les dires de Lionel. Un malade montre un visage souvent bien différent d'un interlocuteur à l'autre.

M. Malcor est assis au bord du lit face à la porte, tête baissée, le plateau du dîner posé sur la table roulante devant lui. Je toque légèrement et j'entre. Il sursaute, relève brusquement la tête. Un courroux bref assombrit ses yeux puis son regard et son sourire se fondent sous la chaleur qui adoucit ses traits… Je ne me suis pas trompée ! J'éprouve moi aussi un élan joyeux qui me prend par surprise.

— Bonsoir monsieur ! Je suis venue vous dire au revoir, comme promis.

— C'est gentil d'y avoir pensé.

— Vous n'avez pas terminé… Vous voulez un peu de compagnie pour le dîner ?

— J'ai fini, je n'ai pas faim, merci, dit-il en poussant la table de côté.

Je me sens tout à coup démunie, impuissante, je ne sais plus quoi faire ni quoi dire. Je m'approche et lui tends la main qu'il serre en la secouant avec une retenue courtoise.

— Très bonne soirée, monsieur…

J'ai la gorge nouée et je détourne les yeux. J'esquisse un pas vers la sortie quand j'entends :

— Vous reviendrez me voir, n'est-ce pas ?

Je me retourne :

— Volontiers.

— Quand ?

— Je suis là tous les vendredis.

Mais très vite, j'ajoute :

— Je peux venir avant si vous voulez ? Mardi ? Je serai là pour une réunion. Même si ce n'est pas mon jour dans le service, je pourrais passer…

— Alors mardi, oui.

Il me regarde avec une intensité accrue, comme pour graver les traits de mon visage de ses yeux défaillants.

— Claire, c'est ça ?

Il a retenu mon prénom. Je ne l'ai pourtant prononcé qu'une fois, tout à l'heure en entrant dans sa chambre.

3

Le temps est radieux, la tombe, ouverte, devant nous. Je tiens Maud et Charlotte par la main. Elles sont sages. Des robes assorties, comme des demoiselles d'honneur. Le prêtre, un homme jeune, barbe de quelques jours. Il me fait signe. Il m'attend pour mettre en place le couvercle, posé à côté, sur la tombe voisine. Une plaque épaisse en granit gris, comme le reste. Je secoue la tête. Non ! Je ne peux pas soulever ça ! Je viens de m'inscrire dans une salle de sport mais je n'y suis jamais allée... dans quelques semaines je serai plus forte, sûrement, mais pas maintenant ! Il insiste. Ses yeux sont noirs. J'ai peur qu'il fasse une remarque à voix haute. Je ne veux pas pleurer. Derrière moi je sais qu'il y a des gens, beaucoup, je ne veux pas me retourner pour les voir. Je lâche la main des filles, m'approche, pose comme lui, face à lui, mes mains sur la plaque de pierre. Elles s'enfoncent dans les coins, visqueux. La matière se comprime, froide, gluante, je saisis les coins en frissonnant. Je les tiens fermement, tire vers moi la plaque. Légère comme un drap. Le jeune prêtre fait pareil de l'autre côté. Pour éliminer les plis. Je tire tellement fort qu'il lâche un coin et peste. Un juron, incompréhensible. Il récupère le bout. On se déplace de part et d'autre de la tombe. La plaque, comme une nappe tendue... Trop petite ! Je suis désespérée, la plaque ondule, des sanglots secs secouent mes bras. Le caveau est ouvert. Un fond noir d'où émergent seulement les pointes d'une paire de baskets neuves. Cuir blanc. Et s'il se met à pleuvoir ? NON ! Je ne veux pas que ses baskets se mouillent ! Je tire sur la plaque de toutes mes forces pour qu'elle s'ajuste. Elle se raidit, comme un couvercle de glacière, du polystyrène, qui ne s'enclenche toujours pas. Mauvais assemblage ! J'ai envie de hurler contre cet homme en face de moi ! Il hausse les épaules avec nonchalance. Tout casser du tranchant de la main comme un karateka ! Reprendre morceau après morceau pour qu'il ne reste que des miettes ! Une main saisit la mienne. Pas la rondeur chaude de celles des filles. Sèche et osseuse. Mon père me chuchote à l'oreille : « Tu vois les lignes de la tombe ? Elles sont parallèles, elles ne se rejoindront jamais même si tu les prolonges à l'infini. Et pourtant viens, recule... Elles font comme un triangle, maintenant ? C'est ça, la perspective... » Il me tire encore plus loin, les lignes deviennent bleues, bordées de fleurs, je suis sur le tapis chinois du salon et je dessine, allongée sur le ventre, en robe d'été. Des maisons où des traits doubles suggèrent la profondeur. J'offrirai ce dessin à mon père pour son anniversaire.

Ouvrant les yeux, je m'étire dans la souplesse des draps. J'ai encore dans le nez l'odeur âcre du tapis, sur ma peau sa rugosité, mais déjà mon dessin s'estompe… Je voudrais tant retenir un instant ce zèle d'enfant, ce sentiment profond d'accomplissement.

Les images du cimetière sont plus troubles, pesantes. Un détail me chiffonne à propos des baskets…

Du cuir blanc. Elles étaient en toile en réalité. Noires. Quand il rentrait de son footing, Vincent les laissait sur le paillasson à l'entrée de l'appartement si elles étaient mouillées. Je chasse cette image, ouvre plus grand les yeux. Les trois portes de ma chambre se découpent nettement, leur chambranle souligné d'un trait de lumière vif. Au-dessus de la fenêtre, sous un halo plus pâle, le haut des rideaux forme des vagues sombres percées par l'ouverture des œillets, comme des loups de carnaval. Cela faisait longtemps que je n'avais pas rêvé comme ça. Et plus encore, dormi d'une traite. Il doit être au moins 8 heures… Soudain je crois entendre, venus du fond de l'appartement, le claquement des portes de placard au-dessus de l'évier, le cliquetis des couverts quand les tiroirs coulissent. Je me redresse. On doit vraiment poser des freins sur les meubles de cuisine, depuis le temps qu'on en parle… Puis le glouglou *crescendo* de la bouilloire, et le bruit sec du bouton quand il remonte, coupant court à son emballement. Je vois déjà la théière fumante à côté du couvert mis, le beurrier sorti, les pots de confiture *et* de miel – j'alterne, sans jamais savoir à l'avance sur lequel portera mon choix…

Je sors de mon lit encore enveloppée de ce sommeil lourd et sans accroc, traverse en étrécissant les yeux la salle à manger, le salon, l'entrée, pour rejoindre la cuisine. Sous le soleil qui se déverse par la fenêtre basculante, la table est vide. Rien. L'angoissante propreté d'une maison témoin. Pas d'effluves de bergamote ou de pain grillé mais une odeur de cuisine en veille, où stagne encore et à jamais la graisse refroidie de toutes les cuissons qui s'y sont succédé.

Du placard au-dessus de l'évier, vite, je sors les tasses, les soucoupes, les bols, les dispose sur la table. Du tiroir, le couteau à beurre, les cuillers. Le miel, presque terminé. Il faudra que j'en rachète. De lavande pour changer. Je cherche des yeux la théière. Pas à côté de la bouilloire. Ni sur le plan de travail sous la fenêtre. Ni à côté de la plaque de cuisson. Ni près de l'évier ! Où est la théière ? J'ouvre les portes de placard, une à une, les ferme. Brutalement. *Où est-elle ?*

La question me dévore, je la repousse et quitte la cuisine, enfile un pantalon, un pull, attrape mon sac, claque la porte de l'appartement. Mes pieds écrasent le tapis de l'escalier en descendant les trois étages. Sur le trottoir, je m'arrête pour reprendre mon souffle, respirer, enfin. Je traverse la rue pour m'installer à une table en terrasse.

— Bonjour Claire ! Ce sera comme d'habitude ?

Devant le sourire du patron, je reprends pied.

Il m'apporte de l'eau chaude dans un pot en inox, une tasse avec un sachet de thé, un croissant *et* un pain au chocolat. Le thé est quelconque mais les viennoiseries sont à se damner. La panique reflue. Là-haut, chez moi, la théière est rangée dans le placard d'épicerie derrière la farine et les pâtes. Je ne m'en sers plus depuis longtemps.

J'ai encore rêvé… halluciné. J'ai au moins appris ça à Saint-André : les hallucinations, sonores notamment, ne sont pas rares en période de deuil. Rien de pathologique. Après deux ans, j'aurais cru…

Vincent se levait toujours avant moi, quel que soit le jour. Il préparait le petit-déjeuner même lorsqu'il devait partir tôt pour l'aéroport. Il avalait rapidement une tasse de thé, je n'avais qu'à rajouter de l'eau dans la théière une ou deux heures plus tard.

Après sa mort, j'ai pris l'habitude de dresser la table à mon tour mais le soir, pour que la routine perdure. Pour les filles… Puis Maud est partie, et maintenant Charlotte.

Quand je reviens chez moi, le soleil est assez haut pour pénétrer dans le salon par de larges bandes lumineuses. Encore une belle journée pour ce samedi de fin d'été. Je fais disparaître aussi vite que possible le couvert disposé en vain dans la cuisine. J'inspecte le salon, la salle à manger. Rien ne traîne. Plus aucune trace de l'omniprésent désordre de Charlotte depuis son emménagement à Barcelone fin août.

Dans le couloir, les portes des chambres sont fermées. Les premiers mois de mon veuvage, une fois la table du petit-déjeuner mise le soir, je passais de longues minutes dans le noir devant chaque chambre, regrettant qu'il n'y ait ni hublot sur les portes, ni veilleuse à l'intérieur. Je m'assurais de ne plus entendre de pleurs, guettant une respiration qui franchissait rarement la paroi, réprimant une envie farouche d'entrer, me pencher sur le visage de mes filles pour en sentir le souffle, comme au-dessus d'un nouveau-né dont la tranquillité vous effraie soudain. D'un pas lourd j'entrais dans *notre* salle de bains… Je me déshabillais, me douchais, me rhabillais complètement, avec les vêtements que je porterais le lendemain. Je me couchais en pantalon, en jupe, en robe, avec ou sans collant. Tout sauf les chaussures. J'avais si peur de ne pas être capable de me lever le lendemain matin, et de fournir cet effort surhumain d'une toilette complète avant d'aller retrouver les filles.

Petit-déjeuner, toilette : ma journée se terminait tous les soirs comme elle aurait dû commencer. La vie à l'envers.

*

— Bonjour Maman !

Charlotte est de bien meilleure humeur que la semaine dernière, tant mieux ! Assise à mon bureau, j'ai posé mon téléphone contre l'écran de mon ordinateur. Depuis le campus de son école de commerce à Barcelone, ma fille cadette me fait face, en tailleur sur son lit, ses longues jambes croisées en bascule incessante, ses bras moulinant l'air autour d'elle. Comme à son habitude, elle ne tient pas en place. Les cheveux longs et fins, châtains comme les miens, les traits réguliers, de grands yeux marron, il paraît qu'elle me ressemble beaucoup. Je vois surtout chez elle, et j'admire, une vitalité, une expressivité que je ne suis pas sûre d'avoir eues à son âge.

Elle a une soirée « très importante » ce soir…

— Toute l'école sera là ! D'après Teresa, c'est censé être *la* fête de la rentrée.

La semaine passée, Charlotte était catégorique : l'école était nulle, les Catalans, insupportables, le campus, abandonné le week-end à de pauvres étudiants étrangers « pas drôles » et qui « ne s'intégreraient jamais », errant comme des âmes en peine. Je connais ma fille. L'attention constante dont elle a bénéficié – pour son asthme infantile, pour sa dyspraxie – a créé entre nous une connivence faite d'heures et d'heures de rendez-vous de médecins, de thérapeutes, et de sommets de patience usés dans des salles d'attente surchargées. Ses humeurs changeantes et imprévisibles en apparence n'ont jamais eu de secrets pour moi. Enfin, jusqu'à présent. L'éloignement a cette façon, parfois, de transformer en un instant les enfants en jeunes adultes méconnaissables.

— ... Et toi, ça va ? Tu as des nouveaux patients ?

Charlotte aime que je m'occupe d'enfants, tandis qu'elle ne m'interrogera jamais sur Saint-André. Elle a un mal fou à imaginer que je puisse en tirer du réconfort.

— Tu sais bien qu'en début d'année, normalement, je n'ai que des suivis. C'est trop tôt pour des nouveaux patients. Mais là justement, j'en ai un. Lundi, un bilan… C'est rare. Un petit garçon envoyé par son médecin. Je me demande vraiment pourquoi… Sinon j'ai revu la petite fille dont je t'ai souvent parlé, qui me fait penser à toi.

— Ah oui, celle qui a dit à sa maîtresse qu'elle la soûlait, c'est ça ?

J'avais oublié ce « détail » qui avait bien fait rire Charlotte. Juste avant l'été, Emma, sept ans, s'était plantée devant son institutrice : « Tu sais, je t'ai jamais dit, mais ça fait un an que tu me soûles. » Les filles sont rares en consultation mais leurs difficultés sont souvent plus marquées. Dans le cas d'Emma, ce sont surtout ses parents qui refusent en bloc d'admettre sa précocité comme sa dyspraxie. Vincent avait eu du mal, lui aussi, avant de lire tout ce qu'il pouvait sur le sujet. Son expertise avait même précédé la mienne.

*

Maud vient de m'envoyer un message pour me dire qu'elle m'appelait dans une heure. Elle sera ponctuelle. Elle est toujours d'une précision remarquable pour son âge.

Une heure… Je repose mon livre sur mon lit. Pourquoi m'obstiner… D'ici, je vois les portes de ma chambre, ouvrant sur celle de Charlotte, la salle à manger, et le couloir qui donne à l'ensemble sa forme de U. Après des années d'expatriation, on pouvait difficilement faire plus français : un appartement haussmannien de l'Ouest parisien aux chemins de circulation multiples. Pièces en enfilade ou long couloir. Il y a même une quatrième porte, à côté de mon lit… Vers *ma* salle de bains. J'ai longtemps eu l'impression d'évoluer dans un décor de théâtre où les personnages entrent, disparaissent à tout moment dans des claquements de portes, comme des bourrades affectueuses qui vous déstabilisent pour vous mettre en mouvement. Je les avais anticipés mais c'est autre chose de les vivre… Le silence et l'immobilité.

Je longe le couloir garni d'étagères, encombrées des livres et CD dont on a du mal à se défaire. Surtout Vincent. Dans la salle de bains des filles, je mets le lave-linge en route. Lessive pour *une* personne. Il faut attendre longtemps avant d'avoir assez de linge pour faire des machines de blanc *et* des machines de foncé. Ce sont ces précédents, toutes ces nouveautés qui rendent tangibles les absences et vous font tout à coup fondre en larmes pour un rasoir exhumé d'un tiroir, ou le tambour ouvert d'une machine.

Heureusement, je ne suis pas seule. J'ai presque toujours à la main, partout où je me déplace, l'enceinte sans fil offerte par Maud cet été. La finaude… « C'est ton doudou », s'est moquée gentiment Charlotte quand je lui ai dit que je ne pouvais plus m'en passer, moi qui n'écoutais plus rien alors que la musique avait rempli ma vie de célibataire.

En attendant l'appel de Maud, je poursuis mon travail d'inventaire. Du carton entreposé dans le couloir, je sors une vieille cassette audio. Maxwell, 90 minutes, chrome, Dolby B. Une de ces compilations patiemment élaborées pour moi par mon cousin Emmanuel. Il m'a nourrie, entre l'âge de dix et vingt ans, d'un son rock « branché » comme on disait alors, mais aussi de pop, de jazz, de country, de variétés des années 1950 à 1970. Les goûts éclectiques d'un passionné, auxquels mon statut d'enfant unique scolarisée dans une école privée ne me prédisposait guère.

Je sors la jaquette du boîtier, la déplie et la pose sur le sol pour la prendre en photo avec mon téléphone, émue d'y retrouver la calligraphie travaillée de mon cousin et ses jeux de mots légendaires. « Succès d'années 1950 », affiche la tranche. Puis c'est la longue liste des titres écrite recto verso. *Sixteen Tons* de Tennessee Ernie Ford, *Mountain High, Valley Low* d'Eartha Kitt, *Sway*, Dean Martin… Je m'assieds par terre, allume l'enceinte et retrouve chaque morceau sur la plate-forme musicale de mon portable avec une rapidité confondante. Une à une, je reconstitue mes cassettes sous forme de playlists. Elles m'accompagneront dans la voiture ou dans le métro, et surtout le soir, de la salle de bains à la chambre au moment de me coucher.

Je me demande parfois, souvent, si Vincent m'entend ou me voit, de cet hypothétique là où il est… Il avait une belle voix de baryton, assurée, tandis que j'ai toujours eu du mal à placer la mienne. Je me suis toujours interdit de chanter en public, même (surtout ?) en sa seule présence. J'ai pourtant du coffre quand ma voix se pose sur les rails d'une mélodie dont la tonalité me convient (basse), et quand elle se mêle à celle de l'interprète.

Toujours assise dans le couloir, je reprends le début de ma nouvelle playlist, pousse le volume de l'enceinte, et je chante. Avec Tennessee Ernie Ford. (Il était blanc, une moustache à la Clark Gable ! – rien à voir avec l'image d'oncle Tom que je m'étais forgée…) Presque toutes les paroles reviennent, instantanément.

Sixteen tons, what do you get ? Another day older and deeper in debt...

I owe my soul to the company store...

C'est un plaisir intense d'anticiper à la fraction de seconde près, et après tant d'années, les mots, les pauses, les intonations, les modulations de la voix. Brailler, hurler sans retenue le final – *I OOoooOWE MYYYYY SO-O-O-O-o-o-ooooOOOOUL* – jusqu'à rester sans le moindre souffle d'air, exsangue, le corps ramassé... Puis la tête qui se relève d'un coup dans un étourdissement.

Mon Dieu que j'aime chanter !

La sonnerie du téléphone interrompt la musique, sature l'enceinte. Je sursaute.

Maud.

*

Carole m'attend au café du musée Maillol, rue de Grenelle. Nous avons rendez-vous pour visiter l'exposition Giacometti qui s'est ouverte la veille. Je connaissais mal cette cousine plus jeune jusqu'à son divorce qui a coïncidé avec la mort de Vincent. Comparaison n'est pas raison, disait mon père, mais ces événements simultanés nous ont rapprochées.

Quelques tables et chaises pliantes en métal sous des parasols, encadrées par des jardinières : le « Café terrasse Maillol » occupe un coin modeste de la cour de cet ancien hôtel particulier. Un couple âgé semble sur le départ, le garçon penché vers eux, lecteur de carte en main. Carole se lève en m'apercevant, rattrape sa chaise qui manque basculer, les pieds pris entre deux pavés. Elle est presque aussi grande que moi avec son mètre soixante-quinze (nous avons comparé) mais semble me dépasser tant elle est mince. Nous nous embrassons, avec cette pression des bras autour des épaules qui dit l'intimité, tout le plaisir que nous avons à nous retrouver.

— Tu as déjeuné ?

— Rapidement. J'ai eu les filles au téléphone ce matin.

— Je viens de commander une salade. Pour une fois, c'est moi qui déjeune à l'heure espagnole.

À peine assise, Carole, avec son débit habituel :

— Tu vas me raconter pour tes filles mais d'abord... J'ai quelqu'un pour toi !

— Qu'est-ce que tu veux dire ?

— Tu sais très bien ! Un collègue, divorcé, très sympa. Il n'a pas eu de bol avec sa femme, une vraie folle qui lui en a fait baver des années avant de le quitter pour un ami d'enfance. Bon débarras.

— S'il est si bien que ça, pourquoi tu ne le gardes pas pour toi ?

J'ai envie d'ajouter « plutôt que de hanter les sites de rencontres » mais je ne veux pas vexer Carole. Peut-être aussi une part de moi, timide encore, est-elle en train d'abdiquer sa fierté pour envisager de s'y inscrire un jour.

— Parce que c'est un ami, c'est tout. Trop intello pour moi mais parfait pour toi.

Autrefois cette remarque m'aurait flattée. Mais Vincent était « intello » et sa façon d'être, toute cérébrale, combinée à mes attentes peut-être excessives, nous a menés au bord de la rupture il y a quelques années. Avec le temps nous parvenions à mieux nous ajuster. Nous allions peut-être vivre les meilleures années de notre vie conjugale.

— Je ne sais pas si je suis prête.

— Eh bien il va falloir, parce que je lui ai parlé de toi.

Ma mauvaise humeur n'aura pas duré. Incompatible avec ce doux soleil filtrant sous la toile écrue du parasol, et la présence de Carole. Une compagnie qui m'a toujours fait du bien, de celles qu'on doit privilégier quand on est en deuil, dit-on avec justesse. Des cheveux blonds et raides, ni longs ni courts, effilés, une façon très latine de parler avec les mains et un physique sec et sportif plutôt nordique. De l'allant et du courage, quelles que soient les circonstances. Une attention à l'autre que j'admire, intuitive et fine. Elle entretient avec son ex-mari des relations dignes que beaucoup de couples pourraient envier. Mais je sais que la solitude lui pèse, peut-être bien plus qu'à moi. Comparaison n'est pas raison…

Je repousse ma tasse de café. Quoi qu'il m'en coûte de le reconnaître, Carole n'a pas tort. Après quinze ans passés à l'étranger – Allemagne, États-Unis, Espagne – nous avons trop peu vécu à Paris avec Vincent pour y construire une vraie vie sociale.

— Tu déjeunes avec ta mère, demain ?

Changement de sujet sans transition dont Carole est coutumière. Nous parlions à l'instant de ses enfants, chez leur père cette semaine.

— Pas cette fois, non. J'ai reçu un message de la maison de retraite juste avant d'arriver. Elle est légèrement souffrante – je cite – donc inutile de me déplacer. Et de lui téléphoner. C'est déjà de plus en plus rare qu'elle me reconnaisse quand je suis en face d'elle…

Le week-end dernier, j'en ai encore fait l'expérience. Dans la salle de restaurant ouverte aux familles le dimanche, ce sont ses camarades de table, moins atteints qu'elle par la maladie d'Alzheimer, qui m'ont accueillie avec chaleur. Ma mère, toujours polie, m'a offert sa main et un « Bonjour madame » aimable auquel je suis habituée désormais. Elle qui était si dure parfois redevient la petite fille qu'elle devait être pour ses frères plus âgés. Elle semble apprécier la vie en communauté. Je cherche peut-être à me dédouaner mais elle semble heureuse là-bas, plus que je ne l'aurais imaginé.

— Ah si, quand je lui parle des filles, en particulier de Maud, j'ai l'impression qu'elle est bien là. Mais c'est tellement fugace…

— Tu ne m'as pas encore raconté. Comment vont-elles ? Charlotte est toujours déçue ? Et Maud, son master lui plaît ?

Je résume pour Carole ma conversation avec Charlotte, pour développer celle que j'ai eue avec Maud, en première année de master de Sciences du vivant à Lausanne. Le fils aîné de Carole envisage de suivre la même voie. Tout à l'heure, Maud m'a fait un compte-rendu fidèle de son emploi du temps, des cours qu'elle suit comme de ceux qu'elle donne pour arrondir ses fins de mois. Elle était assise à son bureau, sérieuse et responsable. Brune comme son père dont elle a hérité le nez droit marqué dans un visage allongé, des yeux noisette au regard pénétrant. Le sourire plus rare que sa sœur. Il a une capacité à illuminer son visage qui m'émerveille à chaque fois qu'il se déploie.

Le garçon nous a apporté l'addition. Tandis que Carole tape son code, j'entends encore la voix de ma fille aînée, posée, je vois son visage attentif, toute sa sollicitude tandis qu'elle m'écoute. Je me suis surprise à lui parler de M. Malcor pendant la majeure partie de notre appel. Quelques minutes après avoir raccroché, je recevais un message encadré d'émojis tendres.

Contente que tu vives des rencontres aussi fortes, Maman.

Ma grande fille, que le temps et la distance ont assouplie… Je n'imaginais pas recevoir de tels messages un jour !

Je regarde l'écran de mon téléphone tandis que nous nous levons pour quitter le café. Ces mots, « rencontre forte », ont pris grâce à Maud une réalité qui sort des murs de Saint-André.

4

— Allô Claire ?

Une voix ronde où subsiste l'écho d'un accent du Sud : Alain, pédiatre. Il a son cabinet près d'ici, boulevard Garibaldi. Je suis heureuse de l'entendre.

— Je t'appelle à propos du petit que je t'ai envoyé. Hugo. Neuf ans. Il est en CM1. Je l'ai vu avec sa mère pour une vilaine poussée d'eczéma sur les deux bras. Forte et sans antécédent.

Alain en vient toujours aux faits rapidement. Quand j'ai commencé à exercer il y a cinq ans, je me suis présentée aux médecins du quartier et il m'a très bien accueillie.

— ... Sa mère a été convoquée par l'école la veille de la consultation. Apparemment l'écriture d'Hugo s'est dégradée à toute vitesse depuis la rentrée, et puis il a complètement arrêté d'écrire. Comme ça, sans raison apparente. Sa maîtresse l'avait déjà dans sa classe l'an dernier, elle le connaît bien, elle a réagi très vite. J'ai tout de suite pensé à toi, évidemment. Je ne te cache pas que ça me préoccupe un peu. Tu le vois quand ?

*

Lundi, 16 heures. Mère et fils entrent. Elle se tient droite, sac de marque en bandoulière, cartable en cuir à la main, l'autre posée sur l'épaule de son fils. Brune aux cheveux courts, très mince dans un pantalon noir et une veste cintrée dont le tissu fluide semble n'avoir que les articulations pour points d'appui. Des traits harmonieux et des yeux d'un bleu soutenu qui seraient époustouflants dans un visage moins anguleux. Hugo a les cheveux clairs, fins, mi-longs, les yeux d'un bleu plus pâle. Il ne porte pas la tenue saisonnière de rigueur chez les enfants de son âge – short, tee-shirt, baskets – mais un pantalon de toile court à revers et une chemise à manches longues. Je remarque la rougeur qui dépasse de ses manches et s'arrête au poignet, comme un sous-vêtement mal ajusté. Il me fixe et je soutiens son regard, tout en les guidant vers la salle d'attente. Sa mère observe tout autour d'elle avant d'entrer, note la porte fermée du bureau d'Isabelle. Je sens que ça ne va pas être simple.

Dans mon bureau, j'approche de ma table un deuxième fauteuil puis je m'assieds, sors une chemise cartonnée, écris dessus le prénom d'Hugo. Mon rendez-vous précédent s'est terminé il y a déjà un moment. Je vais patienter quelques minutes, le temps pour tout le monde d'être bien là. J'ai senti la mère stressée à sa façon de pousser son fils devant elle d'un air affairé.

Je retourne dans la salle d'attente sans tarder plus longtemps.

Assis sur le canapé, Hugo a délaissé les BD pour un vieil exemplaire du *Point* dont il feuillette les dernières pages. Sur une chaise à côté, sa mère consulte son portable qu'elle range fébrilement dans son sac pour se lever et me suivre dans mon bureau.

— Comme j'ai pu vous le dire au téléphone, le bilan se déroule en deux temps. D'abord une discussion autour de votre enfant, pour mieux le connaître, ensuite un bilan plus technique, centré sur son écriture.

Son fils s'est assis dans un des deux fauteuils mais elle reste debout devant moi.

— Je vous en prie, asseyez-vous.

Elle prend place, pose ses affaires à côté d'elle, se tourne vers son fils affalé dans le fauteuil et lui dit tout bas :

— *Tiens-toi droit !*

Je fais mine de ne pas entendre et m'adresse à Hugo :

— Dis-moi… Tu sais pourquoi tu viens me voir ?

— Parce que ma mère veut que je vienne.

— Mais tu sais pourquoi ?

— Pour mon écriture…

— Toi, tu en penses quoi, de ton écriture ?

— Ça m'intéresse pas.

— Pourquoi ?

— C'est jamais bien… De toute façon, j'aime pas, j'ai toujours des points en moins.

— On ne m'a pas dit que tu écrivais mal mais que tu n'écrivais plus. Tu t'es fait mal ?

Surpris, Hugo attend un peu avant de répondre.

— Non !

Je continue de l'interroger des yeux. Il comprend que je ne lâcherai pas et concède :

— Mais ça va trop vite. Si j'arrête, ça me permet de mieux écouter, dit-il en lançant à sa mère un regard de défi.

Celle-ci pivote aussitôt vers moi avec une expression indéchiffrable sur le visage :

— Hugo est très rêveur en classe…

Compassion, agacement, justification ? Je ne sais pas ce que j'ai perçu mais je lui souris, avant de me tourner à nouveau vers son fils pour lui demander s'il est droitier ou gaucher – droitier. S'il aime le sport – oui, le vélo, c'est ce qu'il préfère… Et le judo, ajoute sa mère, qu'il pratique deux fois par semaine. Le foot à la récréation ? Bof… Sait-il nager ? Bien sûr, et il est très bien coordonné, intervient encore sa mère.

— Et en dehors du sport, qu'est-ce que tu aimes dans la vie ?

Cette fois la réponse est plus franche, il saute presque de son siège pour répondre :

— Les voitures !

Il se retourne et pointe du doigt un modèle réduit posé parmi les livres et les jeux d'enfant, sur les étagères derrière lui :

— Ça, c'est une Lamborghini. J'adore…

— Tu peux la prendre pour la regarder si tu veux. C'est un cadeau d'un de mes patients, il y a longtemps, qui était passionné de voitures, comme toi. Mais j'avais oublié la marque. Heureusement que tu es là.

Il se lève avec enthousiasme et prend la voiture qu'il examine en écarquillant les yeux avant de se rasseoir et de la poser délicatement devant lui, sur le bureau. Sa mère me raconte qu'il a fait l'an dernier un exposé sur un constructeur américain des années 1940, Tucker, qui a fortement impressionné sa maîtresse. Pour la première fois, je vois de la fierté dans le regard dont elle enveloppe son fils. Celui-ci m'explique :

— Des Tucker 48, il y en a que cinquante dans le monde et elles valent plus d'un million de dollars ! Il y a un film, sur sa vie. C'était un génie, sa voiture était hyper-performante, avec un six-cylindres de 166 chevaux, des pointes à 200 kilomètres heure et tout, mais il a été ruiné. À cause de General Motors, Chrysler et Ford... Le film, je l'ai vu au moins... cent fois !

Au fur et à mesure de mes questions, je sens Hugo se détendre. Je l'amène progressivement sur le terrain de l'école.

— Tu t'ennuies parfois, en classe ?

— En maths, ça m'arrive, quand c'est trop facile. Si c'est un gros calcul, je le fais dans ma tête, des fois aussi avec mes doigts, juste pour vérifier. Si c'est un petit, j'ai le résultat. Moi, ma méthode, c'est la tête.

Par moments, il passe une main sur le modèle réduit, attrape un crayon dans le pot avant de le remettre en place. Je sens sa mère se raidir mais elle n'intervient pas.

— Tu dirais que tu es un garçon travailleur ? Les devoirs à la maison, ça se passe comment ?

— Ça dépend des jours et des matières. Des fois j'arrête avant, des fois je fais tout et je suis content… C'est quoi, ce savon, là ? Il y a pas de lavabo ici !

Il montre la solution hydroalcoolique posée sur le bureau. Cette fois sa mère ne peut se retenir :

— Arrête tes enfantillages !

Il me regarde en relevant le menton. Je réponds :

— C'est un savon sans eau. Pas besoin de le rincer. Je m'en sers pour me laver les mains avant chaque rendez-vous. Tu vas voir, approche ta main…

— Maintenant, je vais poser des questions à ta maman. Tu peux écouter, intervenir si tu veux, jouer, dessiner. Tu peux toucher et prendre tout ce qui est sur mon bureau – les feuilles, les feutres, les crayons – et sur les étagères. Tout, sauf ce qui est derrière moi – je montre le manteau de la cheminée où sont posés quelques bibelots fragiles. Ça, ça m'appartient. D'accord ?

Il se lève en prenant la voiture, et retire des étagères une caisse de Lego Technic avec laquelle il s'installe sur le tapis.

Sa mère a sorti de son cartable les cahiers de son fils et me les tend. Je les pose sur la table sans les ouvrir.

— Je préfère ne pas voir tout de suite, mais parler un peu avec vous.

Elle regarde discrètement sa montre, résignée.

Je l'interroge sur la grossesse et l'accouchement, les premiers regards, les premiers pas, les premiers mots d'Hugo. Son sommeil, son alimentation, sa propreté. Son rapport avec les adultes, ses questionnements. Elle est de plus en plus décontenancée. Quel rapport avec ces cahiers, posés là, sur mon bureau ? Ne pourrait-on pas en venir au fait ? En creusant patiemment, méthodiquement, je découvre néanmoins qu'Hugo a déjà connu « une période difficile » à son entrée en CP : des pipis au lit qui ont duré quelques mois, un apprentissage laborieux de la lecture, avec un problème de confusion de consonnes qui l'a conduit chez un orthophoniste. Bilan orthophonique donc, mais aussi bilan psychomoteur, bilan orthoptique…

Sa mère dit d'une voix lasse :

— Tout ça n'a rien, mais absolument rien donné, bien entendu. Hugo était très immature, c'est tout. Et cossard, comme dit son père, et il n'a peut-être pas tort.

J'observe Hugo qui joue sur le tapis, les Lego disposés dans un ordre savant autour de lui. Nos regards se croisent quand il relève la tête dans ma direction, comme pour vérifier que je suis bien là. Puis il reprend son jeu, tout en grattant frénétiquement ses avant-bras, frottant sa chemise contre sa peau que j'imagine à vif. Je dois réfréner une envie de me lever pour m'asseoir à côté de lui, par terre, remonter délicatement ses manches, souffler doucement sur la chair enflammée… Quand Maud et Charlotte étaient petites, combien d'heures ai-je passées avec elle sur le tapis du salon, pestant pour le principe contre l'invasion des jouets dans les parties communes, celles des grandes personnes. À quoi bon avoir des chambres ? demandait souvent leur père… Je soupire, et reprends avec une question dont je connais la réponse :

— Vous avez ces bilans avec vous ?

— Non, puisqu'il n'y avait rien.

Elle ajoute très vite :

— Mais je peux vous les envoyer par mail ?

J'en viens peu à peu à la période récente.

— À part l'écriture, des problèmes en classe ?

— Non.

— Ses résultats ?

— Pas mauvais, mais très variables. La preuve qu'il pourrait très bien faire tout le temps s'il s'en donnait la peine.

Je jette un nouveau regard vers le tapis mais Hugo ne bronche pas, penché sur un modèle de grue qu'il est en train de terminer.

Je continue. À mes questions sur son comportement en classe, son rapport à l'autorité, les amis, les jeux d'Hugo… « Rien de spécial », « Normal », « Habituel ».

— Y a-t-il eu récemment dans la famille un fait déclencheur, un événement particulier ?

— À part la mort de mon beau-père il y a deux ans, je ne vois pas. Et il n'était pas très proche de ses petits-enfants.

— L'eczéma, vous avez une idée… ?

— Allergique, déclare-t-elle catégoriquement. Chloé, sa sœur, en a eu quand elle était petite. C'est familial.

— Quels sont leurs rapports, à tous les deux ? Hugo m'a dit tout à l'heure que sa sœur était « sympa, mais elle joue moins, maintenant ».

— Chloé entre dans l'adolescence. C'est dans l'ordre des choses, non ?

Je regarde Hugo qui écoute tout ce que nous disons. Ses épaules se sont contractées, ses mains sont figées depuis qu'on parle de sa sœur. Je poursuis :

— L'adolescence… Pas facile, notamment les filles.

Sa mère se relâche un peu, moins raide dans son fauteuil au fur et à mesure qu'elle confie :

— Chloé a été une enfant particulièrement facile, justement. Très investie dans son travail, toujours première en classe. Mais l'an dernier ses résultats ont baissé et le dernier trimestre de quatrième a même été franchement médiocre. Et on avait l'impression qu'elle s'en fichait… On s'est dit que ce n'était qu'une phase mais depuis la rentrée, c'est la catastrophe. On a même su qu'elle avait séché des cours… dès la première semaine !

Elle baisse la voix :

— Mon mari était furieux. Il a eu avec elle une discussion très rude. Il faut dire qu'elle est devenue tellement compliquée…

— Hugo a assisté à la scène ?

— Il est hypersensible. Il ne voulait plus aller à l'école le lendemain. Mais il doit se blinder, non ? C'est comme ça !

Je regarde Hugo qui a levé la tête depuis un moment.

— Tu es d'accord avec Maman ? Ça t'a secoué, cette dispute ?

— Non, c'est normal.

— Et vous, Madame, ça a été difficile à vivre ? Vous avez réagi comment ?

Elle ne répond pas. Je n'insiste pas.

Je lui ai demandé d'attendre à côté. Elle a paru soulagée en quittant la pièce. Hugo est revenu s'asseoir en face de moi.

— On va faire quelque chose de spécial, tous les deux… D'habitude, ici, on écrit, tu t'en doutes. Mais là, on va surtout dessiner. Tu connais le signe de l'infini ?

Hugo fait une grimace en levant les yeux au ciel. Je ne peux m'empêcher de rire, et lui aussi.

— ... C'est comme un 8 mais couché. On va dire qu'il est allongé dans l'herbe et qu'il se repose. Regarde…

Je feuillette ses cahiers. Ses pages sont mal collées, ses dessins, peu appliqués. Son écriture, appuyée, très stressée, chaotique. Il gomme beaucoup, retourne en arrière, rature. Un souci de perfection qui mène au blocage, mais pas de trouble avéré à ce stade.

Plutôt que lui demander d'écrire, je continue avec le test de la figure de Rey. Je lui tends le dessin d'une figure complexe, faite de formes géométriques variées juxtaposées sans aucune symétrie, qu'il doit recopier sans règle. Les enfants y voient souvent une maison ou bien encore une fusée. J'observe la méthode qu'il applique pour reproduire la figure… Il a du mal dans la construction, se perd volontiers dans les détails. Puis je lui demande de la mémoriser pendant une minute environ, et de la redessiner de tête le plus fidèlement possible.

Il se concentre, s'applique, peine mais n'abandonne pas. Il me tend la feuille d'un air satisfait :

— J'ai un peu refait la déco !

J'éclate de rire et il rougit de plaisir.

Je continue avec d'autres tests, avant d'en venir à l'écriture, tout doucement. Les chiffres, d'abord. Puis l'alphabet, en minuscules. Il se prête sans trop rechigner à l'exercice.

— Tu sais, l'écriture, c'est un peu comme un moteur… Et toi et moi, on est des mécaniciens. On va démonter les pièces importantes, pour voir où ça accroche, et enlever tout ce qui gêne. Ensuite, on va remonter tout ça, avec de l'huile pour que ça glisse tout seul. Mais d'abord, il faut que je voie ton moteur tourner un peu. À mon avis, il y en a, des chevaux dans tout ça, et plein. Est-ce que tu es d'accord pour essayer maintenant ? Ici on n'est pas en classe. Ça peut rester notre secret si tu veux.

Il acquiesce en hochant la tête et en me regardant droit dans les yeux, gravement. J'ai le cœur qui se serre et se dilate à la fois.

J'ai envoyé Hugo chercher sa mère. Je lui explique que le bilan n'est pas terminé.

— Je n'ai pas pu faire les tests de vitesse, et pour cause. Mais nous sommes sur la bonne voie. Hugo réagit de façon très positive. Je suis confiante.

— Tant mieux.

— J'aimerais qu'il soit accompagné par son père la

prochaine fois. Ce ne serait certainement pas inutile que je le rencontre.

Elle a un mouvement de recul.

— Vous êtes sûre que c'est indispensable ? Il a un agenda très chargé, il n'aura pas le temps…

Elle se tient toujours sur le pas de la porte, prête à partir. Je me lève et j'insiste.

— Je dois absolument voir les deux parents. C'est indispensable. Un refus d'écrire, une poussée d'eczéma aussi forte, ce n'est pas anodin. On doit l'entendre.

Mon ton est sec. Cet entretien m'a touchée, épuisée même. Plus qu'il n'aurait dû peut-être.

Elle finit par hocher la tête en guise d'assentiment. Je ne lui ai pas donné le choix.

Dans l'entrée, je serre la main d'Hugo en le regardant longuement pour lui dire au revoir et je sens qu'il s'abandonne un court instant. Je passe une main dans ses cheveux et lui glisse en me penchant vers lui : « À bientôt ! » avec un clin d'œil complice.

Quand la porte se referme, je sens sur mes épaules un poids qu'ils m'ont abandonné tous les deux. Une tristesse sourde et résignée, que mère et fils ont en partage.

De retour dans mon bureau, je range le dossier d'Hugo et j'ouvre grand la fenêtre.

5

Sur le boulevard, pas d'entrée des urgences, aucun néon ni autre signalétique qu'un petit panneau vissé sur un mur, « Maison médicale Saint-André », et une porte discrète. Un peu plus loin dans un renfoncement, l'accès voitures, qui mène au parking du personnel. De là sortent aussi les véhicules funéraires d'un gris neutre, sans escorte. Seules quelques devantures de pompes funèbres, à la queue leu leu sur le trottoir en face, témoignent de la nature des lieux. Derrière le mur d'enceinte, les grands arbres du jardin masquent à demi le bâtiment courbe, construit dans les années 1970.

En franchissant l'entrée vers 16 heures, je retrouve cette exaltation des premières fois, quand j'étais encore apprentie bénévole. L'impression d'être invitée, dans un endroit unique, à vivre des moments d'une intensité rare. Étonnée de me sentir aussi sereine, à la fois touchée au cœur, vulnérable, et pleine en repartant chez moi d'une force vitale inattendue. Bien sûr, il y a eu depuis des vendredis mornes, des après-midi de veille désœuvrée.

Des moments d'inconfort et de gêne. D'autres où le courage et l'envie vous abandonnent, et on se demande ce que l'on vient faire là, au milieu de tous ces inconnus et de ces vies finissantes qui n'appartiennent qu'à eux. Mais rien n'est jamais écrit, figé. Chaque entrée dans une chambre est un jour qui recommence.

J'ai souvent pensé à M. Malcor depuis vendredi. J'ai aussi promis de revenir le voir. En théorie seul existe ici l'instant présent, qu'il soit d'une minute ou d'une heure, dans une chambre ou un couloir. Ne pas s'attacher. Ne jamais former ni souhaits ni projets.

Et je viens alors que ce n'est pas mon jour… Nous sommes mardi, j'ai rendez-vous pour mon « groupe de parole » mensuel et j'ai deux heures d'avance. Heureusement, je m'entends très bien avec Philippe, présent cet après-midi dans mon service, un bénévole sensible et chaleureux. Aucun risque qu'il me reproche d'empiéter sur son territoire.

Chambre 126. M. Malcor est assis dans le fauteuil près de la fenêtre, le regard dirigé vers l'extérieur.

J'ai récupéré mon badge en salle des bénévoles, cette étiquette avec notre prénom qui suffit à justifier notre présence. Passé une tête en salle de soins pour expliquer qu'en attendant mon groupe de parole, je secondais Philippe. Croisé celui-ci au sortir d'une chambre. Je lui ai dit la vérité. Il a très bien compris.

J'ouvre la porte.

— Bonjour monsieur. Je suis…

— Claire. Vous m'aviez dit que vous seriez là.

Il a tourné la tête en entendant ma voix. Le temps de

traverser la chambre, je serre sa main tendue. Sa peau est sèche mais douce, tiède, sa main délicate mais je sais de quelle vigueur sont capables ces longs doigts amaigris. J'en garde la mémoire au creux de mes paumes. Il doit avoir à l'esprit la même image, ce moment où je me suis levée, main vissée dans la sienne pour m'asseoir au bord de son lit. Il sourit en me regardant droit dans les yeux et je retire ma main sans plus savoir qu'en faire, soudain devenue gauche, et muette. Il désigne la chaise à côté de lui avec le même sourire obligeant.

— Asseyez-vous, je vous en prie.

Calé bien droit dans son fauteuil, il a reposé ses mains sur ses cuisses avec une lenteur prudente. Il porte une robe de chambre bordeaux serrée à la taille d'où s'échappe le bouffant soyeux de son foulard par le col châle, d'un bleu clair qui rappelle celui de ses yeux. Je l'imagine chez lui, lisant un livre ou un journal, dans un bon fauteuil, ses lunettes sur le nez. Inutiles désormais, que sont-elles devenues ? Un homme distingué, aurait dit ma mère, quand elle avait encore cette habitude de caractériser d'emblée toute personne rencontrée. Dans le soleil caressant de cette fin d'après-midi, il me semble plus reposé, le teint moins pâle. C'est souvent le cas après quelques jours ici, une fois les douleurs prises en charge, les traitements invasifs et stériles abandonnés, les soins de confort mis en place. Un mieux qui n'augure de rien mais qui est si bon à prendre.

Il continue à sourire et toute gêne en moi disparaît. Je soutiens son regard. J'étais attendue et j'attendais, moi aussi. Le silence qui s'installe confirme cette évidence.

Un silence volontaire, assumé, qui dilate le temps tout en lui donnant une épaisseur nouvelle.

— Alors, me dit-il, qu'est-ce que vous me racontez ?

Il y a les faits, les dates, qui renvoient à des époques qu'on a connues soi-même ou par d'autres récits, tous ces moments de vie qui peu à peu émergent, prennent forme les uns en regard des autres, dessinent un plan qui porte en lui le sens de sa visite. J'ai retourné la question de M. Malcor et c'est lui qui raconte sa vie, pour moi, avec un plaisir manifeste. J'écoute, absorbée, les mots qu'il choisit sans façon pour me guider dans son histoire. Comme une maison qu'on découvre avec une curiosité et une reconnaissance grandissantes tant son propriétaire vous la présente avec simplicité, ouvrant pour vous toutes les portes, tirant tous les rideaux pour faire entrer la lumière. On en oublie les couloirs empruntés, les paliers, les détours. Seules comptent ces pièces que l'on traverse ou dans lesquelles on s'attarde, qu'on a bientôt le sentiment d'avoir toujours connues.

Issu d'une vieille famille provençale installée sur les hauteurs d'un petit village du massif de la Sainte-Baume, M. Malcor reçoit une éducation stricte. Pratique religieuse rigoureuse, il va tous les jours à pied aux vêpres de la ville voisine, à cinq kilomètres, avec ses deux frères et l'institutrice. Celle-ci vit à demeure dans la grosse propriété familiale jusqu'à leur entrée au collège, quand les enfants sont tour à tour envoyés en pension au Puy-en-Velay.

Il a seize ans, me dit-il, lorsque sa mère est tuée par les Allemands en août 1944, quelques jours seulement après le débarquement de Provence.

Surprise, je me penche vers lui. J'attends mais il n'en dit pas plus. Il a parlé d'une voix blanche. Je m'apprête à l'interroger mais il m'arrête d'une main levée vivement en signe de refus.

« Un tragique concours de circonstances », finit-il par ajouter au bout d'un long silence, d'un ton qui ne souffre aucune réponse, tournant ostensiblement la tête vers la fenêtre.

Je me tais. J'observe, vers le fond du jardin, les branches d'arbre qui balaient le pignon nu de l'immeuble voisin. Il dit après un nouveau silence, le regard toujours voilé, perdu au loin :

« Chaque famille garde son drame, de cette période, n'est-ce pas ? »

Je vois passer sur son visage l'écho d'une affliction ancienne, profonde, qui s'évanouit quand il se tourne à nouveau vers moi, laissant place à la fatigue. Elle pèse maintenant sur tous ses traits, fait ployer son menton. Ses paupières se baissent…

Il relève la tête en la secouant légèrement pour reprendre son récit. Après la guerre, il poursuit des études d'ingénieur à Paris et c'est là qu'il rencontre Marguerite, qu'il épouse à l'âge de vingt-six ans.

« On dit souvent qu'on garde en soi la première vision, le premier mot, le premier contact. Pour moi, Marguerite, c'est une délicatesse de miniature, un manteau long d'où sortent des chevilles parfaites, un rire clair, un regard dense qui bondit vers moi quand elle relève le front. Elle était vraiment petite. Et d'une vitalité… C'est elle, pas encore vingt ans, qui déjoue la vigilance de ses parents pour me retrouver le soir au parc Monceau, pour me donner les caresses et les baisers que je n'aurais jamais osé demander. »

Il sourit en fermant les yeux un instant.

Ils ont un, deux, trois fils, « comme à la génération précédente ». M. Malcor travaille alors chez Dassault. Il y fera l'essentiel de sa carrière. De Paris la famille émigre en banlieue, où Marguerite élève les enfants…

Avec le même sourire, il s'interrompt encore pour prendre la petite bouteille d'eau posée sur la table roulante. Je ne sais quelle image il a en tête mais je le vois, plus jeune, dans un jardin, grand et droit, un bras protecteur posé sur les épaules d'une toute petite femme qui porte une robe à bretelles. Trois garçonnets sur une pelouse vert tendre, des ballons, des gâteaux d'anniversaire, des vélos comme des dominos au pied d'un arbre.

Il aspire à la paille qui dépasse du goulot quelques gorgées prudentes tout en lissant son foulard de sa main restée libre, puis il repose la bouteille, l'air satisfait.

J'attends un peu avant de l'interroger sur la propriété familiale en Provence…

« Vendue. 1945. De toute façon, je n'y retournais plus. »

Il m'explique d'une voix plus ferme qu'il a pris très jeune ses distances avec son père, autoritaire, parti vivre à Toulon. Son fils aîné y restera tandis que le cadet s'installera à Marseille. Il y meurt à trente ans d'une maladie des reins.

« J'ai toujours été très proche de lui. Il était le parrain de mon fils aîné. Un garçon fantaisiste, généreux, lumineux. Le plus doué d'entre nous trois. »

M. Malcor détourne les yeux et son visage se crispe. Puis il ajoute sèchement :

« Après sa mort, je n'avais plus aucune raison de revenir en Provence. »

Cette fois, je ne bouge pas, je n'attends aucune explication. Il est à la barre, c'est lui qui navigue d'une émotion à l'autre.

Du côté de Marguerite, enchaîne-t-il bientôt, le couple hérite d'une maison de campagne dans le Loiret : c'est à cet endroit que la jeune famille passera toutes ses vacances, puis les parents vieillissants l'essentiel de leur retraite.

« Cette maison, c'était… *notre* maison, notre ancrage ! Avec les années, on a tout refait, Marguerite et moi, absolument tout ! »

Il s'arrête et tousse faiblement, fronce les sourcils et plisse le front. Une toux brève qui ressemble davantage à des soupirs, qu'il étouffe de la main.

« Aujourd'hui, elle est inoccupée. Je n'ose imaginer l'état dans lequel elle se trouve. Je n'y suis pas retourné depuis la maladie de ma femme, il y a plus de deux ans. Mes enfants non plus… »

Pour la première fois, j'entends sa voix se charger d'amertume. Ses deux fils mariés ont choisi d'établir leur résidence secondaire au bord de la mer, poussés par leurs femmes. Le dernier, célibataire, voyage beaucoup.

« Après ma mort, la maison sera sûrement vendue mais je ne serai plus là pour voir ça. Tant mieux ! »

Je m'apprête à le questionner sur ses petits-enfants – il m'a dit qu'il en avait cinq – quand la porte s'ouvre, nous faisant sursauter l'un et l'autre, comme pris en faute. Je dois même rougir un peu en découvrant Lionel, l'aide-soignant. Il approche, un verre en main, des comprimés dans l'autre.

— Claire ? Qu'est-ce que tu fais là ?

M. Malcor se tourne vers lui et tend la main sans un mot. Il prend le verre d'un geste précis, rapide, le pose sèchement sur la table et fait de même avec les comprimés. Quant à moi, je répète à Lionel ce que j'ai dit aux infirmières tout à l'heure, d'une voix neutre. Puis je regarde ma montre pour la première fois. Il nous reste trente-cinq minutes.

Lionel a quitté la chambre sans faire de commentaire. M. Malcor prend appui sur ses avant-bras, se redresse sur son siège avec une grimace furtive et penche la tête vers moi. Le vent des confidences a tourné.

— Assez parlé de moi. Qu'est-ce qui vous fait venir ici, chaque semaine, écouter radoter des vieux comme moi ?

Je suis surprise par le ton de sa question, sans appel. Le voile de ses yeux fatigués laisse passer un regard qui scrute, fouille et ne lâche pas. Je le soutiens quelques instants avant de détourner la tête. Je suis souvent interrogée sur ma motivation mais j'ai envie, cette fois, de prendre le temps de répondre… Dehors, par-delà la masse assombrie de la végétation, les voitures passent sans bruit sur le boulevard. L'étage est calme et n'envoie dans la chambre que les sons étouffés de pas maîtrisés, de voix basses entremêlées.

— J'ai toujours eu conscience que la mort habite nos vies…

Je n'avais jamais formulé ça ainsi. Oui, la mort, comme un parent désagréable qu'on est contraint d'héberger chez soi, qu'on se réjouit de ne pas souvent croiser ; la fête qu'il faudrait faire quand il est parti se coucher…

Je continue en le regardant, d'une voix plus assurée :

— On doit faire avec, et c'est ce qui se passe ici. Ce temps de la fin de vie est d'autant plus précieux, pour celui qui l'éprouve comme pour celui qui reste…

Il m'observe sans rien dire, m'encourageant des yeux à poursuivre encore.

— Plus égoïstement… et j'assume ce mot ! je viens ici pour le privilège incroyable que j'ai d'en être témoin. Actrice aussi à ma façon. Le dépouillement, et même la légèreté ! s'oublier, vivre l'instant, la rencontre, toutes les rencontres, être là, avec le plus d'intensité possible, la plus grande authenticité… c'est tellement rare et ça fait tellement de bien !

Qu'est-ce qui m'a pris de m'emballer comme ça ? Et de hausser la voix ! Je jette un coup d'œil vers le hublot de la porte. Rien, pas une ombre.

M. Malcor n'a pas bougé. Il continue de me fixer.

— Au tout début, insiste-t-il, qu'est-ce qui vous a motivée ? Vous ne pouviez pas savoir tout ça avant de le vivre.

— Je vous l'ai dit. L'idée de la mort, depuis toujours. Une évidence dont on ne parle pas, ou si mal… Et une rencontre, avec une ancienne bénévole. Elle m'a fait cette phrase qu'on entend souvent ici : « On ne sait jamais ce qu'on donne mais on reçoit beaucoup. » Elle m'a dit ça avec une conviction bien ancrée, une sorte de certitude tranquille qui m'a profondément marquée. Ça avait l'air intense et c'était mystérieux… J'ai postulé en me disant : « On verra bien », et j'ai tout de suite été rassurée par le cadre, le processus de recrutement, la formation. Plus sérieux que dans beaucoup d'entreprises.

Son visage impassible se détend enfin. Il semble satisfait par ma réponse, hoche la tête et se renfonce dans son fauteuil.

Après un moment de silence :

— Vous travaillez ? Qu'est-ce que vous faites ? Vous êtes mariée, vous avez des enfants ?

— Ainsi, vous êtes veuve…

Il m'a laissé parler sans m'interrompre, sans me poser aucune question. J'ai évoqué pour lui les villes, les pays où nous avons habité, les déménagements successifs, le cycle exigeant des intégrations et des départs, la carrière de Vincent dans l'industrie, la mienne, réinventée à plus de quarante ans, notre retour en France, le cabinet, les études de mes filles, leurs rêves, leurs projets… Et voilà ce qu'il retient, ce qui me définit ! *Veuve.* C'est peut-être la première fois que je l'entends vraiment, ce mot désuet, honni. D'un froid tranchant, il pénètre à l'intérieur de moi. J'ai une envie brutale de quitter cet endroit pour ne plus jamais y revenir.

— Pour ça, je suis plus jeune que vous, poursuit-il. Un an seulement, pas deux comme vous, mais je ne sais que trop bien ce que ça implique…

Sortir mais sous quel prétexte… Il me regarde avec un sourire triste, empli de compassion, et quelque chose en moi lâche soudain.

Je me revois, ouvrant la porte d'entrée de l'appartement, et je raconte. Les deux policiers sur le palier. Le plus jeune doit avoir à peine vingt ans. Dans sa main, la clé du véhicule qui les a menés là, chez moi, chez nous, à 11 heures un samedi matin. Un index passé dans l'anneau, faisant tourner la clé de l'autre, ouvrant et resserrant ses doigts mille et une fois. Vincent s'est écroulé en faisant son footing dans les jardins de Bagatelle. Un coureur a alerté les secours. Ni les pompiers ni le Samu arrivés sur place quelques minutes plus tard n'ont pu le ranimer. Je n'entends rien, je me contente de faire quelques pas en arrière pour fermer la porte du salon sur ma gauche, et celle de la cuisine derrière moi, pour nous isoler des filles. Je ne les invite pas à entrer mais ils approchent. Ils continuent de parler et je ne retiens que ces mots : « Décès sur la voie publique ». Décès sur la voie publique, décès sur la voie publique… *ASSEZ !* Je me laisse tomber sur le tabouret du piano à côté de moi. Son assise ronde vacille, le trépied bascule… Un des policiers saisit mon bras et me retient juste à temps. L'autre bloque instinctivement le tabouret avec sa jambe. Il se stabilise et je reste là, encadrée par ces deux hommes debout qui se sont tus enfin.

Je suffoque en silence.

Après une éternité, mes premiers mots, étranglés. « Où est-il… » Le plus âgé me répond. Il semble soulagé et il explique, une nouvelle fois : décès sur la voie publique, enquête de police, le corps en route pour l'Institut médico-légal. Oui, déjà… Quai de la Râpée, près d'Austerlitz, je pourrai le voir cet après-midi de 14 h 30 à 16 h 30, il suffit d'appeler ce numéro.

À cet instant la porte du salon s'ouvre et Maud apparaît, bientôt suivie de Charlotte. Je me lève et les prends dans mes bras, j'enfouis leur tête dans mon cou pour ne pas voir leur visage, pas tout de suite. Elles se dégagent. « QUOI ? » « Mais qu'est-ce qui se passe ? » Je veux les prononcer, moi, les mots…

En entendant leurs cris je peux enfin pleurer.

Quelques heures plus tard, dans la salle de présentation de l'Institut médico-légal. Nous nous avançons, moi au milieu, soudées par le flanc toutes les trois. Charlotte sanglote doucement et s'agrippe à mon bras. Maud est livide, silencieuse, son bras raide entouré du mien. Il est allongé, mon mari, leur père, sur une table au milieu d'une pièce tout en longueur, un drap blanc tiré jusqu'au menton. Une vitre nous sépare. Ses cheveux encore bruns ont été lissés en arrière. Trop longs. Il avait prévu d'aller chez le coiffeur aujourd'hui… Je me dégage un instant de l'étreinte de mes filles et m'avance, m'accroche au rebord de la vitre, plaque mon front contre la surface glacée. Les larmes coulent à flots désormais, ma vue se brouille. J'essuie la buée avec mon avant-bras. On lui a retiré ses lunettes. Son nez grand et droit paraît plus imposant. Son regard pénétrant est à jamais enfoui sous ses paupières fermées. Son visage lisse est affreusement serein.

Les mois s'enchaînent… Les démarches à assumer, la montée en charge du cabinet, Maud et Charlotte à entourer, protéger…

J'évoque tout cela sans insister car je sais que M. Malcor comprend. La vie qui tout à coup éclate, explose, qu'il faut bien remettre sur pied, morceau par morceau, dans un ordre inédit, un équilibre bancal qui peu à peu se fige…

Il m'écoute. Son visage exprime une sympathie d'une intolérable douceur.

Je n'ai plus rien à ajouter.

Mais il m'interroge encore, me pousse encore un peu plus loin :

— Vous m'avez dit que vous étiez bénévole depuis deux ans, à la mort de votre mari… Vous avez bien dû arrêter un moment, non ? Ensuite, malgré tout ça, vous êtes revenue ici ? Côtoyer la mort ?

Je pourrais lui en vouloir de sa franchise abrupte mais je comprends son étonnement. Je l'ai perçu autour de moi quand j'ai « repris du service ». Je me souviens des mots de Charlotte, assénés avec toute la dureté de son âge. « Je trouve ça hyper-glauque et même dégueulasse que tu y retournes ! » Elle est plus mesurée aujourd'hui mais elle a toujours du mal à me savoir ici.

Bien sûr, tout s'est interrompu à la mort de Vincent, mon bénévolat comme mon activité au cabinet. Le temps de faire face aux démarches en tout genre, nombreuses, envahissantes, absurdes parfois. Après quelques semaines, j'ai repris progressivement le suivi de mes patients. Et au bout de six mois d'arrêt, le délai minimum en vigueur en cas de deuil, j'ai demandé à revenir ici. J'en avais tout simplement envie et je me suis fiée à cette envie. Reprendre ma vie d'avant pour ce qu'il en restait, m'astreindre à une routine tangible, m'y accrocher, jour après jour. J'ai été reçue par une psychologue de la maison. Elle a conclu que je faisais très bien la part des choses. La vérité est que je ne pense jamais à Vincent quand je suis à Saint-André. Je n'ai pas connu les hospitalisations à répétition, les opérations, les chimios impuissantes, la lente dégradation des corps qui met les âmes à nu. C'est un autre monde que j'ai découvert en arrivant d'Espagne, dans lequel je replonge chaque vendredi, dans lequel je ne suis plus veuve...

C'est ce que j'explique à M. Malcor lorsqu'on toque à la porte. Le visage de Philippe apparaît dans l'entrebâillement, et d'une voix tranquille :

— Claire, il est bientôt 6 heures. Ton groupe de parole...

*

La présence de « bénévoles d'accompagnement » des malades et de leur entourage est obligatoire en soins palliatifs. Régulièrement formés et supervisés par des professionnels. C'est inscrit dans la loi et c'est un cas unique, je crois. Nous nous retrouvons ainsi chaque mois sous la houlette d'un psychologue, réunis par dizaine en « groupes de parole » : l'occasion de revenir sur ce qui nous a touchés, mis en difficulté dans nos services. Le moment de parler de soi, de remettre ce « soi » à l'honneur, lui qu'on s'efforce tant d'oublier chaque semaine.

Salle de réunion du troisième étage, à côté de la cantine et des vestiaires des soignants. Pierre est installé face à la porte, au bout de la longue table formée par le rapprochement de tables plus petites, comme des écailles mal jointées. Psychologue extérieur à Saint-André comme tous ceux qui animent ces groupes, une cinquantaine d'années, massif, le crâne rasé. « Une bonne tête » sans rien de remarquable mais une voix magnifique, chaude et profonde. Il le sait mais n'en joue pas trop, heureusement. Il a malgré tout ses fans parmi les bénévoles, avec lesquels il garde une distance prudente.

— Bonjour à tous. On va commencer… Olivia, tu peux fermer la porte s'il te plaît ? Merci. Je vais me présenter puis on fera un rapide tour de table puisqu'il y a des nouveaux visages cette année.

Sur les huit bénévoles présents, j'en connais cinq. Ils étaient comme moi dans le groupe de Pierre l'an dernier. Les autres auront voulu changer de groupe, ou de psychologue, ou suivi simplement des contraintes d'agenda. Au fur et à mesure des présentations, j'enregistre les prénoms manquants. À part Olivia, une jeune femme confirmée avant l'été, nous sommes tous des « anciens ». Quand vient mon tour :

— Bonjour… Claire. Ici depuis quatre ans, le vendredi après-midi à Saint-Jacques.

C'est le nom de mon service au premier étage. J'aime cette double identité, « équipe du vendredi » et « Saint-Jacques ». L'ADN de ma présence ici.

Le tour fini, Pierre rappelle les règles de fonctionnement du groupe : confidentialité – « Tout ce qui est dit ici reste ici » –, respect de la parole, écoute bienveillante, non-jugement – « On parle toujours en *je* ».

— Maintenant, c'est à vous.

Le silence qui suit est habituel. Chacun passe mentalement en revue ses dernières demi-journées ici, soupesant l'importance de tel ou tel moment, son impact éventuel. Mais il ne durera pas. Édith, la doyenne du groupe, ne résiste jamais très longtemps.

J'en profite pour fermer les yeux, la tête entre les mains. Je n'ai pas l'intention de parler. Simplement souffler…

Ça y est, Édith est lancée. J'ai mis du temps l'an dernier mais j'ai appris à l'apprécier. Par-delà son apparente naïveté, cette voix que l'âge fait trembloter, c'est une femme solide (trente ans de bénévolat !), pouvant être à la fois imperturbable et d'une capacité à s'émouvoir intacte. Mais aujourd'hui, je n'écoute que d'une oreille son récit d'une altercation entre un malade et une infirmière. Elle dit s'être sentie prise à partie, mal à l'aise. Pierre, l'air de rien, l'interroge sur les raisons de son inconfort, demande ce que nous en pensons. « Qu'est-ce qui est en jeu à ce moment-là ? » Il la pousse dans ses retranchements à coups de « Pourquoi ? », « Qu'est-ce que tu ressentais alors ? », « Mais plus précisément… » Édith creuse, approfondit ses réponses, d'autres témoignent en écho, Pierre orchestre. D'ordinaire l'exercice me plaît, j'en comprends l'utilité et je participe, mais je suis encore un peu loin d'ici. Deux étages plus bas, chambre 126…

La discussion a dérivé puis s'est tarie.

Nouveau silence.

— Claire, on ne t'a pas encore entendue. Quelque chose à partager ?

Pierre me regarde en souriant et huit paires d'yeux en font autant. Je songe à décliner… et je me lance.

— Une rencontre… étonnante, avec un malade. J'y suis allée à la demande des soignants, pas forcément très motivée au départ…

Je raconte ma visite à M. Kashani vendredi dernier, en précisant le contexte : j'étais attendue. Je décris mon arrivée dans sa chambre, prudente. Puis je mime son sourire, son petit signe de main pour me faire approcher… et le grand coup de balai de son bras pour me faire dégager !

Olivia, assise en face de moi, réprime un « Oh ! » avant d'éclater de rire, suivie par le reste du groupe.

Satisfaite, je souris et m'apprête à me rendormir sur ma chaise quand Pierre se tourne vers moi :

— Comment tu as vécu ça, Claire ?

Sa voix grave fait instantanément taire les rires et redonne à la scène toute sa dignité. J'ai presque honte de mon mime trop facile. Déplacé.

— Sur le moment ? Estomaquée, bien sûr, et un peu vexée. Mais avec du recul, pas si touchée que ça. Ça m'aurait beaucoup plus affectée il y a quatre ans.

Suis-je honnête ? Pourquoi en avoir alors parlé ? Je n'ai pas évoqué le regard de M. Kashani, impossible à reproduire… Il est encore brûlant dans ma mémoire. La violence, et même la furie, même aussi brèves et même sans en être le véritable objet… de celles qu'on ne peut oublier.

— À ton avis, pourquoi cet homme t'a fait venir et t'a ensuite repoussée ?

— Il a changé d'idée ?

— Tu crois ?

— Non, pas vraiment. Je crois qu'il savait parfaitement ce qu'il allait faire. Il a eu du plaisir à me jeter.

— Voilà. Et c'est ce que tu lui as offert. Tu lui as redonné de la liberté. Du pouvoir, qu'il a pu exercer alors qu'il est cloué sur un lit, avec des protections, changé, nettoyé, alimenté comme un enfant… Tu nous as bien dit qu'il était iranien, avec un certain statut dans son pays, non ?

— Apparemment…

Pierre s'adresse à tous :

— Un homme de pouvoir, complètement à la merci d'une équipe soignante, des femmes pour la plupart… Vous imaginez ? Eh bien, par votre simple présence, même aussi courte, même en ayant l'impression d'avoir failli… vous voyez ce que vous pouvez apporter ? C'est énorme !

— Il n'aurait pas pu se permettre ce genre de comportement avec les soignants, c'est certain, ajoute Édith gravement. Il en a besoin. Tandis qu'un bénévole…

— Ça sert aussi à ça. Tout à fait, conclut Pierre en hochant la tête.

— Eh bien moi… je voudrais déposer ici ce que j'ai vécu hier, qui m'a beaucoup ému. Je crois que ça faisait longtemps que je n'avais pas été secoué comme ça.

Patrick s'exprime posément, avec une autorité naturelle qui lui vaut l'attention du groupe. Il est à Saint-Jacques, comme moi. Le lundi matin. Comme beaucoup d'hommes parmi les bénévoles, il est à la retraite, après avoir été professeur en classes préparatoires. Je le connais peu car il n'était pas dans ce groupe l'an passé mais je sais qu'Aurélie, mon amie infirmière, l'apprécie.

— ... Un malade, arrivé dans mon service vendredi. C'était donc la première fois que je le voyais hier. Je suis entré dans sa chambre, je lui ai demandé si je pouvais m'asseoir, il a dit oui, très poli, et on a commencé à parler. De son métier. Mais très vite j'ai senti que derrière son assurance… comment dire… je ne sais même plus ce qu'on disait mais tout à coup j'ai vu qu'il pleurait, sans un bruit, et j'ai été complètement pris de court. C'était…

Patrick s'arrête un instant pour retirer ses lunettes, qu'il regarde avant de les remettre en place.

— Poignant. Je dois avouer que j'ai versé une larme, moi aussi. On est restés un moment en silence, à se regarder. Puis il m'a dit : « Je n'en peux plus. Et ils n'entendent rien. »

Je ne peux m'empêcher d'intervenir :

— Quelle chambre ?

— 126. Monsieur…

— Je sais, je…

— Claire, tu peux laisser Patrick terminer, s'il te plaît ?

Pierre a parlé d'une voix égale, comme toujours.

— Désolée…

— Vas-y Patrick, continue.

— Je lui ai demandé pourquoi il n'en pouvait plus. Il m'a dit que sa femme était morte il y a un an. Il ne s'en est pas remis et ne s'en remettra jamais – ce sont ses mots. Il a quatre-vingt-onze ans. Soixante-cinq ans de mariage… Un état physique pas trop douloureux mais qui l'empêche de faire quasiment tout. Il ne voit presque plus rien. Et ça empire de jour en jour, lentement, à petit feu. J'ai compris que ses enfants étaient présents mais sans plus. Ils ont leur vie… Bref, il a demandé une sédation mais comme il ne remplit pas les critères, on la lui a refusée. Il est très en colère contre la maison, contre la loi qu'il trouve idiote, trop restrictive. En même temps il est intelligent et dans le fond, je crois qu'il la comprend bien, la loi. Il sait très bien qu'il n'entre pas dans le cadre, et pour cause. Il est juste désespéré de ne pas mourir.

Une sédation ? M. Malcor ? Désespéré ? Je n'y crois pas une seconde ! Je repense à ses sourires, qui m'encouragent, à la chaleur de nos échanges, il n'y a pas une heure ! Les confidences que je n'avais jamais faites, pas comme ça, tout ce qu'il m'a dit, lui, de sa vie, comme si, le temps étant compté, on avait mis les bouchées doubles et qu'on se connaissait maintenant depuis des siècles… J'ai un mal fou à ne pas réagir tandis que Pierre questionne Patrick :

— Comment as-tu accueilli sa demande de sédation ? Je rappelle à toutes fins utiles qu'on parle ici de sédation « profonde et continue jusqu'au décès ». C'est récent – 2016 –, c'est légal et c'est évidemment très encadré.

— J'ai été déstabilisé… Dans la mesure où il n'est pas en toute fin de vie et qu'il n'a pas de douleurs

« réfractaires à tout traitement », comme dit justement la loi, c'est difficile. Je comprends qu'on lui dise non. Mais j'ai senti tellement de désespoir dans tout ce qu'il exprimait… C'était vraiment très lourd à entendre.

Patrick soupire et se tait, interrogeant Pierre du regard.

Celui-ci passe une main sur l'arrière de son crâne en baissant légèrement la tête. Il semble se concentrer un instant puis il répond :

— De ce que j'entends, cet homme n'est pas désespéré parce qu'il est en fin de vie… Il l'est car il est en *deuil*, celui de la femme avec laquelle il a vécu *soixante-cinq ans*. Ce n'est pas la même chose. Il est même en pleine dépression, si vous voulez mon avis. Et il n'arrive pas à mourir. Je vais vous dire quelque chose qui va peut-être vous surprendre… *On ne meurt que vivant*. Or cet homme ne vit plus depuis la mort de sa femme. Et c'est cette dépression profonde que tu as ressentie, qui t'a touché, Patrick. Elle s'exprime par une demande de sédation car le contexte *pourrait* s'y prêter. Elle s'exprimerait autrement s'il n'était pas malade.

Un blanc suit les affirmations de Pierre, pendant lequel chacun essaie de décrypter ce qu'il a voulu dire. Je m'y engouffre et j'interviens enfin :

— Mais il *est* vivant ! C'est moi qui l'ai accueilli, cet homme, le jour de son arrivée. Je l'ai vu, longuement. Et je peux vous assurer qu'il est bien « dans la vie », dans l'échange, dans la relation à l'autre ! On a même eu des conversations incroyables, profondes, chaleureuses. Oui, il est fatigué et alors ? Qui n'a pas ses moments d'abattement, malade ou pas ?

— Claire ? (Pierre se tourne vers moi.) Je ne sais pas ce qui s'est passé entre vous mais tu parles d'échange, de conversations, et on sent que tout ça est très personnel, non ? Tu es sûre que tu ne projettes pas un peu ?

Je refuse de répondre. Sa voix descend encore d'un cran :

— Est-ce que cet homme ne te rappellerait pas quelqu'un ? Ton père, par exemple ?

Et voilà ! C'est quoi ce réflexe de psy, alors que je ne suis pas en thérapie avec lui ? Il ne me connaît pas, il ne sait rien de ma vie ! Je cache mon énervement pour lui répondre calmement :

— Mettons que ce soit vrai… Oui, il y a des ressemblances, je les ai vues dès le départ…

À commencer par son prénom, celui de mon père, mais je ne vais certainement pas en informer Pierre ! Au contraire, j'insiste :

— Qu'est-ce que ça change ? Les liens qu'on établit ici comme bénévoles – qui en théorie n'existent pas… foutaises ! –, ces liens, même les plus forts, n'ont *rien* à voir avec ceux qu'on tisse une vie entière avec ses proches ! Je sais bien qu'il va mourir, je n'ai aucun problème avec ça, ce n'est *pas* mon père, ça fait partie de la donne !

— Je perçois beaucoup d'émotion… Tu ne serais pas en train de t'impliquer un peu trop ? C'est juste une question. Pour le malade comme pour toi, c'est important d'être à la bonne place, de garder la juste distance. Qu'est-ce que tu en penses ?

— Évidemment, je suis d'accord.

Il continue :

— C'est pour vous protéger de vous-mêmes que ces groupes de parole existent. Et je ne peux que te conseiller, Claire, de prendre un peu de recul pour voir pourquoi tu réagis de façon aussi… vive. Ce que cet homme vient réveiller en toi, de très sensible apparemment…

Je n'en ai rien à faire, de ses conseils ! S'il savait… Je me force à répondre :

— Tu as raison. Je me suis un peu emportée mais c'est un homme vraiment touchant, comme disait Patrick. Je ferai attention. Merci de tes conseils.

La fin du groupe de parole est un supplice. Je fais bonne figure, approuve de la tête les déclarations de Pierre, qui m'apparaissent de plus en plus péremptoires, insupportables. Je bous intérieurement et m'éclipse dès qu'il clôt la séance, en prenant soin de l'éviter. Je me réfugie dans les toilettes de l'étage en attendant que tout le monde soit sorti puis je descends l'escalier.

J'ai quelqu'un à voir avant de rentrer chez moi.

Le couloir est désert, les chambres, sombres pour la plupart. Dans la sienne, la veilleuse me le laisse entrevoir, allongé sur le lit. Je fais le pari qu'il a les yeux ouverts et j'entre en chuchotant :

— *Bonsoir ?*

— Claire ? C'est vous ?

Il a parlé doucement lui aussi. Je sens à sa voix qu'il est surpris et… content.

— Dites-moi si je vous dérange, mais j'avais envie de vous parler avant de partir, juste cinq minutes…

— Vous ne me dérangez pas, au contraire. Je ne dormais pas.

Je rapproche la chaise pour continuer de lui parler à voix basse.

— Je sors de mon groupe de parole, je vous avais expliqué… Et je suis un peu perturbée. Je ne devrais pas venir vous voir, je sais, mais…

— Qu'est-ce qui vous arrive ? Vous pouvez me parler, vous savez.

— Merci… Je vais complètement sortir de mon rôle de bénévole mais j'ai besoin de savoir… C'est vrai que vous avez demandé une sédation ?

— Oui.

— Mais… Pourquoi ?

— Ça vous surprend tant que ça ?

— Oui !

— Pourquoi ?

— Parce que… Il y a toujours tellement de choses à vivre, à partager…

— Mais qu'est-ce que vous en savez !

Son ton est sec. Ses mots même chuchotés, tranchants. Je réponds en balbutiant :

— Ne serait-ce que… Regardez nos échanges aujourd'hui… C'était intéressant, c'était… vrai, non ?

Il se radoucit un peu :

— Écoutez-moi, j'étais sincère avec vous et je le suis encore. Avec vous, j'ai oublié un instant ce que je faisais là, oui. Le temps d'une visite. Le temps d'une visite. C'était… inattendu. Mais ça change quoi à ma vie ? À ce qu'il en reste, à ce qui m'attend ? J'ai quoi devant moi, à part une dégringolade de plus en plus pénible ? Vous pouvez me dire ?

Que c'est dur à entendre ! Je réponds, plus faiblement encore :

— Vos enfants… vos petits-enfants ?

— Quelques bons moments de plus, ça change quoi ? Ils n'ont pas besoin de moi et je suis épuisé, je vous l'ai dit dès le début.

J'ai tout à coup des remords à lui imposer ma présence mais il continue, d'une voix qui se charge d'émotion. J'ai envie de lui prendre la main mais je n'ose pas.

— Marguerite n'est plus là et pas un jour, pas une heure ne passe sans qu'elle me manque, vous comprenez ? Physiquement. C'est intolérable… Je veux la rejoindre, je veux y croire. Ou bien me dissoudre dans du rien qui sera toujours mieux que ce manque insupportable !

Il s'arrête et tourne la tête vers moi. Ses yeux clairs me fixent dans la pénombre.

— Mais vous…

— Moi ?

— Vous m'avez parlé de Vincent comme d'un père formidable, de vos filles, qu'il fallait soutenir à tout prix, de tout ce que vous avez fait pour elles… Mais *vous*, Claire, *sa femme* ? À votre âge et en bonne santé… comment faites-vous pour supporter son absence ?

La question me fait l'effet d'une claque, brutale. Je me lève sans réfléchir en murmurant :

— Je… c'est compliqué… Je vais… rentrer maintenant. Merci de m'avoir répondu. Désolée encore d'être venue comme ça, si tard… Je vous souhaite une très bonne nuit.

Je pars pour ne plus voir son visage mais il m'appelle :

— Claire ?

Je me retourne, malgré moi. Il me semble le voir sourire.

— Revenez me voir quand même, ça me fera plaisir. Et appelez-moi Henri, vous voulez bien ? Je crois que je n'ai plus entendu mon prénom depuis la mort de ma femme. Et je risque de ne plus beaucoup l'entendre, maintenant.

Je sors sans répondre. Encore sonnée, je traverse le coin famille en direction de l'escalier quand je croise Paule, l'infirmière coordinatrice du service.

— Claire ? Qu'est-ce que tu fais encore là ?

Toujours sèche avec les bénévoles. Dieu merci, elle ne m'a pas vue sortir de la chambre !

— J'avais groupe de parole et ça s'est un peu prolongé.

— Lionel m'a dit que tu étais restée très longtemps dans la chambre de M. Malcor cet après-midi. Attention à ne pas harceler les malades, même avec les meilleures intentions. Ils ne sont pas toujours en état de se défendre, je ne t'apprends rien…

6

Des marqueurs d'un autre temps, des madeleines surpuissantes, toutes ces chansons. Un voyage dans l'histoire de la musique mais d'abord et surtout dans une chronologie toute personnelle, où les lieux et les moments de ma vie se superposent au gré de mes écoutes répétées. Éternels retours…

Ce soir, je rejoue l'album *Heads and Hearts* du groupe de rock anglais The Sound. Une cassette écoutée en boucle sur mon walkman lors d'un séjour de ski en terminale. Quinze ans plus tard, sur l'autoradio de la Jeep Grand Cherokee à notre arrivée à Denver, juste avant la naissance de Charlotte. Et aujourd'hui, 17 septembre 2019, sur mon enceinte *via* mon téléphone dans le silence de mon appartement.

Love Is not a Ghost… One Thousand Reasons… Les titres s'enchaînent et je serais incapable de dire ce que j'en pense en ce moment même, s'ils méritent plus que d'autres cette attention et ma fidélité. Je les aime. Ils font partie de moi. Combien de mélodies, de milliers de paroles exactes ou seulement phonétiques ai-je emmagasinées quelque part, toujours prêtes à resurgir… La pop anglaise de mes années étudiantes, la bossa-nova, après la naissance de Maud, que je convoque souvent le soir pour danser dans ma salle de bains et chanter, toujours chanter. Un peu plus tard, Schubert, Purcell… Le *Miserere* d'Allegri qu'aimait tant Vincent. Passé lors de notre mariage et à son enterrement. Jamais réécouté, lui.

> « Mais *vous*, Claire, *sa femme*… comment faites-vous pour supporter son absence ? »

La question m'accompagne depuis mon retour de Saint-André. C'est elle, tandis que je chantonne, qui me fait ouvrir le placard du couloir où sont rangés les vieux albums photo. Encore elle qui m'a fait ressortir du haut de mes étagères le pull gris de Vincent, son préféré. Le seul vêtement que j'aie gardé, porté plusieurs semaines, il y a un siècle.

Assise sur mon lit, le pull comme une robe recouvrant mes genoux, j'étale les albums autour de moi en ordre chronologique. Des pages jaunies recouvertes de films plastique transparent plissés comme des peaux d'éléphant. Ailleurs des coins photos qui tombent, desséchés, des légendes qui bavent, qui s'évanouissent. Malgré tous nos efforts, les souvenirs vieillissent.

Temperature Drop, dernière chanson, une de mes préférées. Juste avant la fin du premier couplet, je pose l'album photo que j'ai en main et je retiens mon souffle. J'attends, je ne sais quoi… mais rien ne vient ! Le titre continue, imperturbable, envoyé chez moi depuis une plate-forme musicale quelque part à l'étranger… Et je me souviens ! Un jour lors d'une écoute, j'avais enclenché par erreur le bouton REC de mon lecteur cassette, enregistrant par-dessus la musique deux secondes de blanc et un « Oh, MERDE ! » retentissant, avant d'arrêter les dégâts. C'est cette interruption et ma voix jeune et désespérée que ma mémoire anticipe et restitue à son endroit exact, trente ans plus tard. L'espace d'un instant, je revis la panique qui avait été la mienne, puis l'immense soulagement d'avoir limité la casse. Et l'amusement intact et répété, engendré par les écoutes futures… C'est toute l'intensité de mes seize ou dix-sept ans qui d'un coup me saute à la gorge… Ce titre, sans mon « Oh, merde ! », vaut-il encore d'être écouté ?

À la fin de la chanson, j'arrête la musique et j'éteins l'enceinte.

« … *vous*, Claire, *sa femme…* »

Francfort, Denver, Atlanta, Barcelone, Paris, quinze ans après en être partis. Les albums photo s'arrêtent à Denver. Premier appareil numérique.

Je prends un des albums. Voyage en camping-car dans les parcs de l'Ouest américain. Maud a cinq ans, Charlotte deux. Les paysages se succèdent, grandioses, les photos sont belles. Vincent a toujours eu le sens du cadre. Les filles, présentes à toutes les pages, radieuses, boudeuses… Je pose parfois avec elles mais je reconnais mal cette jeune femme aux cheveux courts, à l'allure encore adolescente. Je cherche… Vincent. Debout, le buste presque collé au camping-car, un bras plié appuyé sur la vitre conducteur, soutenant sa tête. Comme allongé à la verticale, épousant la portière tout en s'en détachant dans un équilibre qui semble facile, un mélange de force et de légèreté. Un sourire ambigu, une pose étonnante, pour bien montrer qu'il n'aime pas être photographié. Il avait horreur des portraits figés, et plus tard des selfies faussement spontanés, des mises en scène, de l'étalage sur les réseaux sociaux.

Je me souviens de ces quinze jours confinés dans cette boîte de verre et de métal : nous dormions à l'avant dans l'espace au-dessus du pare-brise, les filles à l'arrière. Couchés avec les poules, réveillés avec le soleil, toujours ensemble. Pas d'intimité en dehors des toilettes et de la mini-douche. Je me contorsionnais sur ma couchette pour m'habiller. Nous avions rendu le camping-car à Las Vegas et passé les deux dernières nuits à l'hôtel, dans une chambre familiale où des portes coulissantes nous isolaient enfin des filles… Je garde de ces deux nuits un souvenir au moins aussi intense que de notre voyage de noces.

J'avais quoi, trente-deux ans ? Vincent, déjà quarante. Un boulot prenant, des déplacements sur tout le continent. Quant à moi, je passais mes journées à m'occuper de Maud et surtout de Charlotte, souvent malade. Parcourant une centaine de kilomètres chaque jour pour les accompagner à l'école ou aux activités auxquelles leur âge et ma condition de femme d'expatrié m'avaient condamnée. Consacrant mon « temps de cerveau disponible » à lire les rares articles de presse accessibles sur mon ordinateur, pour garder un lien même ténu avec la France, si lointaine à cette époque peu connectée. Quand Vincent rentrait le soir, à Atlanta notamment, je lui en voulais de ne pas se précipiter dans mes bras. Au moins de temps en temps…

Je pose l'album, en feuillette d'autres.

Francfort, un meublé impersonnel, des rues dont j'ai oublié les noms. Une rare photo de nous deux, jeunes mariés, fixant l'objectif, en bas de notre immeuble. Vincent a posé un bras sur mes épaules. La différence de taille est juste suffisante pour que son épaule à lui ne se soulève pas. J'ai les cheveux plus longs, plus foncés et plus raides qu'aujourd'hui. Vincent, des pattes de rocker jusqu'au bas des oreilles. Il les avait fait pousser pour moi. Elles détonnent dans ce visage condamné au sérieux par les lunettes à montures métalliques, la rectitude du port de tête. Il ne les a pas gardées longtemps.

Je m'allonge sur le dos et fixe le plafond pour tenter d'animer cette image. Retrouver sa démarche, et sa voix… Ce qu'il aura pu dire (en protestant ?) quand une voisine ou un ami aura insisté pour nous prendre en photo. Mais j'entends tout à coup des pas au-dessus de ma tête et je regarde ma montre. À peine plus de 21 heures. Des voix étouffées, des rires peut-être, puis un silence soudain et le bruit sourd de deux corps qui se laissent tomber sur un lit. La chambre de mon voisin du dessus est à l'aplomb de la mienne. Longtemps utilitaire, elle s'est animée depuis quelques semaines d'une nouvelle présence.

Je me lève sans attendre que la chambre là-haut gémisse. Je traverse le couloir et retrouve le silence de celle de Maud. J'y ai installé mon bureau à son départ pour Lausanne. Plaqué contre le mur sous la fenêtre, il donne sur une arrière-cour toujours déserte, où le seul mouvement perceptible est celui de la pluie quand elle tombe.

Sur l'écran de mon ordinateur, des colonnes de dossiers : les photos classées par Vincent, année par année. Je pioche au hasard. Août 2009. Marche en famille au petit matin, dans le parc montagneux d'El Garraf au sud de Barcelone.

Ces couleurs… Un ciel sans nuage d'un bleu qui crépite entoure les roches calcaires et la terre rouge, fait ressortir la silhouette des chênes verts de la garrigue environnante. Sur mon écran, leur intensité est presque excessive, irréelle, le ciel comme un fond d'incrustation vidéo. Je passe…

Le même jour, sur la plage de Garraf. Vincent est allongé sur sa serviette, les yeux fermés, les mains en éventail sur sa poitrine. Je zoome pour tenter d'apercevoir les taches de rousseur minuscules sur le haut des épaules, rares chez un brun. Les poils épars de son torse apparaissent entre ses doigts écartés. Je les enroulais lentement du bout des miens, dessinant des ronds sur sa peau jusqu'à ce qu'il saisisse ma main… Je crois voir un sourire se dessiner sur ce visage au repos, faisant s'étirer ses lèvres et s'ouvrir ses paupières. Ses yeux marron plongent dans les miens… *Ainsi, tu en profites pour me photographier ?* Sa lèvre inférieure avance doucement, charnue, élastique, que j'aimais tant mordiller…

J'ai pourtant du mal à me souvenir de nos baisers, devenus plus rares avec les années. Je rends à la photo sa taille normale, recule, renverse la tête et prends appui sur le dossier de mon fauteuil, qui ploie légèrement. Certaines sensations s'estompent, d'autres sont plus résistantes… Sa façon de faire l'amour, prévisible, un peu trop parfois, mais d'une tranquille évidence… jusqu'à la crise de 2009. La nôtre, à la fin de l'été, lorsqu'un « ex » revenu brièvement dans ma vie avait failli nous coûter notre mariage.

Je fais disparaître la photo de l'écran, un des derniers témoins d'une époque insouciante, et ferme les fenêtres une à une.

Une fois encore, je remonte le pull par son encolure pour le poser sur mon visage, comme un passe-montagne, le plaquant des deux mains. J'inspire à plein coffre, et j'expire, assidûment. Mes poumons ne brassent que du vide. Aucune odeur. Enfuies, et sans retour… Je persiste, obstinée, ferme les yeux. La laine filtre l'air qui se raréfie, ses fibres caressent mes narines, ma respiration ralentit, s'approfondit. La chaleur envahit mon visage. Ma tête renversée sur le dossier se met à tourner. Peu à peu des traces minuscules, infimes échos du passé, semblent se détacher de ces mailles resserrées. Un code presque impossible à déchiffrer où je retrouve son odeur, et la mienne… J'inspire de toutes mes forces pour ne rien laisser fuir.

*

Combien de temps suis-je restée tête en arrière, les mains sur mon pull recouvrant mon visage… Quand je les retire, une masse d'air froid s'engouffre brusquement dans ma poitrine. Vide intense, étourdissant. Lentement, je me redresse sur mon siège. Ma tête tourne encore. Je ne pense à rien.

Si, j'ai faim. J'ai oublié de dîner ce soir. Soudain je meurs de faim.

*

Attablée au bar-restaurant en bas de chez moi, j'attends mes œufs au plat, servis ici avec du bacon grillé et du pain frais même le soir. En Espagne, je les aurais demandés brouillés avec du chorizo.

« Claire a toujours eu une *passion* pour les œufs », disait ma mère, ce qui avait le don d'exaspérer Vincent. Je le devinais à un infime froncement de sourcils. J'ai aussi eu « une passion pour les grenouilles », « une passion pour les pins parasol », ou encore pour les crèches, à Noël. Pour lui, le premier terme s'accommodait mal des seconds mais il ne disait rien.

Le garçon qui apporte mon assiette est le neveu du patron. Étudiant, il travaille ici plusieurs soirs par semaine. Très grand et mince mais encore voûté, il promet d'être bel homme quand s'effaceront les dernières traces d'acné, tenaces chez lui. Après la mort de Vincent quand je n'avais plus la force de préparer les repas, nous dînions souvent ici toutes les trois.

— Merci Alexandre !

Je lève la tête vers lui et découvre avec stupeur que sa peau est lisse, et que les lunettes qui mangeaient son visage ont disparu.

— Tu n'as plus de lunettes ?

— Depuis six mois ! répond-il en riant. J'ai des lentilles, maintenant, ajoute-t-il avec une assurance que je ne lui connaissais pas.

— Ça te va très bien.

Un sourire large illumine son visage, ses yeux brillent. Je souris à mon tour, d'un sourire qui persiste quand il s'éloigne.

Les photos… Je ne les avais pas regardées depuis quand ? J'ai reconnu Vincent sur les trop rares portraits de lui mais pas cette femme plus jeune, le regard ardent tourné vers l'objectif. Cette femme éprise, cette femme frustrée par la distance et les silences imposés par son mari, cette femme en colère, parfois. Vulnérable, quand avaient chanté pour elle, à la fin d'un été, les sirènes d'un amour de jeunesse. Capable de se mettre en question, en route, en danger, et de reconnaître ses erreurs. Vivante assurément, plus que celle d'aujourd'hui.

Tandis que je termine mes œufs avec toujours le même plaisir, oui, je les aime sous toutes leurs formes, une pensée surgit et je reste un instant fourchette en l'air. J'ai peut-être été injuste avec Vincent. J'ai soudain pour lui un élan de gratitude, pour sa bienveillance discrète, solide. Peut-être percevait-il mieux que moi dans le mot « passion » prononcé par ma mère l'ironie volontiers cassante, comme souvent. Là où on aurait voulu entendre l'attendrissement maternel.

Ce mot… Comme un objet familier qu'on retrouve avec étonnement, et une reconnaissance d'autant plus grande qu'on ne pensait pas l'avoir perdu… Ce mot, je le revendique.

« Claire a toujours eu une *passion* pour la vie », voilà ce que je rêve d'entendre aujourd'hui !

7

Clonc ! Je ferme la lourde porte de la salle de soins, attrape une des chaises pliantes rangées contre le mur. 14 h 30. Autour de la table, la plupart de l'équipe du jour est déjà là. Aurélie, Lionel, Yasmine, Jérémy, Karen. Plus une infirmière « volante », qui change de service au gré des besoins – « Sylvie », me rappelle sa blouse ; et une inconnue, vacataire, intérimaire ou stagiaire, sans étiquette. Je mets un point d'honneur à retenir tous les prénoms, quelles que soient les rotations à Saint-Jacques, mais la tâche est de plus en plus rude. Jean-Philippe, le médecin, est assis à l'écart devant un écran posé sur un petit bureau. Paule, l'infirmière coordinatrice, épais cheveux gris-blanc sur un visage encore jeune, me salue d'un signe de tête aussi bref que d'habitude. Je prends place dans le cercle, et non en retrait comme font certains bénévoles.

Paule s'adresse à la cantonade :

— Élisabeth sait qu'on commence les transmissions ?

— Elle est aux admissions, avec la fille de Monsieur.... l'entrée, chambre 124, Monsieur.... Pinheiro, ajoute

Karen en souriant, après avoir tourné vers elle la liste posée sur la table.

— Tant pis, on y va. 115, M. Guillemot, c'était... ?

— Yasmine et moi, répond Jérémy, jeune infirmier, en regardant ses notes. La toilette s'est bien passée mais le patient était encore un peu douloureux à la latéralisation, surtout à gauche, même avec l'avant-soin. La rougeur au niveau du sacrum a bien diminué. L'état cutané est nettement mieux.

— Il a rien mangé ce midi, soupire Yasmine. Pas une cuiller de potage. Sa femme va venir cet après-midi et on va encore se faire engueuler. On lui a pourtant expliqué, expliqué... rien à faire ! Elle va encore apporter des tonnes de trucs, pour rien. C'est plus une chambre, c'est une supérette !

Lionel éclate de rire, comme à chaque fois que Yasmine s'échauffe...

Difficile de faire comprendre à l'entourage qu'en phase terminale, l'alimentation peut être une violence inutile infligée au malade. Un organisme rempli d'œdèmes peut « tenir » plusieurs semaines sans être alimenté, tandis qu'un apport calorique peut entraîner nausées et vomissements... Mais l'envie des proches de nourrir, « donner des forces », est souvent irrésistible. J'ai entendu Mme Guillemot la semaine dernière. Une femme chez qui l'angoisse et le chagrin rendent difficiles les relations avec l'équipe soignante. Le message ne passera pas.

— Audrey devait la rencontrer, non ? interroge Paule. Elle vous a dit quelque chose ?

— Je ne crois pas qu'elle l'ait vue, dit Aurélie.

Audrey est une des psychologues de la maison. Elle assiste aux transmissions, tout comme le kiné, la psychomotricienne ou l'assistante sociale, mais pas à Saint-Jacques aujourd'hui.

— Et lui, vous le trouvez comment ? Toujours anxieux ? continue Paule.

Jérémy se tourne vers Yasmine :

— Non, plus maintenant, je dirais ? Il n'est plus vraiment dans la communication… mais il a l'air apaisé.

— C'est ça, confirme Yasmine. Je lui ai dit que sa fille de Bordeaux arrivait demain. Je suis sûre qu'il a compris. D'ailleurs il m'a souri, pile à ce moment-là !

Jean-Philippe consulte sur l'écran la prescription du patient et la lit à haute voix. C'est un homme affable proche de la soixantaine, le menton proéminent adouci par un collier de barbe.

— Donc on ne change pas le Midazolam. L'anxiété semble contenue, même avec une dose très faible. Mais je propose d'augmenter les avant-soins à 2 milligrammes. OK pour tout le monde ?

— Très bien, répond Paule après avoir fait le tour de l'équipe du regard.

116, 117… La revue continue. J'ai ma liste en main sur une petite feuille, copiée tout à l'heure en salle des bénévoles. Au début, j'utilisais un carnet et je pouvais voir les noms qui avaient disparu d'une page à l'autre.

Sur ma feuille, je souligne ceux des malades que j'irai voir en priorité, « Angoissé +++ », pour d'autres je note « Très entouré ». Je dessine des petites flèches vers le bas quand l'état général se dégrade. « PS », pour une « présence silencieuse » auprès d'un malade dans le coma. « Précaire » quand il est sur le point de mourir – ce moment où l'on attend les proches, en route pour Saint-André, et où les bénévoles se relaient pour ne pas le laisser seul. En réalité, je note tout cela mais je ne m'en sers guère. Quand j'entre dans une chambre, il y a ce que je sais et ce que j'oublie, dans un mélange dont je n'ai pas conscience et c'est très bien ainsi. D'une demi-journée à l'autre les situations changent, d'une personne à l'autre, les perceptions aussi. Ce que j'entends en ce moment même, ce que m'a dit Édouard, bénévole ici ce matin, et ce que je vais vivre… Quelle porte je vais finalement pousser…

Bien sûr, aujourd'hui, je *sais* que j'irai voir M. Malcor. Mais je veux m'obliger à ne pas me précipiter dans sa chambre. Un apprentissage du temps, de la patience, ce bénévolat. J'irai quand ce sera le moment. C'est long, un après-midi.

118, M. Kashani est toujours là, mais confus désormais. Il ne reconnaît plus personne.

M. Besse est mort samedi matin. Il aura fait la veille avec moi son dernier tour dans le jardin.

Joséphine… Impatiente, fébrile, inquiète. Son retour à domicile devrait avoir lieu juste après le week-end, lundi ou mardi.

126, M. Malcor. Sylvie, l'infirmière volante, et Karen, jeune aide-soignante, s'en sont occupées ce matin.

— On n'est pas restées très longtemps, explique Sylvie. Il avait fait sa toilette tout seul. Et il a mangé presque la moitié de son plateau. Poli, mais il garde ses distances. Globalement, ça va…

— Moi, je le trouve plus fatigué, intervient Karen d'une voix posée. Avec lui, c'est toujours difficile car il ne dit pas grand-chose… mais il s'essouffle plus vite, il est plus ralenti. Il a quand même fini par nous dire qu'il avait mal aux jambes.

— C'est vrai. On lui a donné une interdose de morphine et ça a eu l'air de le soulager.

— Pour moi, il n'y a pas que la douleur physique, continue Karen en secouant la tête. Il y a autre chose qui le perturbe, et ce n'est pas que de la tristesse parce qu'il est veuf, ou la frustration de ne pas mourir… Je vous dis, c'est autre chose. Bon, je ne sais pas quoi, c'est juste une impression… Avec lui, on ne peut jamais savoir.

— Hier soir, reprend Sylvie, son fils est venu, celui qui habite en province. Valence. Ça va peut-être lui faire du bien ? J'ai vu qu'il était encore là aujourd'hui.

— Et sinon, il vous a encore parlé de sédation ? demande Paule.

Sylvie et Karen échangent un regard :

— Non…

— Pas ce matin, en tout cas.

— C'est bien la première fois. Vous êtes sûres ? interroge Paule avec un froncement de sourcils.

Sylvie et Karen acquiescent en silence.

— Tu as raison, Karen, poursuit Paule, c'est un mystère, cet homme… Depuis le début, il dit et redit qu'il veut mourir mais il ne lâche rien.

Je n'interviens pas, non par principe ou par timidité. Mon avis serait trop personnel comme a dit Pierre en groupe de parole. Le cœur serré, je médite les mots de Karen et ceux de Paule et je dois me rendre à l'évidence : M. Malcor est une énigme pour moi aussi. Il ne donne à connaître que ce qu'il veut bien. Je suis désemparée par ses demandes répétées de sédation… qui aujourd'hui n'ont plus cours… Pourquoi ?

En fin de réunion, le médecin revient sur « les entrées » de la journée. Une seule, ce vendredi. Je me concentre pour écouter. Jean-Philippe résume les informations du dossier médical reçu pour M. Pinheiro : un cancer, comme la majorité des cas parmi le millier de malades admis chaque année. En phase terminale, comme 85 % d'entre eux, pour lesquels Saint-André sera le dernier séjour. J'écoute, mais d'une oreille filtrante, les mots du médecin, les termes médicaux, les dates, les chiffres… Sous le récit de l'évolution de la maladie coulent des années d'une vie rythmée par les rémissions, les rechutes, les répits. Celle d'un père et de sa fille que j'aurai pour mission d'accueillir aujourd'hui.

*

« Joséphine te réclame », m'a dit Aurélie aussitôt la réunion terminée.

Si le fils de M. Malcor ne s'était pas trouvé dans la chambre voisine, j'en aurais déjà poussé la porte...

Je referme celle de la chambre 125 derrière moi. Joséphine est assise bien droite dans son fauteuil près de la fenêtre, l'auréole évanescente de sa mise en plis rougeoyant au soleil. Un plaid écossais sur les genoux, une chaise vide en vis-à-vis. À peine le temps de m'asseoir...

— Vous savez que je quitte l'établissement en début de semaine prochaine, n'est-ce pas ?

— Oui, j'ai appris ça. Alors... ?

— J'ai hâte, bien entendu. Même si tout le monde est absolument délicieux ici, charmant, je serai heureuse de me retrouver chez moi, c'est évident. Mais c'est tout de même toute une histoire, ce retour ! D'abord on ne sait toujours pas si ce sera lundi ou mardi...

Quel jour, quelle heure, quel type d'ambulance, où vont-ils se garer, vont-ils l'accompagner jusqu'au bout... J'écoute la litanie des doutes sans y apporter de réponse. L'essentiel n'est pas là.

— Il faut absolument que j'appelle Maria. C'est ma gardienne, qui est également mon aide-ménagère. Vous pouvez me passer mon téléphone ? Vous serez gentille...

Je récupère sur la table roulante un appareil à grosses touches qui ressemble à un jouet d'enfant. Joséphine s'applique d'une main tremblante et je résiste à la tentation de lui proposer mon aide. Quand elle relève la tête, j'ai un geste interrogatif en direction de la porte mais elle me fait signe de rester. La communication s'établit…

— Allô, Maria ? C'est moi, je vous appelle de l'hôpital, je suis avec une bénévole, une jeune femme très aimable. Le médecin est venu ce matin, mon départ s'organise, voyez-vous…

Elle a mis son téléphone sur haut-parleur et le tient devant sa bouche, tête penchée en avant, comme un crooner devant son micro.

— *Bonjour madame Joséphine ! Jé souis si contente de vous entendre.*

La voix qui s'exprime est chargée d'un fort accent portugais et d'une chaleur spontanée qui se propage instantanément aux joues de Joséphine. Une nouvelle couche de maquillage sur ce visage déjà fardé.

— Ma petite Maria, je suis heureuse, moi aussi.

Joséphine pourrait s'adresser à une domestique, paysanne, villageoise, autant qu'à une immigrée portugaise… mais nulle condescendance, au contraire. L'affection entre les deux femmes est palpable. Elle me transporte dans cet immeuble du sixième arrondissement, que Joséphine m'a si bien décrit au fil de nos rencontres.

Le dialogue se poursuit, cocasse et tendre, mêlant intimement les deux tons de voix, les deux discours aux registres si différents. Joséphine donne à Maria des instructions dont elle a déjà connaissance – le lit médicalisé à préparer, la liste des courses à faire, le courrier à ne pas oublier… Au bout de la ligne, aucune impatience. C'est Joséphine qui met un terme à la conversation :

— C'est donc bien entendu pour vous. Je vous appelle

lundi matin dès que j'ai la confirmation du médecin. Au revoir, chère Maria.

Quand elle raccroche, Joséphine répète pour me l'expliquer tout ce qui vient d'être dit, y compris les réactions de Maria comme si je ne les avais pas entendues.

Je sors de la chambre sans avoir su pourquoi elle voulait me voir… Ou plutôt si. Profiter encore un peu de l'attention constante qui lui a été donnée ici. Aurélie m'a dit que l'équipe tout entière avait le cœur gros de la voir partir.

Dans le couloir près de la chambre de M. Pinheiro, une jeune femme attend, adossée au mur. Son regard croise le mien. Je m'approche en observant la lumière verte allumée au-dessus de la porte et le hublot fermé, qui signalent qu'un soin est en cours.

— En attendant qu'on vous laisse entrer, je peux vous offrir un thé ou un café ? Je suis Claire, bénévole ici cet après-midi…

— Volontiers, merci.

Nous nous dirigeons vers le coin famille. Petite et mince, elle marche d'un pas martelé par des bottes, inhabituelles en cette saison. En passant, je jette un coup d'œil par le hublot de la chambre 126. Face à M. Malcor allongé sur son lit, son fils, toujours assis de dos…

Nous nous installons à la table ronde du coin famille. D'ici, on aperçoit toujours la lumière verte. Sans préambule, la fille de M. Pinheiro, arrivé ce matin, me dit son épuisement. Fille unique de parents divorcés, sans contact avec sa mère depuis dix ans, elle veille sur son père depuis le début de sa maladie.

— Vous allez me trouver froide… mais je n'ai plus de larmes, plus d'énergie pour ça. J'ai juste envie que ça s'arrête.

Depuis le début, elle appuie sur son sachet de thé avec la petite cuiller en plastique, l'enfonçant systématiquement dès qu'il remonte à la surface. Elle n'a pas goûté le liquide d'un brun foncé. Je doute qu'elle le boive.

Je n'ai quasiment pas ouvert la bouche quand elle se lève d'un coup. Sortie de la chambre 124, Aurélie s'avance vers nous en se frottant les mains avec du gel.

— C'est bon, vous pouvez y aller, annonce-t-elle en souriant.

La jeune femme se tourne vers moi :

— Merci pour le thé.

… et part en direction de la chambre.

Aurélie s'assied à son tour.

— Allez, je fais une petite pause avec toi. C'est bon, Lionel pourra se débrouiller sans moi cinq minutes.

Un visage rond, expressif, avec un rire presque permanent dans les yeux bruns. Toujours un bonheur de la voir. Elle m'interroge sur mes filles, évoque ses projets de randonnée pour le week-end, mais je sens qu'elle est furieuse.

— L'entrée, c'est n'importe quoi ! Tu vas voir, le pauvre, il est dans un état déplorable. Pas de son, pas de lumière. Squelettique. Ça me retourne, je t'assure…

Ça me donne envie de pleurer. Tu as entendu Jean-Philippe tout à l'heure ? Il a eu quoi, dix opérations en deux ans ? À se demander ce qui lui reste à l'intérieur… Un gruyère, cet homme. Et il avait encore une chimio la semaine dernière ! C'est un scandale, tu te rends compte ?

*

Henri Malcor est allongé sur son lit, seul. Sans sa robe de chambre, habillé comme au premier jour, son foulard disparaissant presque entièrement sous sa chemise.

— Bonjour… Henri. Je vous dérange ?

Il redresse un peu son buste et relève l'oreiller, tout en me tendant la main avec une énergie surprenante.

— Pas du tout. Je vous attendais.

Il a changé. Les joues plus enfoncées, les ailes du nez affaissées font ressortir son ossature. Partout où c'était encore possible, son visage s'est creusé.

— Votre fils vient de partir… vous n'êtes pas trop fatigué ? Je peux passer plus tard si vous voulez.

Je discutais avec Aurélie devant la salle de soins quand j'ai entraperçu son fils dans le couloir. Sortant de la chambre à grandes enjambées, légèrement voûté.

— Non, tout va bien. Je vous dirais sinon. Asseyez-vous.

Je retrouve avec émotion ce regard amoindri mais vif encore, cette voix grave qui décidément me bouleverse. J'ai envie de lui dire tellement de choses… mais il me devance :

— Mon fils Jérôme était là, en effet. Le dernier, celui qui vit dans la Drôme et qui n'est pas marié. Il a été chargé par ses frères de m'annoncer la nouvelle…

Il se redresse encore, soutenant l'une de ses cuisses avec une main, prenant appui sur l'autre dans un léger mouvement de bascule, avec sur la figure un rictus de douleur. J'assiste à ses efforts, accablée, impuissante. Je ne peux pas l'aider, je risquerais de lui faire mal. Il doit sentir mon désarroi car son visage se ferme.

— Oui, mon fils, qui vient me voir pour la première fois depuis une semaine que je suis ici.

Henri se stabilise enfin, et s'installe. Son corps toujours bien mis repose sur les draps à peine froissés, là où souvent les tissus s'entremêlent et bouchonnent. Ses traits se détendent d'un coup et il sourit enfin.

— C'est gentil d'être venue.

— Mais évidemment, je…

Il réprime mon mouvement de protestation avec un peu de cette ironie sur le visage que j'ai déjà perçue chez lui. Une affectueuse ironie, ai-je la faiblesse de croire. Je souris à mon tour. J'ai subitement envie de lui parler de Vincent comme à un ami proche, de poursuivre ce qu'il a mis en mouvement mardi quand il m'a prise à partie…

— Vous ne me demandez pas quelle nouvelle ?

Ses mots comme un rappel à l'ordre. Je remarque alors la fébrilité dans le mouvement de ses yeux, dans les gestes saccadés de ses bras, ses mains, qui contrastent avec l'immobilité du reste.

— Si, bien sûr.

— Je n'en reviens toujours pas… Mes enfants ont vendu la maison !

— ?

— Je vous en avais parlé, n'est-ce pas ? Notre maison de campagne, notre maison de *famille*. La Mollière, dans le Loiret…

— Ils l'ont vendue ? Comment…

— C'est très simple. Ils ne m'avaient pas dit qu'elle était en vente pour ne pas me « perturber ». Ils pensaient que ça prendrait des mois, « des années », soi-disant. Plus de temps que pour moi de mourir en tout cas ! Et c'est raté.

— Vous êtes sûr ?

— Si je vous le dis ! Ils ont eu un acheteur au prix et ils ont signé le compromis, il y a un moment déjà. La maison est à eux, vous savez. C'est Marguerite qui en avait hérité.

Ses longs doigts nerveux pétrissent le matelas. Son regard semble me traverser.

— Le déménagement aura lieu dans huit jours. L'acheteur est pressé car il veut faire des travaux tout de suite… Ah non, qu'est-ce que c'est que ça encore !

Quelques coups brefs ont retenti. La porte s'ouvre et laisse entrevoir Karen :

— Claire, tu peux venir s'il te plaît ? On a besoin de toi… Désolée monsieur. Je vous la rends très vite…

— J'aimerais autant.

Je me lève. Il me regarde fixement, et d'un ton impérieux :

— Revenez. J'ai quelque chose d'important à vous dire.

— C'est pour Mme Diolet, explique Karen d'une voix concernée. Elle est confuse, incohérente, très agitée. Sylvie vient de lui faire un bolus de Midazolam. Si tu pouvais rester auprès d'elle quelques minutes, le temps que ça fasse de l'effet… Elle a vraiment besoin de présence.

Elle m'accompagne jusqu'à la chambre, visiblement soulagée de me voir franchir le seuil.

J'allume la lumière orange à l'entrée, ferme la porte.

— Bonjour madame, je suis Claire de l'équipe des bénévoles…

— ...

— Je viens passer un moment avec vous, j'espère que ça vous convient.

— ...

— Si vous permettez, je vais prendre la chaise qui est près de la fenêtre, et la rapprocher du lit pour m'asseoir à côté de vous.

— ...

— J'espère que je ne vous dérange pas.

— ...

Je laisse des blancs d'une longueur suffisante pour des réponses imaginaires, comme pour redonner de la consistance à cette existence qui s'efface peu à peu. Pas vides du tout, il y a tous les possibles dans ces silences. Ils me permettent d'être pleinement là, moi aussi. D'oublier Henri et ses yeux inquiets, ce message important qu'il souhaite me livrer.

Je suis près d'elle. Les traits émaciés, le nez busqué, la tête qui s'agite latéralement, les yeux aussi, sans être synchronisés… Un oiseau de proie, désemparé. Ses épais cheveux gris sont séparés par une raie sur le côté, retenus par une barrette implantée bas, près de l'oreille. Qui la lui aura mise… Elle pousse parfois de petits cris perçants. Ou elle remue le menton en tous sens, jouant avec son dentier qui parfois disparaît d'un coup, comme avalé, provoquant un effondrement de tout le bas du visage. Puis il réapparaît dans sa joue, à gauche, à droite, comme un petit animal vivant à l'intérieur de sa bouche, pour finalement revenir en place et s'immobiliser.

Sans réfléchir, je pose une main sur le sommet de son crâne, lui caresse les cheveux en les lissant d'un mouvement régulier, jusqu'à la barrette en butée. C'est doux, chaud. Ma main fait un peigne qui glisse, créant des mèches qui s'assouplissent et se lustrent au passage de mes doigts. Les mouvements de la tête se calment peu à peu. Le menton cesse de se cabrer. Je retire ma main et m'assieds plus confortablement.

Elle lève maintenant un bras vers le ciel, lentement. De sa main, le pouce et l'index en pince, elle semble tirer un fil qu'elle ramène à elle, dévidant inlassablement une pelote invisible. Ses gestes sont d'une précision et d'une beauté troublantes… Ses cris ont faibli. Elle me rappelle cette femme à qui j'avais donné son dîner, il y a longtemps… Les mêmes gémissements d'oisillon. Une petite chose confuse elle aussi, qui tâtait du bout de la langue ce que je présentais dans la cuiller. J'avais passé beaucoup de temps pour lui faire avaler quelques gorgées de potage, un peu de purée, dans un mutisme complet. Pour finir, la compote… Cette fois la bouche s'ouvrait bien grande. J'avais approché le petit ramequin. Elle me l'avait arraché des mains et avait littéralement bu le reste de la compote, avec avidité. J'ai encore en mémoire le bruit des dents mordant la porcelaine. Le reposant ensuite sur le plateau et disant d'une voix forte : « J'ai toujours eu *horreur* de la compote ! » Je n'avais pas eu envie de rire. Que se passait-il en elle… Quelles pensées, quels mots, rangés quelque part, dont les chemins d'accès se confondaient, s'évanouissaient dans la brume… Je suis toujours très touchée par ces moments de confusion extrême, quand s'offre dans sa plus grande et sa plus simple expression le mystère de l'autre.

Mme Diolet tourne la tête et semble me voir tout à coup. Entre nous se dresse la barrière de sécurité de son lit. Sa main passe à travers, tâtonne dans le vide comme pour chercher la mienne. Je la lui tends par-dessus les barreaux. Elle remonte vivement sa main pour l'attraper et la soulève maintenant des deux mains pour l'observer, la tourner dans tous les sens, jouer avec mes doigts, un à un. Comme un bébé avec son jouet, le regard immense, la concentration totale, cet élan des mains vers les yeux, la bouche, comme pour le dévorer tout entier. Mais aussi une porte d'entrée vers l'extérieur, le non-soi, une façon de se relier au monde…

Je sens une larme couler le long de ma joue mais je ne suis pas triste. Une leçon d'humilité mais aussi un formidable rappel de ce besoin universel d'interaction, de la chaleur d'une présence, de l'attention de l'autre quand elle est pleine et entière. Ce renvoi aux premiers jours de la vie, à notre humanité primitive. Digne, belle.

Mme Diolet s'est endormie. Je prends tout mon temps pour contourner son lit sans bruit, éteindre la lumière orange, ouvrir la porte. J'ai envie de garder quelques instants encore la force et la douceur de ce qui vient de se passer, le cœur débordant de gratitude.

En entrant dans la chambre d'Henri, je suis frappée par la fragilité de ce long corps allongé, toujours aussi raide sur son lit. Il va mourir… Mais pour l'instant, comme a dit Paule, il ne lâche rien.

— Vous voilà !

Passer d'une chambre à une autre, sans transition, c'est franchir des distances inimaginables en temps ordinaire, avec pour seul bagage le dépouillement de soi, pour seul ancrage l'instant présent. Mme Diolet, Henri, moi… singuliers, semblables.

Sauf qu'ici une histoire est en train de s'écrire, dans la durée malgré la brièveté du temps donné. Je n'en suis pas dupe et lui non plus. Nous reprenons notre conversation comme si elle était habituelle, ininterrompue. Il est plus calme que tout à l'heure.

— Je vous parlais du déménagement à venir… Mes fils ont tout organisé, et même fait les partages. Je ne veux pas connaître les détails, ça les regarde. Ils auraient pu attendre un peu mais c'est comme ça. Après tout, je le savais bien… Mais il y a une chose qui ne les regarde pas, que je veux absolument récupérer. Et pour ça, j'ai besoin de vous.

Il s'arrête pour me dévisager, comme il sait si bien faire malgré sa vue chancelante.

— Besoin de moi ?

L'expression de mon visage doit le rassurer car il sourit, soulagé.

— Je vais vous expliquer. Je vous l'ai dit, c'est important.

Il a certainement prévu ce qu'il va dire, mais il prend une inspiration profonde.

— Cette maison, vous avez compris que j'y suis très attaché. J'y ai tous mes souvenirs. Et parmi eux, des documents très personnels. Une correspondance, pour être précis… Je ne voudrais pas qu'elle tombe sous les yeux de mes enfants avant de l'avoir relue une dernière fois. Pour être très direct avec vous – je crois que je peux –, je voudrais que vous alliez là-bas, que vous me la rapportiez et que vous me la lisiez. Que vous soyez mes jambes et mes yeux puisque je n'en ai plus.

J'accueille cette requête par un silence. Quelle est cette correspondance ? Pourquoi s'en préoccuper maintenant ? Comment suis-je censée la récupérer ? Ma légitimité à le faire… ?

J'ai tout à coup besoin de bouger. Je me lève et me dirige vers la porte.

— J'ai oublié de signaler ma présence.

Je presse le bouton de la lumière extérieure et reviens m'asseoir. Son visage trahit une anticipation inquiète mais je lis aussi la confiance. Devançant mes questions, il poursuit d'une voix plus faible :

— C'est cette nuit que ça m'est tombé dessus, après la visite de mon fils hier soir. Ces lettres… je crois que je les avais enterrées très profondément dans ma mémoire. Je pensais être mort et bien mort quand quelqu'un les retrouverait. C'était lâche, certainement… Mais j'avais fini par les oublier.

Je me penche et prends sa main, qu'il serre avec reconnaissance.

— ... Et je n'ai pas eu le temps d'y penser, tout simplement. Avec la maladie de Marguerite, sa mort, ma maladie, je n'ai pas mis les pieds là-bas depuis près de trois ans. Une éternité… Et je n'irai jamais plus.

Des larmes se forment au coin de ses yeux. Il lâche ma main pour les faire disparaître du bout de sa manche avec un sourire triste, m'interrogeant du regard.

Je ressens le besoin de lui demander :

— Pourquoi moi ?

— Parce que vous êtes extérieure à la famille, neutre. Vous ne jugez pas. Vous êtes bien intentionnée. C'est rare. Je n'ai pas le luxe de pouvoir attendre de mieux vous connaître mais j'ai confiance en vous. Vous l'avez dit vous-même la dernière fois. Nos échanges depuis le début sont intéressants… et vrais. N'est-ce pas ?

Il se souvient des mots exacts que j'ai employés quand je suis revenue le voir après mon groupe de parole. Il les avait alors balayés de tout le poids de son accablement. Et le voilà qui s'en sert… Je pourrais les mettre en doute mais je suis simplement heureuse de les entendre de sa bouche, et sans aucune ironie.

— Vous savez que ce que vous me demandez est à l'opposé de tout ce qu'on nous apprend ici ?

Il soutient mon regard, avec dans ses yeux bleus fatigués une tendresse indéniable.

— Bien sûr. Mais dites-moi, vous passez autant de temps avec tous les malades du service ? Et vous êtes revenue mardi. Il n'y a que vous et moi pour savoir que je ne suis plus M. Malcor de la chambre 126. Ça ne regarde que nous.

La chaleur qui m'envahit ne trompe pas. Il a raison. Les cadres sont faits pour être franchis parfois. Devant mon peu de résistance, il insiste :

— Je sais que je vous demande beaucoup. Et du temps, aussi. La maison est à deux heures de voiture de Paris. Mais je ne le ferais pas si ce n'était pas important. Ces lettres… sont vraiment très personnelles, vous comprenez.

— Une correspondance embarrassante… dont votre femme ne savait rien ?

La question a surgi toute seule. Je m'étonne de mon audace et m'en inquiète tandis que je vois trembler la pupille de ses yeux. J'ai vu juste, j'en suis persuadée.

— Alors ? répond-il simplement.

J'ai donné mon accord et nous réglons maintenant tous les détails. Je partirai demain, en début d'après-midi. Je passerai chez une certaine Françoise, dans le village voisin, récupérer les clés. Elle sera là car elle garde ses petits-enfants le samedi. Il l'a appelée ce matin... C'est Karen qui a établi pour lui la communication sur son portable.

Henri s'anime au fur et à mesure qu'il me décrit sa maison, heureux par anticipation de me la faire découvrir. Sa tête est sans cesse en mouvement, tantôt tournée vers moi, tantôt dirigée vers elle par la pensée. Ses mains virevoltent au-dessus du matelas, dessinent des pièces, des meubles, un jardin. Sa mémoire s'embrouille, il ne sait plus exactement où sont rangées les lettres mais les possibilités sont retreintes, je trouverai bien. J'ai l'esprit pratique, il en est certain. Il revient à plusieurs reprises sur l'importance de cette correspondance. Il compte sur moi, absolument. Je le rassure, j'ai entendu. Je me sens progressivement gagnée par son excitation comme à la veille de partir en vacances. Ou plutôt en mission, en terre inconnue mais familière déjà. Avec enthousiasme, je déclare :

— Je vous apporte donc tout ça vendredi prochain ?

En prononçant ces mots, je mesure leur inconvenance. Sept jours. Dans son état... Il n'a pas cillé mais je rectifie très vite :

— Je viendrai mardi. J'échangerai de jour avec Philippe, le bénévole du mardi. On l'a déjà fait. Il sera d'accord, j'en suis sûre. Lundi, c'est plus compliqué.

Et dimanche, Henri m'a dit que ses fils viendraient le voir avec certains de ses petits-enfants.

— Mardi alors, ce sera parfait. Merci Claire.

Il pose sa tête sur l'oreiller, range ses bras le long de son corps qui s'est inscrit dans le matelas, retrouvant sa position habituelle. C'est même un affaissement général qui se produit sous mes yeux, comme si toute énergie l'avait quitté maintenant qu'il m'a convaincue. Il me regarde et dit d'une voix plus basse :

— Et vous, dites-moi… Comment allez-vous ?

Que voulais-je réellement lui dire ? Que ses mots ont fait mouche ? Que pour la première fois depuis longtemps j'ai pensé à Vincent sans penser à mes filles ? Que peut-il ajouter, il a déjà tout dit ! « Mais *vous*, Claire, *sa femme…* »

J'ai vécu avec mes filles le deuil du père en escamotant celui du mari ?

Comment partager avec lui plus de vingt ans de vie commune, là, maintenant, tandis que ses paupières se ferment… Tant d'émotions depuis hier soir, il est épuisé.

— Je vois que vous êtes fatigué. Je vais vous laisser vous reposer.

Il n'a pas la force de protester et dit d'une voix lasse :

— D'accord mais restez un petit moment, vous voulez bien ?

Tout en gardant ses yeux rivés aux miens, il lève un bras lentement vers le haut de sa poitrine. Sa main tâtonne un instant comme un petit animal inquiet, ses doigts fouraillent d'un pan à l'autre de sa chemise, butent contre les boutons fermés, puis plongent et disparaissent enfin. Il pousse un long soupir.

— C'est son foulard, vous savez…

Sa main fait une bosse qui va et vient sous le tissu tendu de sa chemise.

— Je ne l'ai pas quitté depuis qu'elle est morte.

Son regard s'est encore voilé comme pour s'éloigner peu à peu. Mais son bras oscille doucement, un long moment. Je n'ose bouger, à peine respirer. Puis avec la même lenteur il fait ressortir sa main, allonge à nouveau le bras, ferme les yeux. Sa respiration ralentit, ample et sans bruit.

Je me lève et dépose un baiser sur sa joue tiède, gardant mon visage tout près du sien quelques instants. Il paraît si jeune tout à coup… Je me rassieds, profondément émue. Comme la toute première fois, je m'enfonce dans la coque du fauteuil et ferme les yeux moi aussi.

Les lettres… Une correspondance amoureuse, avec une femme qui n'est pas Marguerite ? Qu'elle ait su ou pas, ils auront surmonté ça, j'en ai la conviction. Les mots d'Henri, le ton de sa voix pour me parler d'elle, d'eux… Soixante-cinq ans de mariage. J'aurais tant aimé qu'on puisse parler de nous comme ça dans quarante ans !

Nous aussi, nous nous sommes mis à l'épreuve, mais qu'est-ce qu'un couple sans accroc ?

Je ne sais pas si je me suis assoupie. Henri dort profondément. Je me lève en regardant ma montre. 6 heures seulement.

Au moment où je ferme la porte derrière moi, un homme se dresse et quitte le banc du coin famille pour faire un pas vers moi. Le fils d'Henri, sans aucun doute. La même silhouette longiligne mais debout et vigoureuse. Le visage plus rond, les yeux plus foncés, le nez plus large, les cheveux gris, mais une ressemblance évidente. La petite soixantaine… J'enregistre tout en un instant, surprise de découvrir un homme mûr là où j'imaginais ses « enfants » sans visage et sans âge.

— Je suis le fils de M. Malcor que vous venez de voir.

Je montre mon badge :

— Claire, je suis bénévole…

— Je sais. Mon père m'a parlé de vous. Il m'a dit que tous les bénévoles ici étaient formidables. C'est vraiment exceptionnel, ce que vous faites. Mes frères et moi, nous sommes très reconnaissants.

J'ai toujours du mal avec ce genre de compliments mais j'ai appris à ne pas les discuter. Ils font au moins autant de bien à ceux qui les dispensent.

— Merci.

— Comment trouvez-vous mon père ?

— Là, maintenant ? Il dort.

Il recule et montre les bancs.

— On peut s'asseoir cinq minutes si vous avez le temps ?

— Bien sûr !

Nous nous installons sur les deux bancs en vis-à-vis, de part et d'autre d'une petite table où s'étalent des revues. La distance est un peu grande à mon goût et je m'assieds parfois sur le coin de la table pour me rapprocher. Mais le fils d'Henri se penche vers moi, les coudes posés sur ses genoux.

— Avant qu'il s'endorme, comment était-il ? Je suis un peu inquiet…

— Il était fatigué aujourd'hui. Un peu nerveux peut-être mais c'est toujours très subjectif, et variable.

— Vous avez raison, je le sais. C'est ma faute. J'ai été obligé de lui annoncer quelque chose de difficile.

Je le regarde avec toute la bienveillance dont je suis capable, sans rien ajouter. Il plonge la tête entre ses mains, se masse le front du bout des doigts. Il a besoin de se confier et je suis là pour l'écouter, il le sait. Il relève la tête et soupire…

— Mes frères et moi, on a vendu la maison de famille. Personne ne pouvait vraiment la garder. Mes frères aînés se sont installés ailleurs. Et moi… je sais bien que Papa comptait sur moi, sans me le dire, mais si vous la voyiez, cette maison… Elle est faite pour une famille, que je n'ai pas. Bref, la vente est signée et je lui ai appris ça hier soir. On en a beaucoup discuté avec mes frères. Fallait-il lui dire ? Il aurait pu le savoir de toute façon, il a gardé de bons amis dans la région, plus jeunes que lui. Ç'aurait été bien pire. Et puis, ça a été plus fort que moi. La première chose qu'il m'a demandée hier soir ? Si j'y allais bientôt… Je n'ai pas pu lui mentir.

Je pense aux premiers mots d'Henri, solennels, quand nous nous sommes rencontrés. « Je suis né dans une famille unie et j'ai eu la chance de former à mon tour une famille unie. »

— Ça a dû être difficile en effet. Pour lui comme pour vous…

— Ah oui. Plus que je n'imaginais. Enfin… J'espère qu'il ne va pas trop se focaliser là-dessus. On va tout faire pour ça en tout cas. D'ailleurs on a prévu une petite fête d'anniversaire pour lui. Il aura quatre-vingt-douze ans jeudi prochain. Vous le saviez ?

— Non.

— J'ai vu ça avec une infirmière juste avant que vous sortiez. Très gentille, Aurélie. On va organiser un genre de goûter dans la bibliothèque, après le déjeuner. Avec mes frères et belles-sœurs, et leurs enfants, enfin ceux qui pourront. Ils n'habitent pas tous Paris.

Le même sourire que son père, mais qui s'efface quand il poursuit :

— Je voulais vous demander quelque chose… Mais vous êtes sûre que je ne vous dérange pas ? Il est tard, non ?

J'entends le bruit de la vaisselle qu'on manipule, venu de la cuisine proche. Le dîner est en route. Je le rassure :

— Ici, je n'ai pas d'heure, ne vous inquiétez pas.

Il se redresse et pose les mains sur ses cuisses. Mécaniquement je me redresse à mon tour.

— C'est un peu délicat… J'ai longuement parlé avec le médecin tout à l'heure. Il paraît que mon père a demandé une sédation. Et pas qu'une fois. Vous êtes au courant ?

— Je participe aux réunions des soignants…

Il joint ses mains qu'il malaxe l'une contre l'autre en me regardant, accablé.

— C'est très douloureux pour moi. Je sais qu'il est très malheureux depuis la mort de Maman, et qu'il n'en peut plus, de sa maladie. Quand je le vois, ça me fend le cœur, je vous assure. Si vous l'aviez vu avant, bel homme, costaud à sa manière. Mais quand même, une sédation ? Si c'est sa volonté, il faudra s'y faire, mais c'est dur ! Moi en tout cas, il ne m'a rien dit. Il vous en a parlé, à vous, aujourd'hui ?

— Non, aucune allusion.

— C'est ce que m'a dit l'infirmière que j'ai vue aussi, celle avec les cheveux gris…

— Paule, l'infirmière coordinatrice.

— C'est ça. Elle m'a dit que pour la première fois aujourd'hui, il n'en avait pas parlé. Elle avait l'air très étonnée. C'est bon signe, non ? Il est peut-être en train de se préparer, de trouver une forme de… paix avant de partir… de, de nous quitter…

Sa voix s'étrangle. Je hoche doucement la tête pour exprimer ma compassion.

8

Derniers jours de l'été « officiel ». J'enfile mes baskets, abandonne mon téléphone sur le piano dans l'entrée et descends l'escalier de mon immeuble d'une foulée régulière. Dans la rue je tourne en direction de la Seine, comme toujours. Et je marche. Je n'ai jamais aimé courir mais j'aime marcher, surtout dans Paris un samedi matin tôt. J'ai le temps. Je partirai pour la maison d'Henri en fin de matinée seulement.

L'air est frais mais je porte une doudoune sans manches que je rangerai tout à l'heure dans mon sac à dos, et un legging confortable. Mon pas s'allonge, ma respiration aussi. Je n'ai pas pris mon casque pour laisser se déployer autour de moi le bruit de la ville. J'écoute. Dans cet assemblage de sons, j'aime discerner ici un éclat de voix, une sonnerie, le passage d'une vitesse… là une émission par une fenêtre ouverte… Ces bruits qui, lorsqu'ils disparaissent, donnent à la nuit son épaisseur. Une de plus sans insomnie, je me sens remplie d'une énergie nouvelle.

Comme on descend vers la mer, je me dirige vers le fleuve. Ce besoin de voir de l'eau couler, même bardée de béton, même d'une couleur café au lait. De La Muette, je prends la rue des Vignes puis l'escalier de la rue Raynouard pour atterrir rue Berton, une ruelle qui se faufile entre les hauts murs de pierre de la maison de Balzac et l'hôtel de Lamballe. Sous mes semelles, le doux relief bombé des pavés. Le plaisir de la marche. Éprouver à chaque pas sa vigueur, son élasticité. Je débouche rue d'Ankara. Au bout, les quais, et au milieu du fleuve, la longue bande de l'île aux Cygnes, cette île artificielle qui porte à ses extrémités les ponts de Grenelle et de Bir-Hakeim. En réalité une étroite digue de pierre plantée d'arbres derrière laquelle s'observent à distance respectueuse les tours du front de Seine et la tour Eiffel.

J'hésite un instant avant de tourner vers Bir-Hakeim. Je descendrai sur l'île par ce côté. Ce matin, je marcherai au fil de l'eau.

Peu de promeneurs sur l'île à cette heure. Je marche la tête tournée vers le sommet des arbres, incapable d'en reconnaître toutes les essences. Je sais qu'elles sont nombreuses ici, provenant du monde entier. Les feuillages se succèdent, les formes, les couleurs, le mouvement du vent léger, parfois un bruissement qui survit à la circulation proche, une rumeur d'arbre qui se propage de cime en cime par capillarité, indifférente à la ville qui l'entoure. De part et d'autre de la promenade étroite les barrières défilent, et l'eau tranquillement m'accompagne, comme sur le pont d'un bateau qui n'en finirait jamais de s'étirer.

Je m'assieds sur un banc en plein soleil, allonge mes jambes et ferme les yeux. J'ai enlevé ma doudoune, remonté les manches de mon tee-shirt et le bas de mon legging. Je rouvre les yeux. Personne. Je pivote et m'allonge sur le banc, mon sac à dos en guise d'oreiller. Je pose une main sur mon ventre pour sentir la montée régulière, la lente aspiration de la descente. Le soleil chauffe, brille sous mes paupières d'une lumière orange intense, pénètre chaque cellule de ma peau, chaque fibre des vêtements que je porte.

Je perds la notion du temps.

Jusqu'au moment où je me redresse pour regarder autour de moi. Un homme en tenue de jogging se tient debout à une dizaine de mètres de mon banc et il m'observe, j'en jurerais. Depuis quand… Je le regarde, il baisse aussitôt la tête, se courbe en deux, pose ses mains sur ses cuisses comme pour reprendre son souffle. Posture. Je me lève et m'éloigne sans regarder derrière moi, sans vouloir accélérer mon pas.

Au bout de l'île en forme de demi-lune, la statue de la Liberté est posée telle une figure de proue à l'avant d'une péniche, comme pour aller rejoindre sa grande sœur au loin.

Je fais un tour sur moi-même.

Personne. Il ne m'a pas suivie.

La statue est entourée de saules pleureurs. Ils me rappellent ce jour d'hiver, j'avais seize ans. Je traversais le pont de Grenelle. En contrebas, des hommes emmitouflés avaient grimpé aux arbres.

On les voyait s'affairer parmi les branches des saules qui pendouillaient nues, sauf pour certaines d'entre elles qui affichaient un feuillage vert insolent. J'étais descendue les voir. Industrieux comme une armée de fourmis, ils étaient en train d'accrocher sur les branches des feuilles artificielles. C'était une équipe de tournage du film *Frantic*, de Polanski, qui venait préparer le décor d'une scène à refaire. Elle devait être « raccord » avec les autres, tournées l'été précédent. J'étais restée là un bon moment, à les observer dans le vent glacial, les interrompant parfois d'une question timide à laquelle ils répondaient gentiment. Une équipe de cinéma ! Je me sentais privilégiée, là, sur ce bout d'île qui repoussait l'hiver. L'un d'eux m'avait même dit : « Mademoiselle, mignonne comme vous êtes, vous devriez faire du cinéma ! » J'avais rougi de plaisir. Je voyais déjà Harrison Ford, la veste sur l'épaule, manches de chemise retroussées, descendre l'escalier d'un pas souple pour me retrouver… *Hello, Claire !*

Je fais le tour de la statue en contemplant les saules, et je monte l'escalier pour rejoindre le pont. J'ai à nouveau la foi et la fraîcheur de mes seize ans et je sautille de marche en marche. Même pas essoufflée.

Au bout du pont il est à nouveau là, adossé au parapet ! M'aura-t-il surveillée de loin ? Attendue ? Je passe devant lui, curieuse, capte l'image d'un visage avenant. Nos regards se sont manqués.

Laissant la Maison de la radio sur ma droite, j'entame la remontée de la rue de Boulainvilliers. Je finis par me retourner. Il n'a pas bougé, il est toujours là-bas, accoudé cette fois au parapet, la tête penchée vers l'eau, jambes tendues. Je poursuis mon ascension, amusée.

J'aime sentir les muscles de mes mollets s'étirer, se contracter, s'étirer, tandis que je garde le même rythme qu'à l'aller. Une nouveauté dont je m'émerveille encore. J'ai longtemps cru que j'avais l'exercice physique en horreur. Il m'aura fallu un bilan cardiaque avant l'été, et un test d'effort humiliant – « Madame, m'a dit le cardiologue, ce n'est pas moi que vous devez venir voir, c'est une salle de sport. »

J'ai beaucoup nagé cet été pendant mes vacances, et sous la pression des filles, installé un rameur dans la chambre de Charlotte à son départ pour Barcelone. Depuis, je m'astreins à trente minutes d'exercice quotidien. Et je souffle. Je finirai comme toujours par un tour du jardin du Ranelagh avant de revenir chez moi.

Non. Arrivée à La Muette, je tourne à l'opposé, rue de Passy. Déjà fourmillante, comme un samedi matin. Envie de regarder les boutiques. Je me sens même capable d'affronter la lumière spectrale des cabines d'essayage.

Dans un premier magasin, la jupe que j'ai enfilée me serrait les hanches tandis que la taille bâillait affreusement. Dans celui-ci, j'ai repéré sur un mannequin un modèle qui m'ira bien. Un imprimé fleuri très estival, une robe portefeuille à manches courtes : quelque chose d'un peu suranné dans la coupe, mais fluide et qui s'adapte à ma morphologie. Taille réglable. Décolleté ajustable, seyant.

Je sors de la cabine et recule pour me voir en pied dans le miroir. À côté de moi, une jeune vendeuse remet sur des cintres les vêtements laissés en tas lors d'essais précédents. Je plisse légèrement les yeux, imaginant le regard de l'homme que je viens de croiser sur l'île aux Cygnes. Il serait là, tout près, adossé au mur qui sépare les cabines, contemplant la scène d'un air satisfait. Ou mieux, il dirait : « Cette robe te va très bien. » Et même : « Tu es superbe dans cette robe. Tu es… » À cet instant la vendeuse croise mon regard et me sourit d'un air de connivence.

Je réprime un éclat de rire en détournant les yeux. Car, tout en souriant, elle vient de reproduire, avec une exactitude troublante, un geste que j'ai répété autrefois des dizaines et des dizaines de fois ! Elle ne peut pas savoir, elle est beaucoup trop jeune… D'un mouvement gracieux du bout des doigts, non sans emphase, elle a dessiné un X appréciateur à quelques centimètres de sa poitrine. Comme le faisait il y a longtemps cette femme devant la caméra, regard velouté, main qui danse pour faire son signe de croix, comme pour bénir sa chance… Une voix grave et sensuelle. « Cœur Croisé de Playtex, un soutien-gorge qui sépare et dessine… parfaitement mes seins ! » Un spot publicitaire que j'ai passé des heures à mimer autrefois, forçant ma voix, pour le plus grand plaisir d'Emmanuel, mon cousin.

Je regarde à nouveau dans la glace le décolleté créé par la robe. « Avec Cœur Croisé je peux tout porter. Et je me sens… plutôt belle ! »

Je sors du magasin. La cordelette autour de mon poignet fait un frottement agréable. Le sac en papier glacé blanc balance gaiement au rythme de la marche.

Une fois rentrée, je découvre sur mon téléphone les messages de mes filles dans la conversation familiale. J'hésite... et j'envoie ma réponse. Nous nous appellerons demain matin. Pour l'instant j'ai très envie de me faire couler un bain.

Comme faisait souvent Vincent, j'ai laissé mes baskets sur le paillasson avant de rentrer. Un réflexe. Posé ma robe sur mon lit. Dans la salle de bains, je me déshabille, mes vêtements secs disparaissent dans le panier à linge. Je m'observe, nue, devant la glace. Jamais je n'ai eu ce corps... Le pli de la fesse, longtemps mon grand complexe, a presque disparu, les courbes de mes cuisses sont plus tendues, je perçois partout sous mes doigts une fermeté nouvelle. Mon ventre et mes seins sont demeurés les mêmes malgré les grossesses et l'allaitement. Jusqu'à présent, j'ai eu de la chance. Comme disait Vincent, de huit ans plus âgé que moi, avec son art consommé du compliment : « Tu ne te défends pas si mal, pour ton âge. » Mieux que ça, ajouterais-je aujourd'hui.

9

Quand je pousse le portail de la maison de Françoise, je m'aperçois que je ne sais presque rien d'elle. Et je ne sais rien de ce qu'elle sait de moi. Que lui aura dit Henri au téléphone, lui qui avait tout organisé avant même de connaître ma réponse ? Je regrette un instant de ne pas l'avoir interrogé davantage… Qu'importe. Je viens de conduire deux heures pour me rendre chez une inconnue, récupérer les clés d'un homme qui m'était inconnu il y a encore huit jours, et je m'apprête à fouiller sa maison… Tout va bien !

Françoise m'attend sur le pas de la porte d'une maison étroite, entourée d'un parterre de fleurs abondamment garni. Petite, la soixantaine énergique, elle me serre la main avec un grand sourire :

— Vous avez trouvé sans difficulté ?

Je l'ai appelée vingt minutes avant d'arriver, et elle m'a redonné les indications envoyées la veille par SMS. Une maison à la sortie de Bonny-sur-Loire, sur la route de Beaulieu.

— C'était très clair, merci.

— Entrez. Votre oncle m'a dit que vous aviez vécu à l'étranger très longtemps, que vous veniez de vous installer à Paris. Vous n'êtes pas venue à La Mollière depuis des années, c'est ça ?

— C'est ça.

Ainsi, je suis la nièce d'Henri ! Je souris en la suivant dans la cuisine, une grande pièce ensoleillée avec des meubles en bois verni, des plans de travail carrelés, quantité d'électroménager, ustensiles et pots bien alignés. Sur une table ronde recouverte d'une toile cirée à rayures est posé un trousseau de clés.

— Vous avez le temps de prendre un café ?

— Volontiers.

Elle me fait signe de m'asseoir et sort deux tasses d'un placard.

Quand cesse le bruit de la machine à café, j'entends, venu d'une pièce qui doit être le salon, le bruit d'une télévision.

— J'ai mis des dessins animés pour mes petits-enfants, pour qu'on soit tranquilles.

Elle s'assied face à moi, me propose du sucre – non merci – puis pousse devant elle le trousseau de clés.

— Tenez, avant qu'on oublie. Je suis passée ce matin à La Mollière pour tout ouvrir. J'ai pensé que ce serait plus agréable. Je vais vous expliquer, pour entrer, c'est très simple…

Je ne sais toujours pas quelle raison Henri aura donnée à ma visite. Pour l'instant, j'écoute avec attention les instructions de Françoise, très simples en effet. Elle les détaille avec conviction, ses bras ouverts animés de légères impulsions. Ses explications terminées, elle entoure sa tasse de ses mains, secoue la tête en me regardant d'un air pensif :

— Je ne sais pas comment vous retrouverez les papiers de votre famille, dans tous ceux de votre oncle ? J'espère qu'il vous a bien expliqué. Depuis vingt ans que je m'occupe de cette maison, je n'ai jamais réussi à nettoyer son bureau ! On a pourtant essayé, avec votre tante. Une femme de caractère mais dans ce domaine, la pauvre, elle n'avait pas son mot à dire… Votre père aussi se passionne pour l'histoire de sa famille, la généalogie, tout ça ?

— Euh… oui, assez.

Je ne m'étais jamais posé la question. Contrairement à ma mère, mon père s'intéressait peu à l'histoire de sa famille. En tout cas il en parlait peu. N'ayant eu qu'une fille, alors qu'il était déjà âgé et résigné à ne pas avoir d'enfant… en matière de transmission, il devait estimer avoir failli. Et comme en tout, il était d'une discrétion qui pouvait passer pour de l'indifférence. Avec lui, j'ai toujours eu du mal à faire la part des choses.

— Vos cousins vont avoir du boulot pour le déménagement. Je suis d'ailleurs très surprise qu'ils n'aient rien commencé. Pas vous ?

— Ils ont encore huit jours. J'imagine qu'ils viendront dans la semaine, ou le week-end prochain ?

— Ils ont leurs clés de toute façon. Je dois vous avouer que ça me fend le cœur que La Mollière soit vendue. Votre oncle et votre tante l'aimaient tellement ! Vous le savez bien puisque vous y avez fait tous ces séjours, enfant. Ça fait combien d'années que vous n'êtes pas venue ?

— Je ne sais plus exactement… Au moins vingt ou vingt-cinq ans ?

— Je comprends parfaitement que vous ayez eu envie de la revoir une dernière fois ! Vous devez avoir tellement de souvenirs. Depuis trois ans, je suis la seule à y aller, pour aérer un peu. Mon mari jardine quand il peut mais ce n'est pas sain, pour une maison, de rester comme ça, toute seule, à l'abandon.

Par la fenêtre, j'observe le petit jardin où trônent une maisonnette multicolore, un portique avec deux balançoires, un toboggan, un bac à sable en forme de tortue. Françoise se penche vers moi. Sa voix descend d'un ton :

— Maintenant, donnez-moi des nouvelles. Comment va-t-il ?

*

Assise dans ma voiture, je cale mon dos contre le dossier et ferme les yeux. J'ai encore dans la main le trousseau donné par Françoise, formé de deux grosses clés anciennes dont le métal noir s'est réchauffé à mon contact, et d'une clé tubulaire à picots. *Comment va-t-il…* La question m'a prise au dépourvu. C'est une chose de répondre dans un couloir d'hôpital, un gobelet de plastique à la main, sans donner d'avis médical mais en témoignant d'un état d'esprit, de la tonalité d'une rencontre… Bien différent de se trouver ici en tant que nièce nostalgique de ses séjours d'enfance ! En découvrant son oncle si vulnérable sur son lit, cette nièce aurait certainement subi un choc immense, comme je l'ai vu hier soir dans les yeux de son fils.

J'ai choisi d'évoquer pour Françoise la joie d'Henri de m'envoyer à La Mollière, bien réelle, sa gentillesse et sa chaleur… Elle en avait les larmes aux yeux. « C'est un homme réservé mais il a toujours été très délicat avec nous. Si vous l'aviez vu avec mon mari quand il a perdu son emploi… » Quand elle m'a tendu les clés, nous nous sommes embrassées, très émues, et j'ai quitté sa maison sans me retourner.

Je pose les clés sur le siège passager et je démarre. J'ai maintenant hâte d'y être. Il me semble que cela fait huit jours que je suis attendue là-bas. Chez lui.

La Mollière occupe une position centrale dans un hameau, au bord d'une petite route échappée d'une départementale, peu empruntée depuis la construction d'une rocade, m'a expliqué Françoise. En moins de dix kilomètres, j'ai tout de même réussi à passer quatre ou cinq ronds-points, dont au moins deux mystérieusement dépourvus de voies alternatives, comme les perles d'un collier.

Le portail est ouvert sur une allée ombragée, de terre blanchie par des générations de gravier, lentement sédimenté, parfois zébré de racines qui font cahoter la voiture. Je m'attendais à un jardin en friche mais les bords de l'allée sont taillés. Vierge de toute mauvaise herbe, elle contourne une grande pelouse fraîchement tondue. Le zèle du mari de Françoise ? Ou bien l'agence immobilière. Au bout, un petit bâtiment annexe est prolongé d'un appentis capable d'abriter trois voitures.

Je me gare, sors et reviens sur mes pas pour observer la maison, à peine entraperçue à travers les branches d'arbres.

Un bâtiment en L, grosse ferme ancienne ou gentilhommière, d'une pierre calcaire tendre et lumineuse, renforcée de blocs taillés autour des ouvertures. Son toit imposant, haut et pentu, est rythmé par des lucarnes à deux pans adossées aux tuiles plates, dont les petits carreaux font écho à ceux des fenêtres en contrebas. Derrière ces lucarnes qui couronnent les façades, j'imagine des charpentes déployant leurs ramifications et des greniers en enfilade, peuplés de formes recouvertes de draps blancs. Avec le bâtiment annexe et le large trottoir en pierre le long des murs, l'ensemble forme un U accueillant où il doit faire bon l'hiver au soleil et à l'abri du vent. Ou l'été, à l'ombre d'un parasol. Son pied en béton est resté posé à quelques mètres d'une porte. Certainement celle de la cuisine.

C'est bien ça. Les clés tournent sans difficulté dans deux grosses serrures et je pousse la porte. À ma droite, le boîtier de l'alarme. Je la désamorce avec la petite clé tubulaire. Comme si j'avais fait ces gestes toute ma vie.

Je suis en réalité dans une arrière-cuisine. Près de la porte, un évier carré en pierre est surmonté de deux vieux robinets en laiton sortis du mur, leur tête comme des osselets, leur bec prolongé d'embouts flexibles en caoutchouc craquelé. Je suis remplie d'une émotion soudaine en faisant tourner les robinets dans un sens puis dans l'autre, à vide, en orientant les embouts pour diriger un jet imaginaire…

Chez mes grands-parents en Provence, les mêmes robinets, les mêmes prolongateurs d'un autre âge... Deux robinets d'eau froide, celle de la ville et celle d'une citerne, cachée à l'arrière de la maison. J'ai longtemps bu aux deux, indifféremment, tête renversée, dirigeant le jet au centre de ma bouche ou en rond sur mon visage par temps de grosse chaleur. Jusqu'au jour où on avait découvert les cadavres de deux hirondelles se décomposant dans la citerne. Je me souviens encore du rire tonitruant de mon grand-père quand j'avais pâli, me tenant le ventre pour lutter contre la nausée. Ma mère avait pris ma défense mais fini par conclure que puisque je n'étais pas morte, j'avais certainement gagné en immunité.

La cuisine... Un marqueur temporel qui ne trompe jamais. J'ai sous les yeux le résultat d'une rénovation des années 1970. J'ai encore dans l'oreille la fierté d'Henri. « Avec les années, on a tout refait, Marguerite et moi, absolument tout ! » J'imagine la réaction des visiteurs : « Aucune hésitation, au moins... Il faut tout casser ! » La mauvaise conscience des fils, et le soulagement d'en être témoin sans leur père... Je les partage moi aussi car je ne peux m'empêcher de voir, comme une évidence, les plans que les acheteurs auront faits, et certainement avant eux les fils d'Henri : faire communiquer l'arrière-cuisine et la cuisine, remplacer la porte pleine par une porte-fenêtre ouvrant sur le jardin. Beaucoup de potentiel, aura martelé l'agence.

Je poursuis mon exploration. Dans le salon, deux gros fauteuils en velours côtelé font deux virgules en face d'une cheminée Louis XV en bois sculpté, prolongée d'étagères de part et d'autre. Une planche entière est couverte des vingt volumes de l'encyclopédie Larousse du xxe siècle, aux tranches vert sapin. Sans pouvoir l'expliquer, je sais instantanément quel est le fauteuil d'Henri, celui de Marguerite.

Je ne me suis pas trompée ! En m'asseyant, je découvre une boîte à couture rangée sur le côté de mon fauteuil. Il est profond et confortable. Je sais que les lettres d'Henri m'attendent mais je ne veux pas me précipiter. Je veux savourer ces premiers instants, tout comme il devait le faire en revenant ici, à chaque fois. S'enfonçant voluptueusement dans son fauteuil, là, juste à côté de moi… Ouvrant un journal, se servant un verre de whisky ou de cognac ou bien une tasse de thé, préparant une flambée…

La cheminée a été balayée de ses cendres, la plaque en fonte époussetée. Du petit bois et une grosse bûche sèche attendent sagement d'être allumés, depuis combien d'années ? Il règne dans la pièce une odeur indéfinissable de terre et d'humus, de pierre blonde chauffée par le soleil encore estival, de cuir et de papier, de poussière nichée au creux des tissus, de canalisations anciennes, de graisses brûlées, de bois ciré. Une odeur complexe et subtile de vieille maison, qui en évoque tant d'autres… Je pense à Françoise et me lève pour ouvrir grand les fenêtres. Au fond du jardin, du parc devrais-je dire, un rideau d'arbres masque la route. Il est 4 heures, pas un bruit ne vient troubler la tranquillité de cet après-midi. Quelques nuages effilochés stagnent là-haut, comme indécis et dépourvus d'ambition. Je pose mes avant-bras nus sur le rebord d'une fenêtre. La surface légèrement granuleuse est tiède. Quand je me redresse et passe une main sur ma peau, je sens rouler sous mes doigts un fin dépôt sableux.

Le bureau d'Henri. Il est temps. La pièce paraît sans doute plus petite qu'elle ne l'est. Deux des murs sont couverts du sol au plafond par un meuble deux-corps en bois peint, de couleur écrue, ou vanille, moitié buffet, moitié bibliothèque. Dans la partie vitrée, derrière les croisillons, des mètres linéaires de dossiers multicolores, de classeurs, de livres… Je cherche un porte-documents en cuir vert. Rien d'apparent sur le bureau mais je ne suis pas surprise. Je m'assieds dans son fauteuil, dont la galette en cuir est raide comme un coup de pied au cul, et j'ouvre un à un les tiroirs.

C'est toute une génération qui s'offre à ma curiosité. Des blocs de papier à lettres et des enveloppes, des cartes postales, des faire-part au papier gaufré. Une enveloppe kraft pleine de timbres oblitérés. Des boîtes de toutes tailles et de toutes matières, qui auront contenu des cartes de correspondance ou des cigarillos, remplies de trombones, agrafes, punaises, élastiques, bouts de ficelle et fils de fer. Je suis émue par cette accumulation vaine, ce temps passé à trier, classer, ranger, tout cet espace dédié… balayés en un instant dans des sacs-poubelles géants un jour de déménagement. Ce qui reste et ce qui disparaît d'une vie entière…

Je n'ai toujours pas touché à une seule des affaires de ma mère. J'aurais préféré ne pas y penser aujourd'hui mais c'est un fait : depuis son admission il y a un an dans une maison de retraite spécialisée, son appartement parisien est resté inoccupé. Intact. Je ne crois pas qu'il y ait encore là-bas beaucoup d'effets personnels de mon père. Après sa mort à mon retour de Barcelone il y a six ans, elle aura fait le tri. Elle n'a jamais été sentimentale. Mais elle a vécu plus de cinquante ans dans cet appartement. Que vais-je y trouver, le jour où je prendrai mon courage à deux mains ? J'ai tout à coup avec les fils d'Henri une complicité qu'ils ignoreront toujours.

Je me lève, regarde les cadres photos posés devant les dossiers derrière les vitres. Ils sont là tous les trois, âgés de quinze à vingt ans, les bras passés sur les épaules comme des joueurs de foot, devant la porte-fenêtre de l'entrée. Je reconnais Jérôme, le dernier, vu hier, qui ressemble le plus à son père. Et là encore tous les trois, avec leurs parents, plus jeunes devant la crèche installée sur le manteau de la cheminée. Une fratrie… J'en ai longtemps rêvé.

Leur cousine, en séjour ici ? J'aurais aimé les cabanes dans les arbres au fond du parc, les tours à vélo, les baignades l'été dans un point d'eau, les spectacles improvisés, les parties de pouilleux massacreur ou de cache-cache dans les greniers…

Je passe en revue les tranches des dossiers cartonnés où je découvre avec émotion l'écriture fine et régulière d'Henri. EDF-GDF, Eau, Assurance, Impôts fonciers, Crédit lyonnais, Alarme. Un portrait noir et blanc de Marguerite jeune. Les cheveux bruns ondulés coiffés en arrière, un large sourire sur une dentition parfaite, la ligne des épaules en diagonale, comme si elle passait une porte pour venir nous voir de plus près. Ses épaules sont nues, le cou gracieux. J'imagine l'art délicat du photographe pour baisser les bretelles du soutien-gorge au moment de la pose. Le grain de la photo est superbe, la peau, veloutée. Il se dégage de ce portrait une sensualité et une élégance ravageuses. Je comprends qu'Henri ait placé cette photo au plus près de son bureau.

J'ouvre une porte en partie basse : des piles d'albums photos. Je résiste à la tentation de les ouvrir. Une autre porte et ce sont encore des dossiers, de travaux, de successions. Ailleurs, des archives professionnelles, des cours de langue, des documents généalogiques, des programmes de conférence. Un épais dossier avec des documents et des notes sur l'histoire des religions. Un autre, avec des poèmes tapés à la machine sur du papier bible... Je ne me donne ni le temps ni le droit de lire. Mais je suis heureuse de parcourir tout cela, d'en constater l'existence.

Il y a de simples pochettes cartonnées mais aussi des serviettes publicitaires, des porte-documents en cuir, en PVC, mais rien qui soit vert et abrite une précieuse correspondance. Je suis assise par terre désormais et j'ouvre toutes les portes une à une, sortant les piles, regardant attentivement dans tous les interstices, les remettant en place dans un soupir.

Et si c'était ailleurs ? Sa chambre, peut-être ? Dans son état de fatigue, il aura pu confondre. Je monte l'escalier en pierres dont les marches lustrées sont comme du beurre trop mou, creusées en leur milieu par des générations de glissades sur les fesses et de carambolages.

Peu de meubles dans la chambre. Un grand lit, deux tables de chevet trop étroites pour abriter des documents, une petite table entre les deux fenêtres, une commode… Du linge. Je referme.

Dans la salle de bains attenante, une penderie abrite des successions de cintres portant des vêtements d'homme et d'autres qui ne portent plus rien du tout, dans une odeur de boules de naphtaline. La vision de ces cintres inutiles dans cette moitié de placard vide me serre le cœur. J'ouvre une nouvelle porte. Des étagères avec des sous-vêtements masculins, des affaires de toilette. Je la referme vite, un court instant gênée.

Je passe en revue les chambres de l'étage. Chaque fils a gardé la sienne, la laissant plus ou moins dans son état d'origine. Papier peint Liberty et moquette. Ici des affiches du carnaval de Venise, d'un concert de Police, là des gravures anciennes. Les salles de bains sont à l'image de la cuisine, datées. Le long couloir est décoré d'une horloge sans aiguilles et d'aquarelles régionalistes. Quelques placards et débarras abritent les habituels produits d'entretien ou de bricolage.

Il reste un étage et je commence à monter l'escalier quand un détail dans les propos d'Henri me revient en mémoire… Une tête de chat !

Un doute infime me fait rebrousser chemin pour retourner dans le bureau, ouvrir une des portes de placard une nouvelle fois. Là, dans cette pile que je pose sur la table, se trouve un porte-documents, une simple pochette plate en réalité, sans rabat ni fermeture à glissière, d'un cuir décoré d'or comme une reliure ancienne. Un cuir souple et *gris*. Est-il possible de le voir vert ? Vert d'eau, vert-de-gris ? Je sens l'excitation monter. Après tout ma mère a toujours appelé vert ce qui pour moi est bleu turquoise ! Des goûts et des couleurs…

J'examine avec attention l'envers de la pochette, là où le cuir est resté brut, et je l'aperçois… c'est bien elle ! Une tache d'encre, en bas dans le coin à gauche, ronde avec deux petits triangles symétriques qui évoquent comme en ombre chinoise une tête de chat, oreilles dressées.

Je regarde un à un les documents, fébrile. Des bulletins scolaires datant de l'internat du Puy-en-Velay, d'Henri et de son frère cadet. Quelques lettres des deux garçons, de cette époque. Des articles de presse, *Var-Matin*, *Nice-Matin*, 1964, 1969… Des hommages vingt ou vingt-cinq ans après la Libération, dans lesquels la mère d'Henri est citée. Tombée sous le feu de l'ennemi alors que les Allemands quittaient le village qu'ils avaient occupé. La lettre d'un ami qui annonce son départ à l'étranger. Celle d'un ancien camarade d'internat qui reprend contact. L'avis de décès de son frère cadet, en 1960. Des photos de classe, des photos d'Henri officier. Tout est en vrac, rangé sans précaution. Je cherche encore et ne découvre rien de « sensible ». Rien qui justifie à mes yeux la requête d'Henri, rien !

J'ai dans les mains le contenant qu'il m'a décrit mais je doute que le contenu soit ce qu'il escomptait. Où sont passées les lettres ? Les aura-t-il détruites sans s'en souvenir ? Ou bien ses fils… Je regarde autour de moi la pièce bien rangée. Rien ne traîne sur le bureau. On est loin du capharnaüm évoqué par Françoise. Les fils d'Henri auront-ils fait le tri, le grand nettoyage ?

Je suis plus déçue que je ne l'aurais imaginé. La mort dans l'âme, je glisse la pochette dans mon sac pour l'apporter mardi. J'ai la très pénible impression de lui avoir fait défaut, à lui mais à Marguerite aussi. Avec un dernier regard pour son portrait, je quitte la pièce.

J'ai refermé les fenêtres, rebranché l'alarme, verrouillé la porte de la cuisine, poussé le portail au début de l'allée. Je n'ai plus qu'à déposer les clés dans la boîte aux lettres de Françoise avant de filer à Paris. C'est elle qui fermera tous les volets demain matin. J'ai eu beau insister, elle n'a rien voulu savoir.

Je conduis sans hâte, encore accablée par cette demi-journée qui se termine en cul-de-sac. Et pourtant... Il reste une grande douceur à avoir vécu dans cette maison ces quelques heures, comme si j'avais passé des mois de plus auprès d'Henri. Je suis habituée aux confessions d'inconnus sur leur lit de mort, quand l'essentiel peut se dire en si peu de mots. Mais là, c'est comme si le temps s'était redéployé pour qu'à travers ses photos, ses objets, ses centres d'intérêt, son mode de vie, je puisse être imprégnée d'une connaissance nouvelle. Accueillie dans l'intimité d'une vie sur le point de s'éteindre, pour mieux l'aider peut-être à y trouver du sens. C'est en tout cas ce dont j'essaie de me persuader, tandis que je remonte en voiture après avoir redéposé les clés.

Il fait encore doux, la lumière décline paisiblement. Je ne suis pas pressée de rentrer. Je décide de suivre la Loire un moment avant de reprendre l'A77. À la sortie d'un village, j'aperçois un panneau avec le logo « Logis de France ». Vincent était un fan inconditionnel de ce label… Il m'avait dit un jour, mais était-ce une boutade, qu'il avait le projet de tous les tester dans un rayon de deux heures autour de Paris. Je mets mon clignotant, et franchis le porche de l'hôtel des Vignerons.

Je vais y passer la nuit.

10

Demander une chambre pour la nuit à plus de 7 heures du soir et se tenir là, seule à la réception, sans bagage. J'ai toujours rêvé de faire ça. J'ai beau savoir que la jeune femme en face de moi en a vu d'autres, j'aime l'inattendu de cette décision, étonnante pour moi en tout cas.

Allongée sur le lit, un peu dur à mon goût, je contemple les photos d'écluses au mur, le boutis fleuri assorti au tissu du fauteuil, les grandes dalles de carrelage ton pierre qui se prolongent jusqu'à la salle de bains flambant neuve, qui ferait rêver les acheteurs de La Mollière. Une petite terrasse derrière la baie vitrée en alu, avec une table et deux chaises en fer forgé, fait un premier plan. Un peu plus loin, au centre d'une pelouse, une brouette en bois est remplie de fleurs tombant en cascade. J'ai enlevé mes chaussures et je laisse le temps passer… Tout à coup, je me souviens. Je devais dîner avec Carole ce soir. Je prends mon téléphone et rédige un message :

Désolée pour ce soir mais je dois annuler. Navrée de te prévenir si tard. Petit contretemps, je suis à deux heures de Paris et je passe la nuit ici. Je te raconterai. Je t'embrasse.

Elle appelle.
Je laisse sonner dans le vide.
Elle m'envoie un SMS auquel je réponds lâchement :

Difficile de t'expliquer ce soir. Je t'appelle demain matin, promis. Merci et encore sorry...

Elle capitule :

OK...

Les filles aussi, il faudra que je les appelle. Mais pas ce soir.

La carte du restaurant est posée sur la table de nuit. Le chef propose une cuisine à la fois « de saison » et « de pays », ça tombe bien... Je n'ai pris qu'un sandwich vers midi et demie en quittant Paris, acrobatiquement consommé dans la voiture. J'ai une faim de loup. 19 h 55, une heure décente pour aller dîner. Je remets mes chaussures.

La jeune fille de la réception :
— Vous avez réservé ?
À en juger par le peu de voitures à mon arrivée, ça m'a paru tout à fait inutile. Mais je m'aperçois maintenant que le parking s'est rempli. Un restaurant, avant

d'être un hôtel. Samedi soir. Oublié ce détail… Elle me regarde, l'air contrarié. Je n'ai vraiment pas envie de reprendre la voiture. Tout le charme est de dîner sur place, dans l'illusion d'être une habituée, une pensionnaire de maison d'hôtes. Sans ajouter un mot, elle tourne les talons. Revient quelques instants plus tard.

— Bon, vous avez de la chance, il nous reste une table. Suivez-moi.

La salle est pleine en effet, enveloppée d'un brouhaha feutré. Tout en marchant vers le fond de la pièce, nous sommes rejointes par un serveur et la réceptionniste s'éclipse, comme un passage de témoin bien huilé. Il me guide vers une petite table ronde dans un coin. Je me faufile derrière et l'aide autant que je peux avant de m'asseoir, quand il a du mal à déplacer le lourd fauteuil médaillon. La nappe caresse doucement la peau nue de mes jambes tandis que je m'installe. Il débarrasse le couvert en face de moi avec le plus grand naturel et revient pour me tendre la carte.

Je l'ai déjà étudiée mais je prends le temps de tout relire. Vincent aurait regardé directement le menu gourmand, j'aurais protesté pour la forme. On aurait commenté tous les plats et on aurait conclu, comme d'habitude : « On fait moitié-moitié », puis passé le dîner à échanger nos assiettes. Je parcours la carte en sélectionnant deux entrées, deux plats et deux desserts. Comme un fait exprès, tout me plaît en double ce soir. Il va pourtant falloir trancher.

Une femme seule au restaurant. J'ai longtemps trouvé ça pathétique. Le cinéma, passe encore… Il m'a bien fallu un an. Je regarde autour de moi et je suis étonnamment sereine. Personne ne semble avoir remarqué ma présence. Ou peut-être évitent-ils de me regarder mais dans le fond, ça m'est égal aujourd'hui. Des familles avec de jeunes enfants ou des adolescents, des couples que j'estime pour la plupart plus âgés sans en avoir la certitude : la clientèle de ce type d'établissement. J'étais censée passer d'une catégorie à l'autre, tout en douceur… Avec le départ des enfants devenus adultes, Vincent et moi nous serions retrouvés « comme au début de notre mariage ». « Formidable ! » si j'en crois certaines de mes amies. Plus compliqué pour d'autres. Alors moi, « sa femme », comment aurais-je vécu notre retour au couple ?

La nuit s'est installée et des halos lumineux éclairent par endroits le jardin de l'hôtel. Nous serions partis tous les deux visiter des maisons… Nous en avions le projet depuis longtemps : nous ancrer quelque part après tant d'années nomades. France ou Espagne, maison de vacances ou maison de week-end, nous avions changé d'avis tant de fois… L'idée nous plaisait plus encore que la réalisation, je crois. Nous aurions mis à profit ces week-ends sans enfants pour sillonner une région et nous retrouver le soir dans un Logis de France, à faire des plans d'aménagement pour une cuisine ou une terrasse…

Il aurait aimé La Mollière. Il aurait aimé l'hôtel des Vignerons. Ce soir il est là, avec moi. Je pense à lui en choisissant mes plats.

Quand je reviens dans la chambre, l'illusion perdure et je ne veux pas qu'elle s'arrête. Vincent est encore là. Nous avons commenté ensemble la cuisson du foie gras, la qualité du veau. Comparé la tarte sablée au chocolat avec celle que je prépare, moi, d'après une recette de Robuchon. Cela fait longtemps d'ailleurs que je ne l'ai pas faite. Il faudra que j'y pense pour une prochaine occasion. Nous sommes tombés d'accord sur le verdict : un très bon dîner.

Je me déshabille dans la chambre. Défais les sangles de mes sandales à talons, déboutonne ma jupe, fais passer par-dessus ma tête mon petit haut ajusté, dégrafe mon soutien-gorge, fais glisser le long de mes cuisses ma petite culotte qui s'enroule sur elle-même. J'étale le tout soigneusement sur le fauteuil. Il me faudra remettre tout ça demain. Nue dans la salle de bains, je lisse mes cheveux ébouriffés avec la brosse pliante que je garde dans mon sac. J'élimine avec un bout de papier toilette le plus gros de mon maquillage. Je me lave les mains, le visage, et frotte mes dents du bout des doigts.

Je me glisse sous les draps. Roule d'un côté, de l'autre, fais le grand écart avec mes jambes, étends les bras pour occuper tout le matelas, et je finis en diagonale, je me recroqueville d'un coup et je me mets à pleurer. Une digue s'effondre sans prévenir. Emportée, ballottée, je ne peux rien faire, je n'ai pas pleuré comme ça depuis… Je sanglote sans pouvoir m'arrêter. Il me faudrait des bras pour m'y blottir, une main dans mes cheveux, des lèvres sur les miennes et sur mes yeux. Mon ventre est une morsure qui me fait courber l'échine et me mettre en boule. J'entoure mes genoux de mes bras et je pleure. Combien de temps... Jusqu'à ce que le sommeil m'emporte.

Je me réveille, nuit noire. Basculer sur le côté droit pour voir mon réveil lumineux. Rien. Il me faut quelques instants pour me rappeler l'endroit où je suis. Je ne peux pas regarder l'heure, j'ai éteint mon téléphone pour économiser la batterie. Allongée maintenant sur le dos, j'ai en tête l'image très nette d'un visage malicieux, de grands yeux bruns rieurs. Je viens de retrouver quelqu'un dont j'avais oublié l'existence !

Hervé. J'avais dix ans.

Mon rêve s'est vite évanoui mais il laisse place aux souvenirs, et parmi eux le plus marquant : nous sommes en classe de neige, emmenés par Mère Odile Marie, la directrice du primaire. Même à la montagne, elle garde son uniforme gris : sa longue jupe plissée, le pull sans forme qui laisse affleurer sa poitrine, tombant juste au-dessus du nombril. Hervé et moi nous sommes retrouvés dans le même groupe de ski et sommes devenus inséparables.

Je me rappelle la scène avec une précision qui me sidère. Nous avons pris une pioche, tous les deux. En haut de la remontée, nous attendons le reste du groupe. Hervé se tourne vers moi en souriant : « À ton avis, j'imite qui, là ? » Hervé est la tête brûlée de la classe, en avance sur les autres de quelques années d'insolence. Avec un grand sourire, il écarte les mains, paumes ouvertes comme celles d'un prêtre, et leur imprime un léger mouvement. Je le regarde, fascinée. D'une main, il semble ramasser le bout d'un sein juste au-dessus de la hanche. La main en coupe oscille un instant pour en souligner le poids et prendre de l'élan pour le jeter par-dessus son épaule, comme un baluchon ; puis l'autre sein par-dessus l'autre épaule. Il récupère les deux bouts de part et d'autre du bas de son dos et fait mine de les tirer de chaque côté, d'un mouvement ample des bras, pour les nouer sur son ventre comme la ceinture d'une robe de chambre.

Je réponds à voix basse en rougissant : « Mère Odile Marie ! », regardant autour de moi, délicieusement coupable.

Le soir après la veillée, le mime transgressif se répand dans tous les dortoirs. Mais j'en ai eu la primeur et c'est pour moi qu'Hervé ouvre les mains parfois, paumes vibrant vers le ciel, avec un sourire complice. Nous passons ensemble le reste du séjour sans oser nous embrasser ni même nous tenir la main, malgré les « Oh, les amoureux ! » qui partout nous accompagnent.

De retour à Paris après les vacances de Pâques, la vie reprend son cours et notre amitié s'effiloche.

C'est en retrouvant notre salle de classe que j'ai constaté que l'écharpe mauve de Mlle Fayet avait disparu. Je l'avais observée, tous les jours en entrant, accrochée au portemanteau près de la porte. Depuis la Toussaint, quand notre maîtresse n'était jamais revenue de vacances.

*

De retour du petit déjeuner, je commence par appeler Carole, pour ne pas réveiller les filles trop tôt un dimanche matin.

— Alors ? C'est quoi cette histoire ? interroge-t-elle d'entrée.

Je lui explique de façon aussi factuelle que possible ma rencontre avec Henri et sa requête, mes recherches de la veille, en insistant sur leur caractère d'urgence. Elle me coupe assez vite :

— Attends, c'est n'importe quoi, tout ça ! Un type que tu ne connais pas, un malade ? Fouiller sa maison ? C'est hyper-limite ce que tu fais, tu te rends compte ?

Je reste sans voix, et après un moment de silence, je l'entends qui éclate de rire.

— Claire, tu m'épates ! Vraiment. Je ne peux même pas t'en vouloir de m'avoir laissée tomber hier soir ! Alors, tu les as trouvées, ces lettres ? Elles racontent quoi ?

En lui exposant mon fiasco, j'ai un nouveau pincement au cœur en imaginant la déception d'Henri, mardi. Mais n'est-ce pas aussi bien ? Il aura au moins la conscience plus tranquille d'avoir tout essayé. L'absence de regrets, à défaut d'autre chose.

J'ai une envie soudaine de parler de Vincent à Carole. Comment il est devenu si présent ces derniers temps, peut-être pour mieux s'effacer.

Tandis que j'hésite, ma cousine me parle d'une maison qu'elle a repérée sur un site de location de vacances. Le moment est passé. Nous discutons maintenant de la Costa Brava, où nous avons prévu de passer une semaine à la Toussaint avec nos enfants. Nous bavardons encore, dans cette alternance de sujets futiles et de préoccupations plus profondes qui nous est familière. La conversation parvient naturellement à son terme.

— Moi aussi, dis-je, il va falloir que je te laisse. Je dois encore appeler les filles et je voudrais passer voir ma mère en rentrant. Avant qu'elle fasse la sieste. J'ai quand même deux heures de route.

— Ça m'a fait plaisir de t'entendre. Et tu sais ce que je fais en raccrochant ? J'appelle le collègue divorcé dont je t'ai parlé et je lui dis que tu serais heureuse de dîner avec lui. Cette semaine ! Une belle femme comme toi, capable de tout… Impossible de résister !

*

J'ai quitté la nationale 7 pour prendre l'autoroute. Paramétré le régulateur de vitesse à la sortie du péage, détaché mon pied de l'accélérateur. Après Carole j'ai eu Maud au téléphone, moins marmotte que sa sœur, surprise de me découvrir dans une chambre d'hôtel. J'avais installé mon portable de façon à apparaître sur un fond neutre, qu'elle a tout de suite remarqué. Je lui ai donné les mêmes explications qu'à ma cousine. Elle n'a pas été étonnée. « C'est super que tu aies fait tout ça pour lui. » Décidément ma fille aînée me surprend ! Il y a comme un surcroît de chaleur dans nos échanges depuis le départ de sa sœur. Je sais qu'elle s'inquiète pour moi, même si elle ne le dira jamais. J'en suis profondément touchée. D'un caractère proche de celui de son père, elle reste tellement mystérieuse, toujours discrète. Elle ne s'étendra jamais sur sa vie amoureuse mais je veux croire qu'elle m'en parlera sans hésiter, quand elle le souhaitera.

J'ai ensuite eu sa sœur qui, elle, n'a rien remarqué d'inhabituel et je n'ai rien dit. Elle était aussi bavarde que d'ordinaire, parlant à cent à l'heure, enthousiaste et râleuse ; encore en pyjama, les cheveux emmêlés et la voix rauque d'avoir peu dormi et trop fait la fête, tout ça avec un naturel confondant, attendrissant, sans rien cacher.

En raccrochant je me suis dit que j'avais beaucoup de chance.

La circulation est fluide, j'arrive en grande banlieue. Impression d'avoir quitté Paris depuis des semaines alors que ça fait à peine vingt-quatre heures. Et de m'être projetée ailleurs, et durablement, pour la première fois depuis longtemps.

Avant de quitter la chambre d'hôtel, je suis restée un long moment allongée sur le lit. J'avais encore à l'oreille l'enthousiasme de ma cousine quand elle me décrivait la maison. Celle qu'elle a trouvée pour nos vacances, au nord de Barcelone. « Parfaite ! » C'est elle qui a insisté cet été pour qu'on loue ensemble à la Toussaint sur la Costa Brava. « Je ne connais ni Barcelone, ni la Catalogne, tu te rends compte ? Alors que toi… »

Il serait temps que je lui fasse découvrir. Temps d'y remettre les pieds, après deux ans sans un seul vrai voyage en Espagne. Juste un aller-retour utilitaire pour aider Charlotte à s'installer sur son campus.

Allongée là, je revoyais ces innombrables week-ends passés tous les quatre à Calella de Palafrugell, Llafranc ou Tamariu. La succession des plages et des *calas*, ces calanques comme des virgules rebondissant le long de la côte au pied du Camí de Ronda, le chemin de ronde tournoyant de village en village. Les petits immeubles blancs et les maisons de pêcheurs enchâssés au-dessus des promenades, des restaurants en enfilade. Les odeurs de friture, le craquant du sel sur la peau, la morsure du soleil, délicieuse quand on la plonge dans l'eau. Tout à coup, dans cette chambre d'hôtel j'ai su qu'il était temps. Je faisais mes comptes mentalement, les chiffres dansaient, s'organisaient, se transformaient en budget. Le premier depuis des lustres. Suffisant pour une maison de village à distance à pied de la plage ? Une cour ou un petit jardin faisant terrasse, des figuiers de Barbarie et des bougainvilliers le long des murs ? Quelques annonces de maisons à vendre regardées en hâte sur mon téléphone…

La réponse était oui ! Je l'avais éteint avec une excitation grandissante. Je ne dirais rien pour l'instant à Maud et Charlotte, ni à Carole, ni à Bruno et Babette, nos amis revenus vivre à Barcelone, qui attendent fidèlement chaque été mon passage. Je prendrais rendez-vous avec quelques agences, contacterais Imma, mon amie catalane reconvertie en « chasseuse d'immobilier » et profiterais de ces vacances de la Toussaint pour visiter. Sur ce lit, le cœur débordant, j'imaginais la surprise, puis la joie des filles et la mienne en traversant ces cours envahies d'herbes jaunes, en parcourant ces pièces à la décoration vieillotte – meubles sombres en bois verni, faïences, dentelles ; en examinant ces murs éteints qu'illuminerait un coup de peinture, ces sols aux carreaux de ciment ou de terre cuite qui ne demandaient qu'à revivre…

France ou Espagne, maison de vacances ou de week-end ? Avec Vincent nous n'avions rien décidé. Rien n'empêchait aujourd'hui de me remettre à rêver, faire des projets ! Si j'ai appris une chose… Pour les concrétiser nul besoin de certitudes. Elles sont toujours illusoires. La vie a cette façon bien à elle de nous le rappeler.

La banlieue sud se densifie, la maison de retraite est proche. Les visions de la Costa Brava s'estompent mais elles restent bien là, attendant en piaffant gentiment d'être à nouveau convoquées, encore embellies pour sortir au grand jour. Comme tout secret joyeux qui se nourrit de sa propre impatience.

Ma mère. Je ne sais dans quel état je vais la trouver aujourd'hui. Cela fait quinze jours que je ne suis pas venue car elle était souffrante dimanche passé. Un simple rhume, m'a-t-on expliqué quand j'ai repris de ses nouvelles.

Lors de ma dernière visite, elle était très désorientée. Elle m'a parlé de « mon frère », puis de « ma sœur », et encore de « *mes* frères ». Plus l'après-midi s'avançait, plus notre famille s'agrandissait, comme en réponse à mes rêves d'enfant. Mon frère aîné était expatrié à Singapour, puis c'était le cas du dernier, le premier devenant pilote chez Air France et habitant Bordeaux. Je n'ai rien su de ma sœur, sœur aînée ou sœur cadette. Dommage. À une seule reprise, elle m'a regardée en m'appelant Claire et c'était un déchirement d'entendre ce prénom sortir de sa bouche, pour la dernière fois peut-être.

Je me gare sur le parking de la maison de retraite. Un établissement sans rien de remarquable sinon l'espace. Il y a même un petit bois dans le parc où les résidents s'aventurent parfois, quand ils ont de la visite. Ma mère loge dans une aile réservée aux personnes atteintes de la maladie d'Alzheimer. J'ai pris l'habitude de venir la voir tous les dimanches, même si je repars toujours aussi perplexe. Je sais qu'on parle de deuil blanc pour les proches, quand la personne malade se transforme mentalement, affectivement, tout en restant physiquement la même. Disons qu'il blanchit chaque semaine un peu plus.

Mon père est mort l'année de notre retour en France, d'une infection consécutive à une opération de la hanche qui devait être banale. Nous avons ignoré la gravité de son état jusqu'au dernier jour, ma mère ayant toujours filtré et minimisé ce que lui disaient les médecins. J'ai découvert après coup qu'elle n'avait rien voulu voir et lui en ai voulu de m'avoir privée d'un adieu à mon père. Aujourd'hui je comprends mieux, en la voyant disparaître peu à peu, que son caractère trempé cachait une inquiétude constante. Elle est maintenant prise en charge comme une enfant, et je découvre chez elle une simplicité, et même une capacité à s'émerveiller que je ne lui ai jamais connue. Cela m'a rendue très amère, les premiers temps. Pourquoi a-t-elle été si rude avec moi, son unique enfant ? Elle était forte, rassurante mais volontiers cassante. Je sais qu'elle a fait ce qu'elle a pu, comme nous tous, et que je ne pourrai jamais en parler avec elle. L'heure des comptes ne sonnera pas, je dois vivre avec ça. Je me console en me flattant d'avoir été une autre mère pour mes enfants, et d'avoir ma vie de femme qui ne dépend plus d'elle. Celle que j'ai perdue et qui demeure en moi et celle que je revivrai peut-être.

Sans doute.

Toutes ces pensées me traversent tandis que je coupe par le jardin d'un pas plus vif pour aller la rejoindre sur une terrasse, à l'abri d'un parasol. Il est l'heure du café pour les résidents, pas encore celle de mon déjeuner.

« Bonjour madame. »

L'accueil est toujours le même. Ma mère porte une robe chemisier qui accentue sa maigreur et pourtant elle a un appétit d'ogre. Je me suis arrêtée dans une pâtisserie pour lui acheter un gâteau et des chocolats, comme je le fais chaque semaine. Elle a eu l'air franchement étonnée, et s'est s'empressée d'ouvrir les boîtes. Son regard est toujours aussi vif mais plus insaisissable que jamais.

Je passe une heure avec elle, sans effort, dans une

conversation qui s'alimente de riens. J'en profite pour lui prendre la main et je me lève à plusieurs reprises pour l'embrasser. Elle se laisse faire, docile. Il y a dans ces joues creuses toute la mémoire de notre amour, quelle que soit la forme, même la plus rêche, qu'il ait pu emprunter.

En revenant vers le parking, je découvre un nouveau message de Carole. Elle n'aura pas traîné ! Je suis invitée à dîner vendredi. Ni vraiment un soir de semaine, ni un samedi. Le choix du jour est intéressant. Je remonte en voiture.

11

Hugo et son père sont en retard. Depuis la semaine dernière, je n'ai pas repris mes notes pour commencer à rédiger son bilan car il n'est pas complet. Je ne sais pas si je parviendrai aujourd'hui à lui faire passer les tests de vitesse d'écriture mais l'important n'est pas là.

Je les fais entrer directement dans mon bureau. Hugo porte une chemise blanche qui donne de la solennité à ses traits fins et réguliers. Ses cheveux blond foncé, mi-longs, la pâleur de ses yeux bleus… Un physique d'adolescent romantique chez un petit garçon de neuf ans. Difficile de l'imaginer avec ce visage et cette tenue dans une bagarre de cour d'école ou une partie de foot effrénée. J'observe ses poignets avec appréhension, les manches sont un peu longues… et je suis rassurée. Aucune trace d'eczéma. Son père est grand, mince, les épaules larges, dans un costume sobre et bien coupé. Des cheveux courts grisonnants, raides et drus, encadrent un visage qui fait plus jeune. Des sourcils épais, des cils épais, sur des yeux verts allongés. Quelque chose de rond et juvénile dans le bas du visage. En les voyant s'avancer tous les deux, je suis frappée par leur dissemblance, et pourtant… Quelque chose les unit. Peut-être ce décalage avec leur âge, une singularité qui a du charme, assurément.

Hugo regarde autour de lui. Son visage s'éclaire en voyant la Lamborghini que j'ai mise au premier plan sur les étagères, juste à sa hauteur. Des yeux, je lui donne mon accord mais il n'ose pas la toucher, se tournant vers son père qui s'est assis face à moi. Il fait de même mais s'assied sur le bord de son siège.

— Je suis contente de te retrouver, Hugo ! Comment ça va ? Comment s'est passée ta semaine ?

— Bien. J'ai un peu écrit.

— Voilà une excellente nouvelle ! Tu peux me dire ce qui s'est passé ?

— Je sais pas, ça allait moins vite. Et j'ai pensé que ça vous ferait plaisir.

Il jette un coup d'œil furtif à son père mais celui-ci n'a pas réagi.

— Et vous monsieur, je suis contente de vous voir aussi. C'était important, pour Hugo, que je puisse connaître ses deux parents. Votre femme vous a parlé de notre rencontre ?

Il me regarde en souriant et je remarque sa bouche. Des lèvres pleines qui s'étirent, tout comme ses yeux qui semblent s'allonger encore.

— Rapidement, oui. Pour être sincère, j'ai surtout compris que je n'avais pas vraiment le choix.

Je réponds moi aussi avec un sourire large et il enchaîne, toujours provocateur :

— Je dois vous avouer que je n'avais jamais entendu parler de votre profession avant de venir vous voir.

— C'est vrai que la graphothérapie, au premier abord, c'est un peu mystérieux.

Je lui donne quelques mots d'explication et lui détaille le déroulement de la séance : une conversation avec lui – l'anamnèse – pour toujours mieux connaître Hugo, son histoire, sa famille, puis une partie plus technique avec son fils, et une petite restitution à la fin. J'emploie volontairement quelques termes du métier, décris les tests en vigueur, les normes de l'Éducation nationale. S'il est rassuré par le professionnalisme de la démarche, il ne le montre pas et se contente d'acquiescer en continuant de sourire.

— Hugo, tu peux jouer pendant que je discute avec ton papa. Tu peux écouter, intervenir quand tu veux. Comme avec Maman la dernière fois, tu te souviens ?

Il ne se fait pas prier, se lève, sort la caisse de Lego Technic des étagères après avoir pris la Lamborghini au passage, et il s'assied sur le tapis.

Son père ne s'est pas retourné. Son visage reste dirigé vers moi, attentif. Je commence :

— Qu'est-ce que vous a dit votre femme de cette première séance ? Qu'est-ce que vous en avez pensé ?

— Que vous n'en aviez pas tiré grand-chose, ce qui ne m'a pas du tout étonné. Ma femme surprotège mon fils sous prétexte que c'est un garçon sensible, alors qu'il est simplement cossard. Et il a très bien compris qu'il pouvait manipuler sa mère.

Je suis surprise par la dureté de ce jugement, qu'il énonce comme une évidence à partager avec lui. Je regarde tout de suite Hugo. Il s'est tourné dos à nous, et son buste ne bouge quasiment pas. Je me garde de tout commentaire et j'attends la suite.

— Pour moi, cette histoire d'avoir arrêté d'écrire, c'est pour qu'on s'intéresse à lui, une fois de plus. Et ça marche, vous voyez bien.

— Une fois de plus ? Qu'est-ce que vous entendez par là ?

— Ma femme a dû vous dire que ce n'était pas la première fois, non ? Il a déjà vu une orthophoniste, et d'autres encore, des thérapeutes, mais qui n'ont rien trouvé, bien entendu.

— Elle me l'a dit, en effet. Et qu'il avait fait plusieurs bilans. Vous avez les comptes-rendus ? Elle avait évoqué l'idée de me les envoyer par mail.

Il lève les yeux au ciel avec un sourire entendu :

— Elle ne vous a rien envoyé ? Typique ! Elle ne m'a rien dit. Je crois d'ailleurs que je ne les ai jamais vus, ces bilans.

— Ce n'est pas grave. Pour en venir à la scolarité d'Hugo, comment vous la percevez ? Ses résultats ?

— Corrects, sans plus… Ce qui est inquiétant.

Il a dit cela d'un ton égal. Je me penche vers lui.

— Inquiétant ?

Il se rapproche à son tour.

— Correct en primaire, ça veut dire moyen au collège et médiocre au lycée.

Je ne réagis pas à cette affirmation, qu'il a assénée en haussant la voix. Derrière lui, son fils n'a toujours pas bougé, apparemment absorbé par les Lego Technic. Seul un léger mouvement des bras me laisse espérer qu'il joue vraiment.

Après un moment de silence, son père reprend sa position, et d'un ton moins péremptoire :

— Quand on a la chance d'être dans une bonne école et d'avoir des parents qui s'intéressent aux études de leurs enfants, on est plus que « correct », on est tête de classe. Mais il faut se rendre à l'évidence... Tous les enfants n'ont pas les mêmes moyens intellectuels, le même potentiel.

— Vous faites référence à sa grande sœur ?

— Entre autres. Les deux, ça n'a rien à voir. Chloé a beaucoup lu, toujours posé beaucoup de questions, elle est curieuse, alors qu'Hugo n'ouvre jamais un livre. En dehors des voitures, je ne vois pas ce qui l'intéresse. Comment voulez-vous...

Il hausse les épaules sans finir sa phrase.

— Et vous, votre scolarité, elle était comment ? Facile ? Compliquée ?

— Je ne suis pas sûr que ce soit le sujet mais si vous voulez savoir, la scolarité, chez moi, on n'en faisait pas tout un plat. Ça allait de soi. Il n'y avait pas cette mode des bilans à tout-va. De toute façon, on n'avait pas les moyens. On avait le sens du travail, et ça, ça ne coûte rien.

— C'était important, chez vous, l'école...

Son visage s'anime et l'ironie s'efface.

— Évidemment ! Mon père était d'un milieu très simple, il était cheminot, mais avec un vrai tempérament d'autodidacte. Ma mère rêvait d'être institutrice. C'est elle qui m'a appris à lire et à écrire sur la table de la cuisine. Croyez-moi, j'étais heureux et fier de le faire ! Quand je suis devenu l'un des plus jeunes magistrats de France, je peux vous dire qu'ils n'étaient pas trop déçus.

Il a dit cela d'un ton factuel, sans fanfaronnade, mais avec une candeur désarmante qui le fait paraître plus jeune encore.

— Vous avez des frères et sœurs ?

— Fils unique.

— Pour en revenir à Chloé, elle est en quelle classe ?

— Troisième.

— Et ça se passe comment, pour elle, en ce moment ?

— Si vous me posez la question, c'est que vous le savez déjà.

Sans le détromper, je soutiens son regard. Nous nous affrontons un instant. Sans vainqueur ni vaincu. Un bruit soudain nous fait détourner les yeux, tous les deux. Hugo vient de renverser la caisse de Lego dont certains ont rebondi sur le parquet. Il se retourne vers nous, l'air inquiet, mais je le rassure du regard. Quand je rétablis le contact visuel avec son père, celui-ci laisse échapper d'une voix basse :

— Elle aussi, elle m'a lâché.

Je mets toute la chaleur possible dans les mots simples que je prononce avec précaution :

— Comment vous vivez ça ?

— Mal, vous vous en doutez. Je me suis fâché, et je continuerai. C'est ma responsabilité.

Sa femme la semaine dernière avait parlé d'une discussion très rude quand il avait appris que Chloé avait séché ses cours. Hugo en avait été témoin et ne voulait plus aller en classe le lendemain. Je sens qu'il est inutile de creuser la question. Il en a déjà beaucoup dit.

— Est-ce que Chloé et Hugo vous semblent proches ? Après tout, ils ont plus de cinq ans d'écart...

— Oui, enfin, ce n'était pas prévu comme ça, vous le savez bien.

— Comment ça ?

— Ma femme ne vous a rien dit ?

— ...

Tout son corps se crispe sur son siège. Ses yeux brillent de colère.

— Incroyable ! Elle a passé quoi, plus d'une heure avec vous ? Et vous ne saviez pas que nous avons eu un fils, entre Chloé et Hugo ? Elle ne vous en a pas parlé ? Mort subite du nourrisson, à deux mois. Vous comprenez mieux maintenant, j'espère, pourquoi elle couve son petit chaton, et elle l'étouffe, elle en fait une lavette ! Mais elle ne l'avouera jamais, elle est en plein déni, c'est comme ça que vous dites, non ? Pas besoin d'être un professionnel pour savoir ça !

Je laisse passer un long moment de silence.

Hugo a rassemblé les Lego sans les ranger. Il a pris un livre dans lequel il s'est plongé, tête baissée. Il fait le gros dos. Il est encore plus courbé. C'est très dur de le voir se recroqueviller comme ça, peu à peu.

Je reprends doucement :

— On ne parle pas forcément des choses importantes tout de suite. Surtout quand elles sont difficiles. Hugo est né combien de temps après ce petit garçon ?

— Trop rapidement. Ma femme a voulu retomber enceinte sans attendre, je n'étais pas d'accord mais j'ai cédé.

— Et la grossesse ? Les premiers mois ? Pas trop anxiogènes ?

— À votre avis ?

— Oui, bien sûr. Vous arrivez à en parler, avec votre femme et vos enfants ?

— Pour leur dire quoi ? Que je suis encore hanté, dix ans après, par la vision de ce petit cercueil, pas plus gros qu'une boîte à chaussures, c'est ça ? Je n'ai pas oublié, moi, mais je refuse de pourrir la vie des autres avec ça !

Je n'ajoute rien. Simplement, après un moment :

— On va s'arrêter là si ça vous convient, et je vais voir Hugo seul, maintenant.

Il hoche la tête en signe d'assentiment et se lève sans un mot.

Hugo vient se rasseoir. Dès que son père a quitté la pièce, il se détend, se relâche et s'enfonce plus profondément dans son fauteuil. Il en prend possession, pour la première fois depuis le début de la séance.

— Comment ça va ? Tu as entendu ce qu'a dit ton papa ?

— Oui, mais pas tout.

— Ce petit bébé, vous en parlez quelquefois ? Avec Maman, peut-être ?

— Non, parce que c'est quand même triste.

— Comment tu te sens, là, maintenant ?

— Bien.

Il me sourit avec douceur, comme pour me réconforter. Jamais je ne m'habituerai aux réactions des enfants, et c'est très bien ainsi. Je veux continuer de m'émerveiller de leur courage, leur humour, leur confiance, leur sagesse… Ou bien je change de métier.

— Alors, dis-moi, est-ce que tu es prêt… pour faire des courses de voitures ! Je te propose de piloter une voiture de rallye, une Formule 1 et… une Deux-Chevaux ! Ça te va ?

Il fait oui de la tête, rapproche son fauteuil et se redresse pour se mettre en position d'écrire.

— On va commencer avec la voiture de rallye. Ça va à une vitesse normale, non ?

— Ça dépend !

— On va dire qu'aujourd'hui elle roule normalement. Sur une route normale, peut-être pour se rendre au départ d'une course, justement. Alors prends une feuille, et commence par écrire dans le coin ton prénom, ton nom, la date et ta classe…

Hugo s'exécute sans poser de questions, comme s'il n'avait jamais cessé d'écrire et qu'il était parfaitement naturel de se retrouver face à moi un lundi après-midi.

— Très bien. Maintenant, vas-y, tu montes en voiture et je vais lancer le chrono. Tu vas écrire pendant une minute la même phrase, plusieurs fois, les unes à la suite des autres, sans t'arrêter mais sans te presser. À une vitesse normale. La phrase, c'est : « Le petit cheval gambade. » Tu as compris ? Tu es prêt ? Alors… *Go !*

Son écriture est chaotique, trop appuyée. Il s'applique, visiblement stressé. Il lève la main dès que retentit le *Bip Bip* de mon téléphone.

— C'est très bien. Maintenant, vas-y, compte toutes tes lettres.

Il articule les nombres en silence, l'index glissant sous chaque mot, hésitant.

— 48… 49.

— Super. Donne-moi ta feuille… Oups, je crois que quelqu'un n'a pas assez déjeuné aujourd'hui et a eu très envie de manger des lettres !

Il se penche sur le bureau, regarde sa feuille et il éclate de rire :

— J'ai écrit « gabade » !

— Aucune importance ! Maintenant que tu es bien rodé, tu es prêt pour la course de vitesse ? Tu veux piloter quoi, une Ferrari ?

— La Mercedes de Lewis Hamilton !

— Très bien. Tu vas faire la même chose mais cette fois, c'est une vraie course. Tu écris la phrase, toujours la même, mais le plus *vite* possible et tant pis si tu te trompes, tu ne perds pas de temps à corriger ou raturer. Pas de marche arrière et pas de passage au stand pour changer les pneus ! D'accord ?

Il rit mais il est nerveux, je le sens.

— *Go !*

Son geste est plus rapide, et plus heurté encore.

Bip Bip.

Il me tend sa feuille mais je lui fais signe de la garder.

— Tu vas monter maintenant dans une Deux-Chevaux. Tu te promènes, à la campagne, tu regardes le beau paysage, tranquillement. Tu n'es pas du tout pressé. Cette fois, tu prends *tout* ton temps pour écrire, le *mieux* possible. Toujours la même phrase.

Discrètement, je relance mon chronomètre. Hugo se penche sur sa feuille. Son geste est beaucoup plus fluide. Quand la sonnerie retentit, il lève les yeux, surpris.

— Eh oui ! Je t'ai quand même chronométré ! Mais tu vas voir, c'est très bien. Compte tes lettres pour les deux derniers exercices et dis-moi.

— Je compte même les ratées ?

— Oui, toutes les lettres.

Cette fois, il tape sous chaque lettre de la pointe de son roller qui rebondit en rythme, laissant des petits points sous les mots.

— 56 avec la Mercedes… 47 avec la Deux-Chevaux !

— Parfait. Maintenant, donne-moi ta feuille… Tu sais, Hugo, tu as une très belle qualité d'écriture ! Regarde ce que tu as fait avec ta Deux-Chevaux, c'est superbe. Et presque aussi rapide qu'en vitesse normale. C'est vraiment bon signe, ça veut dire que quand tu es détendu, tu réussis très bien.

— Juste un dernier petit exercice et on appelle ton papa. Tu vas écrire une lettre à un ami, un ami imaginaire ou un vrai copain, ou une amoureuse… qui tu veux ! Tu vas juste commencer par : « Mon cher ami – ou ma chère amie –, je te remercie… » et tu continues. Quatre ou cinq lignes, pas plus. Tu écris vraiment ce que tu as envie de dire à cet ami, je serai la seule à voir ça… Tu sais, j'ajoute avec un air conspirateur, ici, les murs n'ont pas d'oreilles…

— Je vais écrire à Manon. C'est ma meilleure amie depuis le CP.

Ma chère amie,
Je te remercie de me donné du courage quand je suis malade. Sinon, j'aime bien allé chez toi, ta mère fais très bien les frite. Ton père fais un peu peur avec sa voix. Il est drole. Aussi, j'ai un nouveau jeu vidéo sur ma Switch, je te le prèterai si tu veux.

Je vais chercher le père d'Hugo dans la salle d'attente. Il se déplie du canapé avec souplesse et m'emboîte le pas. Avant de s'asseoir, il jette un coup d'œil en direction de son fils. Puis il m'envoie un regard direct, sans ciller. Ses yeux semblent avoir changé de taille, plus ronds, plus grands… étonnants. Je suis décontenancée quelques secondes et fais mine de rassembler mes notes. Puis je lui rends son regard et je vais droit au but.

— Vous allez avoir un compte-rendu complet, bien sûr, mais je peux déjà vous dire que pour moi, il n'y a rien d'inquiétant dans l'écriture d'Hugo. Aucun signe de trouble d'apprentissage. En revanche, il souffre d'une anxiété dévastatrice. Elle lui fait perdre tous ses moyens. Alors qu'il est capable de très belles choses quand il se sent en confiance et en sécurité.

— Tant mieux.

— Je voulais vous demander… Est-ce que vous ou votre femme avez déjà envisagé un suivi psychologique ?

Il se raidit sur son siège un bref instant, fronce les sourcils. Je sens qu'il fait un effort. Puis son visage se relâche et je le vois accueillir cette idée avec plus d'ouverture d'esprit que je n'aurais imaginé.

— Non. Pourquoi y pensez-vous ?

— Le vécu familial n'est forcément pas neutre dans l'évolution d'Hugo. Ça vaudrait le coup d'explorer ça. Il suffit de quelques séances parfois, vous savez. Je n'ai évidemment pas tous les tenants et les aboutissants, et ce n'est pas mon métier de les avoir. Mais un blocage comme ce qu'il a connu est quand même très révélateur. Surtout quand il arrive subitement.

— Vous avez sans doute raison.

Il me regarde maintenant avec une douceur qui me rappelle celle d'Hugo, qui contraste avec sa colère tout à l'heure. Il se met à sourire et il ajoute :

— La maîtresse, puis le médecin généraliste, vous, et maintenant un psy ? Vous voyez un peu l'engrenage ? Bon, je plaisante, ne me faites pas dire ce que je n'ai pas dit… Je suis sûre que vous savez ce que vous faites. Et je vous en suis reconnaissant, sincèrement. Je sais bien que tout ça, c'est pour le bien d'Hugo.

Il ajoute encore :

— On a beau être lucide, ça n'empêche pas d'aimer ses enfants.

12

Mon cours de Pilates s'est terminé à 8 heures. Je passe vingt minutes sur le trottoir, à bavarder avec deux autres femmes du cours. Des amies, maintenant. Chaque lundi soir nous traînons plus longtemps à la sortie des vestiaires, évoquant l'idée de dîner bientôt toutes les trois. Elles ont des enfants plus jeunes, encore à la maison. Je ne sais pas quand nous dînerons ensemble mais en parler est un plaisir en soi. Ce soir, pourtant, j'aspire à rentrer chez moi sans détour. La séance avec Hugo et son père continue de me troubler tant elle a été chargée d'émotions contradictoires que j'ai du mal à décrypter.

En revenant, je m'arrête chez le traiteur asiatique. Pas le meilleur du quartier mais il est sur ma route. Je dîne rapidement dans la cuisine en écoutant la radio, juste le temps d'attraper la fin des *Informés* de France Info et le flash de 21 heures. Avec ça et les revues de presse que j'ai enchaînées ce matin sur plusieurs stations, j'aurai eu ma dose de radio quotidienne.

Un SMS de Philippe, enfin ! Je lui ai demandé avant le week-end si je pouvais prendre sa place demain après-midi à Saint-André et je n'avais toujours pas de réponse. Il me confirme qu'il est d'accord pour permuter de jour de bénévolat. Je le remercie chaleureusement. Depuis trois jours déjà, j'avais vidé mon agenda en prévision de la journée de demain.

J'ai mis l'épisode sur pause en entendant la notification de mon portable, figeant Phoebe Waller-Bridge à l'écran. J'ai la « voyure » distraite ce soir, comme dirait Christophe, un de mes plus vieux amis. Il m'approvisionne en séries télé et m'a récemment fait passer la saison 2 de *Fleabag*. Je relance la lecture. Comme après chaque séance de Pilates, je sens le travail des muscles profonds qui continue de faire son effet. Une fatigue générale est en train de m'envahir tout doucement, agréable, d'autant que mon lit est proche. J'ai pris une douche en rentrant et suis fin prête pour aller me coucher.

Je m'endors par intermittence, à moitié allongée sur le canapé. Mes paupières ont une vie qui leur est propre. Elles s'amusent à se laisser tomber et à se relever, d'un coup. Je sais qu'il est idiot de lutter contre le sommeil mais j'ai du mal à abandonner cette lutte idiote.

Nouvelle notification.

Nouveau message. Je ne l'attendais pas, celui-là…

Le père d'Hugo m'envoie un mot très court :

Merci de ce rendez-vous aujourd'hui, qui ouvre des perspectives nouvelles.

Je me redresse et contemple l'écran, interdite, sans savoir quoi penser ni répondre. Je ne suis pas tenue de le faire et ça peut très bien attendre demain. Mais c'est ma réponse à moi, personnelle, maintenant, qui m'intéresse. Qu'est-ce que je ressens à la lecture de ce message inhabituel ? Pourquoi ne suis-je pas surprise ?

Tout à l'heure au cabinet, nous avons croisé Isabelle. Elle sortait de son bureau et nous sortions du mien. Je les ai présentés, sans insister, et j'ai raccompagné Hugo et son père à la porte. J'aurais voulu raconter ma séance à Isabelle mais son patient suivant était déjà là. À la fin de la journée quand nous nous sommes retrouvées en bas de l'immeuble, elle m'a lancé d'un air amusé, juste avant de s'éloigner : « Pas mal du tout, le père et le fils que tu m'as présentés. Attention, Claire… danger ! »

Bien réveillée maintenant, je me lève et pars en direction de la chambre de Maud. Assise à mon bureau, j'allume mon PC et tape le nom du père d'Hugo dans la barre de recherche. Devant moi, l'arrière-cour fait une masse sombre à travers la fenêtre, à peine contrariée par quelques trouées lumineuses.

Son profil LinkedIn apparaît en premier. Classique et sans excès. Il n'y a pas cette overdose de compétences et recommandations qu'on trouve sur certaines pages. Sa carrière est impressionnante, de ce que je peux en juger, n'étant pas très au fait des critères de réussite dans la haute magistrature. La photo est sérieuse. Il sourit à peine. Elle a été prise par un professionnel, certainement. Une beauté indéniable mais un peu lisse à mon goût, qui ne correspond pas à l'image que j'en ai gardée. Le décalage habituel entre la ville et l'écran. En la regardant attentivement, je verrais presque de la fausse modestie dans la sobriété très étudiée de la pose, pour bien montrer qu'il ne joue pas de son physique…

Il a aussi une page Facebook qui date de 2014, sur laquelle il n'a quasiment rien publié. Quelques vidéos de danse contemporaine, des articles du *Financial Times*. Rien de personnel. Ni femme ni enfant ni voyage ni vacances. En faisant défiler les pages, je tombe sur ce portrait qui a été sa photo de profil de 2017 à 2018 : il est à la montagne, l'été, le ciel est sans nuage, il porte un tee-shirt noir qui met sa carrure en valeur, son visage est un peu rouge, presque brillant. Il regarde franchement l'objectif et on sent qu'il est content d'être arrivé là. Son sourire éclate, sans l'ombre d'une arrière-pensée. On a envie de le féliciter, de partager avec lui ce moment unique, les poumons dilatés, le cœur qui bat plus vite.

Je cherche autour de moi mes lunettes. Je m'en sers depuis peu quand ma lecture sur écran se prolonge. J'ai dû les laisser sur mon lit.

Quand j'arrive dans ma chambre j'entends mon voisin du dessus dans la sienne, et il est accompagné. Il est plus tard que d'habitude mais…

Je retourne dans la chambre de Maud, j'enregistre la photo de profil Facebook, me l'envoie par mail, récupère mon téléphone et j'éteins tout.

Revenue dans ma chambre, je ne perds pas de temps, je me mets au lit et j'éteins. Je charge sur mon téléphone la photo que je viens de recevoir. Son visage apparaît en gros plan, éclairant la pièce d'une lumière pâle.

Les bruits qui descendent de là-haut ne trompent pas. La chambre du dessus se met à gémir doucement. Dans le silence de la mienne ce soir, j'écoute. Je convoque des images et des gestes, j'invente des paroles susurrées à l'oreille. Sur mon téléphone, son sourire explose. Sa bouche envahit la photo. Des lèvres pleines, charnues, colorées, qui seraient presque indécentes. Comme chez ces femmes trop refaites qui semblent porter leur sexe au milieu de la figure. Je les regarde encore. Sa bouche est au contraire pleine d'innocence… C'est elle qui donne à son visage sa force et sa sensualité, cet élan juvénile. J'imagine ses lèvres, chaudes, douces, sèches sur ma peau, mouillées ensuite… Je les sens descendre et remonter partout sur mon corps. Mes mains passent sous la couette. Ce soir, pour la première fois depuis trop longtemps, je ne vais pas m'endormir seule.

13

La salle des bénévoles est notre maison dans la maison. Pas tout à fait une salle de réunion, plutôt un salon, avec un coin cuisine et de grands placards qui sont nos vestiaires. Je dépose mon sac, accroche sur un cintre la veste légère que je porte aujourd'hui sur un pantalon de toile, et je vais embrasser Virginie. Elle a été la première bénévole que j'ai suivie il y a quatre ans lors de mes « trois jours » : six demi-journées d'affilée, un saut dans le bain initiatique, rude, intense, par lequel passe tout candidat. Silencieux, muet, il entre dans une multitude de chambres, suit comme une ombre différents bénévoles, tous expérimentés, tâchant de se faire oublier. À l'issue de ce marathon de trois jours, je n'avais aucun doute. J'étais sûre de vouloir revenir.

Virginie est une femme ronde au visage sans aspérité. Elle a l'art de formuler des évidences, et pas qu'en un exemplaire, mais sa gentillesse et sa gaieté en font une « coordinatrice du mardi » très appréciée. Je la retrouve avec plaisir aujourd'hui.

Dans le reste de l'équipe, je reconnais quelques têtes. Je fais le tour de la pièce pour embrasser tout le monde. Il y a un peu plus d'hommes que le vendredi. L'âge moyen est sensiblement le même. À quarante-huit ans, je le fais encore baisser d'une bonne dizaine d'années.

13 h 30, les conversations s'évanouissent, on s'assied autour de la table basse pour former un rond d'environ quinze fauteuils, où le café circule maintenant sans bruit, suivi d'une assiette remplie de morceaux de chocolat. Virginie parle, la réunion d'équipe est lancée.

— Claire est avec nous, cet après-midi. C'est super sympa.

Elle se tourne vers moi avec un sourire chaleureux :

— On est très heureux de t'accueillir.

— Très contente d'être là aussi, merci.

— Claire sera à Saint-Jacques, à la place de Philippe, qui du coup la remplace vendredi. C'est vraiment génial de vous arranger comme ça entre vous, quand vous avez des problèmes de dispo. Ça évite un trou dans votre service. Ça permet aussi de se mélanger entre équipes. Je trouve ça très chouette.

Elle poursuit avec les informations de la semaine : date de l'assemblée générale, programme des prochaines formations, nominations, départs… Puis vient le temps du partage d'expérience, où chacun peut témoigner, interroger, avec un angle différent de celui du groupe de parole : non pas centré sur soi mais sur l'analyse de pratique. A-t-on bien fait ? Comment aurait-on pu réagir autrement dans telle situation ? L'occasion de demander l'avis des autres, de rappeler certains principes et de former sur le tas les bénévoles plus récents.

J'interviens à plusieurs moments. À d'autres, je suis déjà avec Henri, anticipant sa déception quand je lui remettrai son porte-documents… Comment d'ailleurs l'apporter discrètement ? Un bénévole ne se promène pas avec un attaché-case de chambre en chambre… C'est simple. Je viendrai ici un peu plus tard chercher mon sac à main, heureusement assez grand.

À la fin de la réunion, les binômes se reconstituent entre ceux du matin et ceux de l'après-midi. Bénédicte était à Saint-Jacques. Je viens m'asseoir à côté d'elle. Elle passe en revue pour moi les quinze malades du service, m'indiquant ceux qu'elle a vus. C'est une femme au regard perçant, aux cheveux gris tirés en arrière, retenus par une grosse pince en écailles. Un physique autoritaire, raide et sec à mon goût mais je sais que les apparences peuvent fondre d'un coup dans l'intimité d'une chambre, réservant bien des surprises. J'ai sur mes genoux le petit classeur avec les fiches des malades où elle a déjà fait ses comptes-rendus d'une écriture que je connais bien, précise et nerveuse. Il sert de support à ma feuille.

J'établis ma liste en écoutant Bénédicte, notant les noms nouveaux, recopiant les anciens.

M. Guillemot est toujours là. Sa femme ne le quitte plus, désespérée de ne pas réussir à le faire manger. Elle dort toutes les nuits dans sa chambre et ne cesse de harceler les soignants.

M. Kashani est encore là lui aussi, mais très « précaire » et toujours très isolé. Je me promets d'aller le voir aujourd'hui.

Mme Diolet est passée au niveau de conscience RAAS-5, autrement dit elle est dans le coma. Bénédicte était en présence silencieuse auprès d'elle ce matin. J'en ferai autant dès que je pourrai, au moins quelques instants.

M. Pinheiro est mort dans la nuit de vendredi à samedi, sans bruit. C'est l'équipe de jour qui l'a découvert au petit matin. Il sera resté une demi-journée à Saint-André. J'éprouve un peu de tristesse en me rappelant l'accablement fataliste de sa fille. De la colère surtout, en pensant aux paroles d'Aurélie. Un scandale de l'avoir amené si tard et dans cet état, avait-elle dit. « Un gruyère, cet homme… »

Joséphine est bien retournée hier à Saint-Germain-des-Prés, chez elle, après des adieux déchirants au service. Plus pomponnée que jamais, elle a fait et refait sa valise et son sac une bonne dizaine de fois, aidée par les soignants trop heureux de lui prêter main-forte, puis par sa chère Maria, son aide-ménagère, arrivée là deux heures avant l'ambulance. Elle a fait livrer aujourd'hui juste avant le déjeuner une corbeille pleine de biscuits et de chocolats. Ça ne m'étonne pas. Je mesure la chance que j'ai eue, le temps de quelques visites, invitée dans sa chambre comme dans un salon, de recevoir un peu de son rire délicat et de son maintien, de sa légèreté dans les épreuves. Sa façon de toujours chercher à voir, quoi qu'il en coûte, « le côté amusant » de la vie… « Sinon, quel intérêt ? »

Bénédicte ne me dit rien sur Henri. Il semble avoir dormi toute la matinée. Je veux croire qu'il ménage ses forces pour nous, tout à l'heure. Il en aura besoin.

La réunion de transmission de 14 h 30 n'aura pas lieu, m'apprend Karen, l'aide-soignante, en repartant de la salle de soins. Remplacée par le groupe de parole mensuel du service. Tant mieux car avec tout ce que m'a dit Bénédicte, je n'en vois guère l'utilité pour moi aujourd'hui.

Je passe au large de la chambre 126, d'un peu loin, d'un pas rapide. Henri a les yeux ouverts, le visage tourné vers la porte. Je regrette un instant que les transmissions soient annulées.

Envie soudaine de reculer.

De retour en salle des bénévoles, vide, je sors mon sac du placard, avec le porte-documents roulé dedans. Avant de repartir, je consulte dans le petit classeur la fiche d'Henri. Les comptes-rendus de ces derniers jours sont réduits. Il y a d'abord le mien, vendredi dernier :

20 sept. – Claire : Bon moment avec M. M., toujours aussi accueillant.

21 sept. – Sandra : Petit coucou. Il est fatigué, souhaite se reposer.

22 sept. – Yassine : Rapide visite avant l'arrivée de ses fils.

23 sept. – Patrick : Belle conversation avec M. M. malgré un état de santé déclinant.

23 sept. – Jean-Louis : Me demande de regarder pour lui son téléphone, messages, etc. Lecture des journaux, quelques articles, avant l'arrivée du dîner.
24 sept. – Bénédicte : Dormait quand j'ai voulu le voir.

L'intérêt de ce dernier commentaire ?

Je repose le classeur, prends mon sac, referme à clé la salle des bénévoles, repars dans mon service.

Attendait-il un message de moi depuis samedi ? Aurais-je dû ? Comment aurais-je pu, sous quelle forme ?

La question me taraude encore au moment de pousser la porte.

Je m'approche du lit sans hésiter et je l'embrasse délicatement sur les deux joues, sans guère le quitter du regard. C'est venu d'un coup, il en est ému et moi aussi. J'aurais envie de toucher ses cheveux blancs, fins et lisses. Je recule en retenant des yeux son visage. La hauteur de son front, le nez droit, la ligne nette du menton… Il est beau. Je tire le fauteuil et m'assieds à côté de lui sans pouvoir parler, pose mon sac par terre.

Il inspire profondément.

— Merci.

Au bout de quelques secondes, je me mets à rire doucement.

— Ça en fait des émotions, je vous assure ! Mais je voulais vous dire que je suis heureuse de les vivre, toutes, et d'en partager autant avec vous. À mon tour de vous dire merci. Vous m'avez tellement donné…

Henri me sourit et je sens une boule se former à nouveau dans ma gorge avec une rapidité insensée. Je secoue la tête en inspirant profondément, moi aussi.

Il me paraît moins fatigué que la dernière fois. Mais les comparaisons sont souvent trompeuses. D'un jour à l'autre, tout peut changer. Il n'empêche, ça fait plaisir de voir son visage détendu, son teint plus coloré. Il est allongé dans cette position que je ne remarque plus tant elle est familière, mais sous les draps pour la première fois. Remontés jusqu'à la moitié du torse, ils laissent à découvert le haut d'une veste de pyjama à fines rayures gris foncé, dernier bouton fermé, bombée sur le carré de soie de Marguerite, réduit à une mince ligne bleu pâle.

Il a vu mon regard et son sourire s'élargit. Je bafouille :

— Comment… comment vous vous sentez, aujourd'hui ?

— Je vous attendais, alors ça va.

Je perçois comme une lueur amusée dans son regard embrumé, ou est-ce encore sa voix… Au-delà de son timbre chaud et vibrant, elle me frappe aujourd'hui par son élégance distanciée. Qui n'empêche pas la proximité, bien au contraire. Comme si, ayant jaugé favorablement son interlocuteur, elle prenait plus encore de profondeur, gagnait en connivence. Je me flatte peut-être mais qu'importe. Quel qu'ait été le résultat de mes recherches, je suis heureuse de le revoir, c'est aussi simple que ça.

Il regarde maintenant mon sac au pied du fauteuil. Je le saisis et le pose sur mes genoux.

— Je ne veux pas vous faire attendre plus longtemps. J'ai trouvé votre porte-documents et je l'ai avec moi. Je ne suis pas sûre qu'il contienne ce que vous attendiez, je préfère vous prévenir. Je suis vraiment désolée.

Sans attendre sa réaction, je sors la pochette gris-vert, faisant attention une fois encore à ne rien laisser s'échapper, et la pose à côté de lui sur son lit, le cuir se déroulant tout en souplesse.

Il semble perplexe, hésitant. Peur d'être déçu, certainement. L'ai-je prévenu avec assez d'égards ? C'était sans doute un peu raide. Il ne me paraît pas abattu pour autant. Fataliste, peut-être…

Il fait l'effort de se redresser, place la pochette sur sa cuisse droite sans l'ouvrir. Il pose une main dessus et caresse le cuir lentement, suivant du bout des doigts le décor en creux. Il pousse un soupir lourd de nostalgie, de reconnaissance, d'étonnement aussi. Comme pour dire : « Il est là ! » Puis il l'ouvre avec précaution. Fait passer d'un côté à l'autre les documents, un à un, les remettant dans le sens de la hauteur. Dans le calme de sa chambre en ce début d'après-midi, chaque document livre sa signature sonore. Bruissement des coupures de presse, bruit sourd des livrets scolaires, froissement aigu des feuilles et des enveloppes entre elles, silence des photos. Ses yeux concentrent toute leur énergie sur cet inventaire qu'il fait minutieusement, sans un mot.

— Tout est là, comme je l'avais laissé. Même sans pouvoir lire, je reconnais… Tout est revenu, je me souviens de tout.

Il me faut un moment avant de comprendre ce qu'il vient de dire d'une voix grave, assurée. Impossible de mettre sa parole en doute. J'aurais apporté les bons documents ? Mais quoi ? Je ne peux m'empêcher de réagir :

— Je croyais… que vous attendiez des lettres. Un échange de nature… intime ? On avait parlé de correspondance embarrassante, vous vous souvenez ?

Inconsciemment, j'ai toujours imaginé un épais paquet de lettres, retenues par un cordon ou un lacet, rouge bien sûr. Une des raisons qui avaient dû me faire ignorer cette pochette lorsque je l'avais sortie pour la première fois.

— C'est vous qui avez imaginé tout ça. Moi, je n'ai rien dit…

— C'est vrai mais vous ne m'avez pas détrompée !

Je suis partagée entre le soulagement, pour lui, les regrets de m'être autant inquiétée, en vain, et l'agacement de m'être fait mener en bateau qu'il le veuille ou non.

— Est-ce que ce n'était pas plus simple de vous laisser penser ça ? Plus motivant aussi pour vous, peut-être… ?

Il laisse en suspens cette question à laquelle je suis bien incapable de répondre. En tout cas, là, maintenant.

D'une voix plus profonde encore, il ajoute :

— Ma femme n'a rien à voir dans tout ça.

— Mais alors… ?

— Ma mère…

Il pose les mains sur la pochette et ferme les yeux.

Sa mère ? Les articles de journaux que j'ai lus en travers… tragiques, mais rien de confidentiel ! Je ne vois pas ce que ses fils pourraient y découvrir. J'ai envie de le rassurer mais quelque chose dans sa façon de parler, la gravité de ses gestes, me retient.

Il rouvre les yeux et répond à mon silence :

— J'imagine bien ce que vous devez ressentir. Mais je suis vraiment reconnaissant. Ce que vous avez fait… C'est très important pour moi, je vous l'ai dit.

Aucune trace d'amusement dans sa voix. Je balaye ma fierté, me penche et sors mes lunettes de mon sac.

— Que voulez-vous que je fasse pour vous, maintenant ?

Il me tend la pochette.

— Vous pourriez commencer par lire la presse. L'article de *Nice Matin*, de 1964. De mémoire, c'est le plus complet. Les autres racontent tous la même chose. Je connais tout ça par cœur mais pas vous. Je voudrais bien l'entendre une dernière fois. Et surtout lisez d'une traite, ne me posez aucune question.

Il détourne à nouveau la tête et ferme les yeux.

Je parcours les documents. Les coupures de presse sont faciles à isoler. De couleur coquille d'œuf, découpées le long des colonnes, repliées ensuite, parfois mises bout à bout avec du scotch devenu presque marron. L'article de *Nice Matin* occupe une page entière. Je le déplie avec précaution, mets mes lunettes et commence à lire à haute voix.

Nice Matin, mardi 18 août 1964
------ INFORMATIONS DÉPARTEMENTALES ------
IL Y AURA VINGT ANS DEMAIN

Le 19 août 1944 Saint-Maximin et Ollières étaient libérés
19 août 1944... Jour faste de la libération de Saint-Maximin et de toute sa région : notre petit pays est enfin délivré de la horde allemande et de ses mercenaires satellites qui dans leur déroute continuent à souiller la terre de Provence de leurs exactions, de leurs rapines et de leurs ravages – véritables et impardonnables défis aux lois « naturelles » de la guerre.
L'allégresse est générale... mais bientôt assombrie à la triste nouvelle de l'assassinat perpétré par des SS, en sa résidence d'Ollières, de Mme Malcor, âgée de 44 ans, et de son neveu François Malcor, âgé de 30 ans, à l'heure même où les soldats franco-américains approchaient du village.

*

Le château d'Ollières appartient à M. Olivier Malcor : bâti sur une éminence, il domine la majeure partie de la plaine de Saint-Maximin.
Jusqu'à la fin de 1942, l'existence y était normale, mais il fut investi à partir du 1er janvier 1943 d'une façon continue, jusqu'au 19 août 1944, par des unités italiennes, allemandes ou indochinoises. L'effectif atteignait, par intermittence, 600 hommes. Rien à signaler jusqu'au 6 juin 1944, date du débarquement de Normandie : dès lors, les Allemands,

inquiétés par les vols nocturnes de l'aviation alliée, exercèrent une surveillance continue sur les châtelains et leurs trois jeunes fils, accusés de camoufler les armes parachutées dans la région dans les divers bâtiments de leur domaine.

Je me gratte discrètement la gorge en gardant la tête baissée. Je boirais volontiers un verre d'eau mais je ne veux pas interrompre ma lecture. « Leurs trois jeunes fils »... Henri, jeune, avec ses frères et ses parents dans le château familial, envahi « d'une façon continue... par des unités italiennes, allemandes ou indochinoises »... Comment ont pu coexister l'intimité d'un foyer et la vie militaire, imposée par des ennemis vainqueurs ? La vie quotidienne d'Henri, dans une maison profanée où résonnaient sans cesse des langues étrangères ? Les images se forment, floues, fugaces, irréelles. Elles ont pourtant la densité et la gravité de faits historiques, imprimés dans cette page de journal que je tiens dans mes mains.

Huit perquisitions furent inopinément opérées de nuit au cours des mois de juin et de juillet 1944, par d'infernales équipes de la sûreté allemande qui comportaient parfois une quinzaine de sbires. Leurs recherches furent vouées à l'insuccès le plus complet, les armes parachutées se trouvant cachées dans un domaine voisin à Saint-Mitre.
Les moindres gestes des châtelains étaient l'objet d'une surveillance incessante et souvent blessante. Mme Malcor qui jouissait d'une faible tolérance de la part des Allemands pouvait se rendre en voiture à Saint-Maximin pour assurer le ravitaillement de

son foyer, prendre contact avec les FFI et ainsi établir une liaison entre le maquis, le dépôt d'armes de Saint-Mitre et les volontaires de Saint-Maximin.
Et c'est dans ces conditions, au risque d'un danger mortel, qu'elle put communiquer avec les autorités militaires américaines et françaises après le débarquement de Provence, et fournir les renseignements qui furent couronnés par la rafle massive d'un millier de prisonniers allemands : des officiers, de passage au château, mais aussi des centaines de soldats qui s'étaient réfugiés dans les pinèdes d'Ollières, auprès du seul point d'eau de la région situé dans le bois d'Autin.
Du 15 au 19 août, M. Malcor était retenu prisonnier dans sa chambre avec une sentinelle à sa porte.

Je lève les yeux pour observer Henri. Il n'a pas bougé. Je suis touchée par ces quelques lignes qui, vingt ans après, dessinent une vie de famille renversée par l'époque. Vécue jour après jour par cet homme, à côté de moi, un de ses derniers témoins. Partagée avec moi. Je poursuis ma lecture avec une émotion croissante.

Le 19 août, les soldats français sont à Saint-Maximin : leur artillerie réduisant à merci les Allemands qui défendent encore le domaine de Saint-Mitre à la lisière de la plaine.
Les occupants du château d'Ollières se sont libérés : les trois jeunes fils de M. Malcor ont réussi de justesse à s'échapper des camions allemands où ils avaient été enfermés le 18 au soir.

Sans désemparer, M. Malcor, sa femme, leurs fils et leur neveu François qui était arrivé la veille font une battue dans le voisinage immédiat et parviennent à capturer une dizaine de soldats allemands apeurés, affamés, qu'ils enferment dans un bâtiment en attendant que les troupes franco-américaines à l'approche du village viennent les prendre en charge.

Un bruit me fait lever la tête. Sourd, étouffé aussitôt émis. Un râle, un soupir ? Je retiens ma respiration un court instant. Rien. Il est toujours impassible. J'appréhende maintenant de lire la suite.

Dans l'après-midi, Mme Malcor s'entretient devant la porte de la prison provisoire avec son neveu chargé de leur garde, quand débouchent soudain, d'un chemin de traverse, une trentaine de SS armés en formation bien ordonnée, commandée par un lieutenant qui, se trouvant face à face avec François Malcor, l'abat.
Puis comme il se penche sur sa victime pour donner le coup de grâce, Mme Malcor, étendant les bras, cherche à protéger de son corps son propre neveu. Elle est abattue à son tour et, tombée sur le corps de François, elle est à nouveau touchée par une rafale de mitraillette.
Transportée à Brignoles par une ambulance américaine, elle rend l'âme à 22 heures malgré tous les soins qui lui sont prodigués.

Je ne peux m'empêcher de faire une pause, cette fois, car j'ai la bouche sèche et la voix qui se fissure. J'ai cru que je n'y arriverais pas. Devant moi, je perçois un léger mouvement dans ses jambes, comme une tension sous les draps. Sa respiration semble plus courte. Mais il garde les yeux fermés. Il attend sans montrer d'impatience.

Comment ai-je pu voir tout ça samedi sans prendre conscience de l'horreur du drame vécu par sa famille ? Je n'ai pas pris le temps de lire le texte. Les premières lignes tellement datées, grandiloquentes, m'avaient fait sourire. J'étais de toute façon ailleurs, dans une quête bien différente, et loin d'imaginer…

Jusqu'à six cents hommes sur une période d'un an et demi ? Henri, prisonnier chez lui de quatorze à seize ans, la surveillance permanente, les brimades, les interdits, les perquisitions, de nuit, jusqu'à l'emprisonnement dans un camion… La douleur d'un enfant qui voit mourir sa mère, presque sous ses yeux. Elle était plus jeune que moi.

Aux dernières heures du dernier jour de la présence allemande.

Avec un profond sentiment d'écœurement et de tristesse, je reprends ma respiration, et ma lecture.

Les obsèques furent célébrées à Ollières le 21 août en présence d'une affluence innombrable venue de tous les coins de la Provence endeuillée par cette mort cruelle.
L'armée française se fit représenter par un détachement et l'armée américaine par un officier supérieur et une section entière qui rendirent les derniers honneurs.

Mme Malcor et son neveu furent cités à l'Ordre de l'armée à titre posthume.

La voix d'Henri s'élève. Il me devance. D'une voix ferme et sans aucune hésitation, il déclame les citations qui clôturent l'article.

Ce que j'ai sous les yeux, au mot près :

Sur la proposition du ministre de la Guerre, cite à l'Ordre de l'armée : Mme Malcor, demeurant au château d'Ollières (Var).
Pendant l'avance des troupes alliées, le 19 août 1944 à Saint-Maximin-la-Sainte-Baume, a fait preuve d'un ardent patriotisme et d'un très réel courage en traversant les lignes ennemies pour signaler leurs positions.
Grâce aux renseignements qu'elle communiqua, un millier de prisonniers furent capturés.
Par la suite, organisant une battue avec ses fils et son neveu, captura quelques isolés qu'elle enferma dans un local du château.
Alors qu'elle se trouvait devant ce local gardé par son neveu, une troupe d'une trentaine d'Allemands déboucha à l'improviste.
Malgré leur nombre, elle fit front, leur intimant l'ordre de se rendre.
A trouvé une mort glorieuse en essayant de couvrir son neveu de son corps, au moment où les Allemands venaient de l'abattre et tentaient de l'achever.

Henri poursuit avec la citation de François Malcor, rédigée en des termes semblables, puis il se tait. Je lis pour moi les dernières lignes de ces textes officiels, qui signent la fin de l'article :

Fait à Paris, le 23 juin 1945
Le Président du Gouvernement de la République française
Chef des armées
Charles de Gaulle

Il a conservé le regard fixé vers le plafond tandis que les mots, solennels, résonnaient dans la chambre.

Il tourne maintenant la tête vers moi avec un faible sourire, et d'une voix lasse :

— Quand je vous disais que je connais tout ça par cœur… Mon père nous les avait fait apprendre et nous les faisait réciter le soir comme une prière avant de passer à table. Ça a duré jusqu'à ce que je quitte la maison. Je crois que c'est la première fois depuis 1946 que je les prononce à voix haute. La dernière, aussi. C'est dur… et c'est bien, je le sais. Mais le plus dur n'est pas là.

J'accueille cette phrase sans un mot.

Je range l'article, rapproche mon fauteuil et pose la pochette sur la table roulante juste à côté du lit d'Henri. Nous nous regardons, je lui prends la main, la serre doucement. Il répond avec une pression semblable et nos deux mains restent collées l'une à l'autre, tout en se détendant progressivement, ensemble. Nous nous installons dans une proximité et un silence qui sont un baume sur l'évocation du passé. Celui-ci s'estompe légèrement. Une trêve dont nous profitons tous les deux.

Il la prolonge encore en m'interrogeant, d'une voix ragaillardie :

— Vous ne m'avez pas raconté... Comment va Françoise ? Comment avez-vous trouvé La Mollière ?

Tout en tenant sa main, assise contre son lit, je fais un récit détaillé de ma journée de samedi, du moment où je suis arrivée chez Françoise jusqu'à mon départ de La Mollière. Henri a un rire malicieux quand j'évoque mon amusement à découvrir le lien de parenté dont il nous a dotés. Il est heureux de sentir la sollicitude de Françoise dans les questions qu'elle a posées, que je lui rapporte le plus fidèlement possible. Heureux aussi d'entendre le plaisir que j'ai eu à découvrir sa maison. Pas à pas, nous refaisons tous les deux mon parcours. Je manipule à vide les robinets de l'arrière-cuisine, je m'assieds une nouvelle fois dans le fauteuil de Marguerite devant la cheminée, ouvre les fenêtres sur le parc. Nous regardons ensemble les photos derrière les vitres du meuble, dans le bureau. Là-haut, nous faisons le tour des chambres, et nous arrêtons subitement dans l'escalier menant au second étage pour redescendre en vitesse dans le bureau.

Je lui dis aussi mon émotion, par petites touches, je fais revivre la maison de mon grand-père maternel dont je perds peu à peu le souvenir. J'étais si petite... et n'ai plus personne avec qui l'évoquer. Ma Provence à moi, dont je ne sais pas si elle est proche ou loin de la sienne, de ce village de la Sainte-Baume où il a passé son enfance, et qu'il a perdue lui aussi. Je sais qu'il comprend. L'émerveillement devant une nature sauvage et magnifique, les odeurs puissantes, enivrantes, la chaleur sèche qui grille vos jambes et vos bras nus, vous rôtit le visage et qui, comme le chat de mon grand-père, vous fait rechercher l'ombre ou l'abri des murs épais pour y trouver la fraîcheur. La liberté d'explorer un domaine infini, grisant pour la petite citadine que j'étais, mais la rudesse des adultes, la solitude aussi.

Nous sommes encore là-bas tous les deux quand quelqu'un frappe à la porte.

Sans lâcher la main d'Henri, je me retourne et découvre Aurélie qui entre dans la chambre.

— Comment allez-vous, monsieur ? Je vois que vous êtes en bonne compagnie, mais pas trop fatigué quand même ?

— Non, tout va bien.

Je me rends compte après coup qu'on a été très tranquilles, grâce au groupe de parole des soignants. Depuis combien de temps est-il terminé ? Aurélie a des soins à faire et commence à préparer son matériel. Je me lève, attrape mon sac et m'éclipse discrètement, tout en m'adressant à Henri du pas de la porte :

— Je reviendrai tout à l'heure. On pourra poursuivre notre conversation si vous voulez.

— Bien sûr. J'en serai heureux.

Virginie est dans la salle des bénévoles quand je viens y déposer mon sac.

— Tu es sortie ? Pour aller où ?

Elle est en train d'accrocher un mémo sur le tableau d'affichage. Aucune arrière-pensée dans sa question, simple curiosité.

— Monoprix. Une course à faire pour un malade.

J'ouvre le placard. Elle n'en demande pas plus. Il n'est pas rare de sortir pour acheter un journal, des cigarettes ou un article de toilette. J'ai même sillonné un jour le quartier tout entier en quête des nougats tendres dont rêvait un malade.

De retour dans mon service, j'entre dans la chambre de Mme Diolet.

Besoin de souffler.

Le ciel blanc par la fenêtre remplit la pièce d'une lumière ouatée. Il flotte, venue de la petite salle d'eau, une faible odeur de produit de nettoyage qui n'est pas désagréable.

Elle repose les yeux fermés, les draps remontés haut, le corps parfaitement inerte sauf pour sa maigre poitrine qui se soulève et s'abaisse dans un rythme très lent. Dans quelques jours, dans quelques heures, ce mouvement n'existera plus mais le cerveau refusant qu'il disparaisse, on continuera de le voir tel qu'il est en ce moment. Ou alors est-ce maintenant que je ne le vois déjà plus, comme si les draps avec leur rabat bien net étaient seuls en cause, montant, redescendant, palpitant lentement autour d'elle. Elle porte une chemise de nuit bleu ciel à col rond d'où sortent les tendons saillants de son cou. Son visage rappelle aujourd'hui plus encore qu'il y a quatre jours un oiseau de proie. Mais son front est lisse sur l'ossature apparente, les joues sont tendues, comme si sa peau s'était adaptée à cette nouvelle morphologie où la chair a fondu, épousant ses méplats, se resserrant autour d'elle.

Je lui dis à haute voix qui je suis, que je vais m'asseoir un moment à côté d'elle en espérant ne pas la déranger, que c'est un pari que je fais puisqu'elle ne peut pas me répondre. Je lui dis que je vais rester là en silence, auprès d'elle.

Avant de m'asseoir, je caresse un instant ses cheveux comme je l'avais fait vendredi.

Je m'installe, cale ma respiration sur la sienne et fais le vide en moi.

À quel moment les arbres qui ondulent par la fenêtre cessent-ils d'être des arbres pour donner naissance à d'autres formes, d'autres lieux, d'autres silhouettes ? À quel moment le silence de la chambre se remplit-il de bruits, de bribes de paroles qui en appellent d'autres… Comme une nuée d'enfants qui s'approchent en courant et revendiquent votre attention, les pensées reviennent, chahutent, se bousculent pour avoir la première place. Il est temps que je parte. Je dis au revoir à Mme Diolet comme je lui avais dit bonjour, me lève avec un dernier regard, une dernière main sur son front, et je quitte sa chambre.

Je n'étais pas encore entrée dans la salle de soins. Sur la table trône une énorme corbeille en osier. Le cadeau de Joséphine. Lionel me propose des chocolats, et m'explique qu'ils ont rangé dans les placards la moitié de la corbeille tant elle était garnie. « Pour plus tard. » Il y a encore de beaux restes.

— Au fait, tu es là un mardi ?

— J'allais te demander ! ajoute Aurélie en entrant dans la pièce.

J'explique mon changement de jour avec Philippe et nous bavardons un instant tous les trois. Quand Lionel quitte la salle, j'interroge mon amie :

— Ça s'est bien passé, ton groupe de parole ?

— Pour une fois, oui, c'était utile.

Je connais l'opinion tranchée d'Aurélie sur les groupes de parole des soignants où selon elle la liberté d'expression est plus contrainte que la nôtre. Car ils réunissent les membres d'une même équipe, avec sa hiérarchie, supervisés par des psychologues de Saint-André, là où nous faisons venir les nôtres de l'extérieur.

— Ah bon ?

— On a quand même un cas lourd, en ce moment ! M. Guillemot. Enfin, sa femme…

— J'ai bien senti que c'était dur. Lui, je ne l'ai jamais vu. Elle, une fois au début, rapidement, et depuis plus rien.

— Laisse tomber, tu n'y arriveras pas. Un vrai cerbère.

Elle sort une tasse du placard, une boîte de thé et m'en propose d'un geste.

— Merci. Pas aujourd'hui.

Elle pose une main sur la bouilloire, la soulève et la secoue avant de la remettre sur son socle et de l'allumer.

— Tu ne peux pas imaginer comme elle nous pourrit la vie, cette femme, aux collègues et moi ! Ce matin, elle a encore fait pleurer Karen.

— Vous avez pu en parler ?

— On n'a fait que ça ! Au début, Paule a essayé de minimiser, comme d'habitude, mais elle a fini par entendre. On va transférer M. Guillemot. Au rez-de-chaussée *a priori*.

C'est ce qu'on appelle un transfert pour « répit d'équipe », quand un malade passe d'un service à un autre. Parfois, le changement est salutaire. Sans qu'on comprenne vraiment pourquoi, ça se passe mieux ailleurs.

— Tant mieux, je suis contente pour vous. Tout autre chose… Je vais aller revoir M. Malcor cet après-midi. Je t'en parlerai un jour, quand on aura le temps. Il m'a demandé de lui lire des documents, des souvenirs de famille. C'est important pour lui et ça lui fait du bien, je crois. Donc…

— Si on pouvait éviter de vous déranger, ce serait bien, c'est ça ? J'avais compris tout à l'heure, en rentrant dans la chambre ! Pas de souci, ma grande, je ferai le maximum. De toute façon le service est très calme aujourd'hui.

Quand je me rassieds auprès d'Henri, je sens qu'il est tendu. Moi aussi. Je pose une main sur son épaule avant de rapprocher le fauteuil pour reprendre ma place tout près de lui. Le bord de mon siège est collé contre son lit. Il fait encore l'effort de sourire. Nous nous regardons comme pour dire : « Et maintenant, qu'est-ce qu'on fait ? » Je ne veux pas le brusquer. J'attends en lui disant des yeux que je suis là, autant qu'il le faudra, qu'il peut avoir confiance en moi. Si un jour un regard a pu être explicite, j'espère que c'est celui-là.

Le temps passe, il se détend un peu.

— Je crois qu'on y est.

La table roulante est en face de moi, de l'autre côté du lit. Il la tire vers lui, prend la pochette et me la tend.

— Les lettres… Elles sont dans une enveloppe, écrites par mon ami Jean juste avant son départ pour l'Amérique latine.

Sa voix est posée, factuelle. Je place sur mes genoux le porte-documents et, comme lui tout à l'heure, fais défiler une fois encore toutes les pièces. Il y a peu d'enveloppes. Dans la première, une lettre avec un nom et une adresse en en-tête. Un certain Guy, qui mentionne dès les premières lignes ses années de pension au Puy-en-Velay. Une autre avec des photos. Une autre encore que j'ai ouverte brièvement samedi. C'est elle, j'en suis sûre… J'en extrais les feuilles. Le mot « Venezuela » apparaît tout de suite, c'est bien ça. Troisième page, je la vois en fin de texte : la signature. « Jean ». Dernière page, elle apparaît encore.

Deux lettres, enchâssées l'une dans l'autre.

— Je les ai.

Je présente le petit paquet de feuilles à Henri qui le prend dans ses mains, le retourne et regarde les premières lignes en fronçant les sourcils. J'ai mal pour lui. Quel renoncement…

— Vous pouvez les lire.

En me tendant les pages, il attrape mon poignet de sa main libre et le caresse un instant avant de reposer ses bras sur le lit. Je baisse la tête pour cacher mon émotion.

— Vous êtes sûr ?

D'une voix ferme, maintenant :

— Absolument.

Je prends mes lunettes que j'ai accrochées tout à l'heure dans le décolleté de mon chemisier. Deux lettres, une correspondance plutôt réduite. La première est datée du 20 août 1964, la seconde, du 30. Six feuilles d'un graphisme régulier, les caractères grands et bien formés. Une écriture restée un peu scolaire faute d'avoir été beaucoup pratiquée, d'avoir pu forger sa personnalité.

Avant que je puisse lire la première ligne, il me regarde et déclare avec une pointe de défi dans la voix :

— Jean est mon ami d'enfance. Il a toujours été là. Ses parents géraient la propriété, près de mille hectares, de bois surtout mais aussi de vignes, de céréales, de plantations maraîchères… On a grandi ensemble. Une amitié sans commencement, sans questionnement… une évidence.

Il s'arrête un instant. Un sourire léger flotte sur son visage.

— On a lu, joué, rêvé, construit des cabanes, fabriqué des arcs et des flèches, fumé nos premières cigarettes… Des Celtique, je m'en souviens encore. On vivait au même endroit, moi dans la maison, lui dans le corps de ferme attenant mais surtout dehors. Le confident rêvé, tout proche et extérieur à la fois. Comme un frère de plus mais un frère choisi.

Il se tait sur un soupir et me fait signe d'y aller, tournant la tête.

Je commence ma lecture à voix haute, après un dernier coup d'œil à Henri qui garde les yeux ouverts fixés devant lui.

Ollières, le 20 août 1964
Cher Henri,
Comme j'ai pu te le dire hier, je pars à la fin du mois pour le Venezuela ! J'aurais voulu t'en dire plus mais tu étais accaparé par le maire, trop content que tu reviennes nous voir.

Tu te souviens comme on rêvait de voyager quand on était gosses ? Tous ces livres que tu m'as prêtés... C'est ta faute, tout ça ! C'est toi qui m'a mis ces idées dans la tête, et que je ne serai jamais vraiment heureux en restant à Ollières. Je crois que tu parlais surtout pour toi... D'ailleurs tu es monté à Paris dès que tu as pu. Je t'en ai voulu, tu sais. Sans oser te le dire. J'avais dix-sept ans, toi dix-huit. Pas l'âge où on dit les choses. Surtout entre « hommes » ! Enfin, c'est loin tout ça...

Bien sûr, au Venezuela, ce ne sera pas facile Même si ça fait un moment que je gère le domaine ici (à propos, ton père n'était pas commode mais je préférais franchement quand je travaillais pour lui...), ce sera sûrement très différent là-bas. Mais les conditions sont bonnes. Quand mon oncle m'a proposé de gérer son exploitation, je n'ai pas hésité. J'ai vu des photos, c'est un pays magnifique ! J'apprends l'espagnol depuis des mois, une heure tous les soirs, quoi qu'il arrive. Je devrais me débrouiller. À toi, je peux le dire : j'ai quand même une sacrée trouille.

Te revoir hier près du monument aux morts, entouré de tout le village, ça m'a vraiment fait quelque chose. Il fallait que je te le dise.

Bien à toi,

Ton ami,

Jean (mais tu peux encore m'appeler Jeannot)

— Jeannot…

Le nom lui a échappé, comme une bouffée d'enfance qui soudain vous submerge. Il est perdu dans des souvenirs heureux à en juger par l'expression de son visage. J'aimerais en apprendre plus sur cette amitié, savoir si son ami s'est plu là-bas, ce qu'il est devenu. Encore une fois j'attends. Pour continuer à lire ou l'écouter. Les yeux ou les oreilles, je suis son instrument.

— Heureusement qu'il était là. Il m'a donné un peu de la légèreté que l'enfance devrait toujours avoir. La vie n'était pas très drôle chez nous avec une institutrice à demeure. Pas de camarade de classe sauf à partir du collège… Directement mis en pension au Puy. Vous imaginez le choc ? Eh bien Jeannot était toujours là quand je revenais pour les vacances.

Je ne sais pas s'il compte poursuivre mais il s'interrompt pour se racler la gorge. À plusieurs reprises, plaquant une main sur sa poitrine. Je me lève et me penche par-dessus son lit pour attraper sa petite bouteille d'eau sur la table. Je la lui tends après avoir tourné la paille vers lui.

— Merci, dit-il d'une voix rauque.

Il boit, et je mesure son immense fatigue aux efforts qu'il fait pour chaque gorgée minuscule. Pour un peu, je prendrais la deuxième lettre qui attend posée sur mes genoux et je quitterais la chambre. Mais il se ressaisit, repose la bouteille sur la table et comme s'il avait lu dans mes pensées, désigne la lettre du doigt.

— C'est bon, je suis prêt.

D'un geste lent, il remonte l'oreiller et replace sa tête, bien droit, le regard toujours fixé devant lui. Je commence doucement, pour pouvoir lever les yeux rapidement de temps à autre et l'apercevoir entre deux phrases.

Ollières, le 30 août 1964
Cher Henri,
Ta lettre m'a fait très plaisir. Tu as toujours su trouver les mots, justes et forts. Je ne sais pas comment tu fais. J'ai lu certains passages à Maman. Elle n'arrêtait pas de dire « M. Henri ! » en souriant mais elle avait les larmes aux yeux. Elle a toujours eu un faible pour toi.
Je suis heureux des nouvelles que tu me donnes de ta famille. Trois petits garçons, déjà, ton épouse doit être bien occupée ! Et tu dois être sacrément fier.
Maintenant que mon départ approche (demain !), il faut que je t'avoue les raisons qui m'ont fait t'écrire, après si longtemps. L'hommage rendu à ta mère et ton cousin il y a dix jours m'a bouleversé. Ce n'est pas le discours du maire près du monument aux morts, ni l'assemblée, même aussi nombreuse, ni la minute de silence, ni tous ces honneurs militaires, le détachement des blindés de cavalerie (M. le maire n'en pouvait plus !)... C'était te voir, toi, sentir ta peine.

Il n'a pas cillé. Il est même d'une immobilité qui fait peur. Sa poitrine se soulève faiblement, régulièrement. Il attend. Je n'ai pas le choix.

Il faut que je te dise mais j'ai du mal... Allons ! Je sais ce qui s'est passé il y a vingt ans. Le maire a rappelé les faits mais avant... avant que les SS arrivent à l'improviste. J'étais là quand vous avez eu cette discussion avec ton cousin devant le pavillon, quand il t'a demandé de surveiller la route de l'Autin au cas où il traînerait encore quelques Boches dans le coin. J'étais sorti de la ferme et en vous voyant, je suis resté près du portail. Tu étais de dos. Je ne sais pas si ton cousin m'a vu, je me suis souvent posé la question mais elle n'a aucune importance. Je vous ai entendus sans oser bouger car c'était intense entre vous, et puis j'ai fait demi-tour.

Je t'ai vu partir sur la route de l'Autin mais je ne sais pas ce qui s'est passé ensuite. Comment tu as pu manquer les SS qui sont arrivés par là, pourquoi tu n'as pas donné l'alerte... Il y a sûrement une raison. Mais j'ai toujours senti après ça que tu gardais quelque chose de très lourd au fond de toi. C'est ça qui t'a fait partir si jeune, peut-être...

Il fallait que je te le dise, et que je te dise que pour moi ça ne change rien. Ce sont les Boches qui ont tué ta mère, voilà l'affreuse vérité. Tu es mon ami, malgré l'éloignement qui sera encore plus grand demain. Tu le seras toujours.

À toi,

Jeannot

Bien sûr, j'ai mille questions en tête mais je m'inquiète d'abord pour lui. Il est blanc, ou même gris, ses yeux sont secs et toujours d'une fixité effrayante. Le silence dans la pièce imprègne tout, pèse sur tout, sur sa poitrine qui se soulève à peine et sur la mienne.

J'ai du mal à respirer, je suis désemparée. Je n'ose bouger. J'aurais aimé qu'il se mette à pleurer.

Lentement il tourne la tête vers moi, le regard vide et la voix blanche :

— J'ai tué ma mère, et mon cousin.

C'est comme si je bondissais de mon siège. Je lui prends la main et la serre fort, le regardant droit dans les yeux :

— Henri, vous ne m'avez pas choisie uniquement parce que j'ai des yeux pour lire, n'est-ce pas ? Alors vous me permettrez de vous dire exactement ce que je ressens… Bien sûr, je ne suis plus bénévole, je ne le suis plus depuis longtemps. Depuis le début, je crois. Je ne sais pas ce que je suis mais j'ai de la peine pour vous et avec vous parce que j'ai de la tendresse, de l'affection, de l'amour, appelez ça comme vous voulez, ce que votre pudeur préfère. La mienne est balayée par tout ça… Vous m'avez dit sur moi des choses qui m'ont secouée, réveillée. Maintenant c'est à mon tour peut-être de vous bousculer aussi, avec toute la douceur possible, avec tout ce que vous suscitez en moi de bon, de vrai, que j'ai envie de vous donner. Vous dire vraiment ce que je pense, ce que je crois. Mais pour ça, il va falloir que vous m'aidiez, que vous me racontiez ce qui s'est passé et qui vous empoisonne…

Hors d'haleine, j'ai un léger mouvement de recul et je desserre l'étreinte de ma main mais il la retient et, le regard toujours rivé au mien, ses yeux s'agitent et font trembler les larmes qui s'amoncellent.

— Qu'est-ce que vous voulez savoir ?

— Tout.

Nos mains sont restées l'une dans l'autre, figées dans ce mouvement qu'il a eu pour me retenir. Ses larmes donnent à son regard un éclat dur et mouvant, instable. Elles n'ont pas coulé. Ses yeux agrippés aux miens frémissent de colère. Nous luttons en silence. C'est à un authentique bras de fer que nous nous livrons. Son coude prend appui sur le matelas. Le mien reste dans le vide.

Soudain sa colère reflue. Elle disparaît d'un coup, remplacée par l'étonnement, la stupeur. Au même moment, je sens ses doigts qui s'abandonnent, la paume qui lâche. Puis c'est son bras qui s'alourdit, que j'aide à reposer doucement sur le lit.

Vaincue, la tension s'évanouit. D'une voix résignée, il entame enfin son récit.

— Ce que dit Jeannot est vrai… Ce jour-là, j'étais sorti par une petite porte en fer qui débouchait directement sur la place, en haut du village. Tout au bout, juste après la ferme, l'ancien pavillon du garde-chasse, c'est là qu'on avait enfermé les prisonniers. Et de là que partait une allée cavalière en direction de l'Autin : un bois, à environ un kilomètre, avec une source qui s'écoulait dans un grand bassin en pierre. Il servait autrefois de réservoir pour un jardin à la française en contrebas. J'ai appris à nager dans ce bassin, avec mes frères… Je ne sais même plus pourquoi j'étais sorti. Mon cousin, qu'on appelait Franck, jamais François, était devant le pavillon en train de fumer une cigarette.

Il s'arrête. Hésite-t-il à poursuivre ? Son regard se détourne de moi pour se diriger vers la fenêtre. Il inspire profondément et reprend d'une voix plus lente où affleure une douceur nouvelle, fragile :

— C'était une vieille maison en pierre aux murs épais, aux ouvertures étroites à cause de la chaleur. Juste une porte-fenêtre donnant sur la place. Les volets clos. On avait enfermé les soldats dans la grande pièce qui faisait presque tout le rez-de-chaussée, percée de fenêtres à barreaux. Franck se tenait dehors, à côté de l'une d'elles, son arme posée contre le mur.

» Il m'avait fait signe d'approcher tout en posant un doigt sur sa bouche. Il m'impressionnait beaucoup. Il était plus proche en âge de mes parents que de moi mais il nous permettait de le tutoyer. Je l'avais rejoint sans un bruit et j'étais resté là un moment, à écouter avec lui.

» De l'autre côté du mur où nous étions adossés, il y avait ces hommes. Ce n'était plus ces jeunes soldats à peine plus âgés que moi qu'on avait ramassés près du bassin de l'Autin. Ils étaient presque soulagés qu'on les emmène… Ma mère leur avait apporté de quoi déjeuner et ils avaient repris du poil de la bête. On les entendait parler, ils interpellaient Franck en allemand à travers la petite fenêtre, éclataient de rire parfois, juraient. On sentait la tension se déverser après des jours de déroute, de débandade. À un moment un crachat avait fusé par la fenêtre, puis un autre. Le troisième était resté collé aux barreaux, suivi de rires gras. Franck avait eu un air amusé en écrasant sa cigarette, ayant échappé de justesse aux projectiles. J'étais écœuré, effrayé. Rien à voir avec les chambrées sages de mon pensionnat, gardées par des surveillants intraitables. Franck m'avait fait un signe, et toujours en silence, il m'avait entraîné à l'écart.

» Près de l'entrée de la ferme, il m'avait dit : « Puisque tu es là, tu vas prendre ma place. Je n'en ai pas pour très longtemps. D'accord ?… Je te laisse ça, bien sûr », avait-il ajouté avec un clin d'œil, montrant l'arme qu'il avait prise. À quelques mètres, les soldats braillaient toujours, s'invectivant maintenant. Je crois même qu'ils se bagarraient… Ils continuaient d'éclater de rire. Surtout l'un d'eux, dont j'ai encore le rire dans les oreilles, d'une force que je n'ai jamais entendue depuis. J'étais tétanisé. Malgré le mur épais qui les entourait, malgré la porte fermée à clé que je regardais avec méfiance car elle m'apparaissait bien fine. Ils auraient pu la faire sauter s'ils avaient essayé. Aujourd'hui, je me dis qu'ils devaient être contents que tout s'arrête, qu'on les ait obligés à se rendre. Mais la seule chose que je ressentais alors, qui me liquéfiait sur place, c'était cette énergie brute, dense, bouillonnant entre ces quatre murs, grosse de toutes ces années de guerre, de terreur et de discipline, prête à fondre sur moi dès que Franck disparaîtrait. Mon cousin était un grand gaillard solide et bien planté, mais moi ? Un gosse poussé trop vite, pas encore stable sur ses guiboles, un gringalet amoureux des livres, rêvant de voyages lointains. Même armé je ne ferais pas le poids !

» Je n'avais trouvé aucune excuse. Juste dit : « Je ne peux pas… » en secouant la tête, d'une voix faiblarde chargée de sanglots. Depuis quatre jours nous avions vécu les vrais faux départs des Allemands avec leur lot d'incertitudes, de nuits défaites et d'ultimes vexations, infligées par des vaincus avec toute l'énergie du désespoir. Franck ne savait pas. Il venait d'arriver. Je n'aspirais qu'à une chose, que tout ça se termine. Les Alliés étaient là, tout près. Un relâchement général, un air de fête anticipée flottaient partout sur le village, chez nous, dans les conversations, les gestes plus assurés, les regards plus vifs.

» Franck n'avait pas insisté. Simplement répondu : « Rends-toi utile, alors. Va sur le chemin de l'Autin, à la hauteur du calvaire. Planque-toi bien et surveille. On ne sait jamais, on a pu en oublier quelques-uns, ce matin… »

» Je n'avais pas demandé mon reste et j'étais parti. Penaud mais soulagé.

Henri s'interrompt et, d'un signe du menton, me désigne la bouteille d'eau. Je l'approche et la tiens devant sa bouche pour qu'il aspire quelques gorgées. Il cligne des yeux, je la retire. Il attend que je sois rassise et reprend d'une voix égale :

— J'étais seul, caché derrière un talus au bout de l'allée cavalière, à la croisée des deux routes : celle qui montait vers la source et le bassin, et celle qui longeait le champ de… je ne sais plus… Je ne sais pas combien de temps je suis resté. Pas assez, c'est tout ce que je sais…

Sa voix s'étrangle mais, de la main, il me fait signe de ne surtout pas bouger.

» Je pensais à mes frères qui n'avaient pas eu la fâcheuse idée de sortir. J'imaginais mes parents arpentant les étages, les longs couloirs, faisant une fois de plus l'inventaire des dégâts laissés par les Allemands dans leur sillage. Je voyais surtout ce panier, apporté par Marthe en début de matinée. Elle venait tous les jours du village pour aider ma mère. Elle l'avait posé sur la table de la cuisine et, de sa voix forte chargée d'un accent à couper au couteau, elle avait proclamé : « Le panier de la victoire ! » Parmi toutes les bonnes choses dépassait le bout d'un saucisson… On s'était aussitôt regardés, mes frères et moi.

» Et moi j'étais là, en plein soleil, entouré de ronces, seul au milieu des champs et des bois, condamné à faire ce guet arbitraire, stérile. Aucun être vivant ne pouvait bouger, avec une telle chaleur ! Mon estomac adolescent, insatiable, me faisait maudire ma déveine. J'imaginais mes frères, profitant de la confusion du jour, se faufilant dans la fraîcheur de l'arrière-cuisine en se frottant les mains… C'est là que nous avions posé le panier de Marthe, dans un coin, après avoir rangé son contenu sur les étagères en bois. Là, qu'à un crochet fixé sur une des planches, nous avions suspendu le saucisson…

» J'ai couru d'une traite pour rentrer, faisant un détour pour ne pas traverser la place où se trouvait encore Franck, gardant la meute…

— Un saucisson, vous vous rendez compte ?

Il me regarde et il éclate en sanglots, le corps agité de secousses, tremblant de bas en haut. Je me lève d'un bond, me penche au-dessus de lui. Je caresse ses joues, son front, ses cheveux qui glissent sous mes doigts comme des fils de soie. Par moments ma main s'écarte et je dépose un baiser sur son front. J'ai sous les yeux toute la tristesse d'un enfant qui vient de perdre sa mère.

Peu à peu sa respiration ralentit, encore agitée parfois de mouvements réflexes, de ressauts. Comme celle d'un nouveau-né capable de spasmes tout en dormant, bien longtemps après la fin des pleurs. Les sanglots d'Henri s'amenuisent mais j'ai le cœur qui sursaute à chacun d'eux, de plus en plus fort. Les répliques d'un séisme, plus effrayantes encore.

Les yeux mi-clos, il respire plus calmement et moi aussi. Je me rassieds.

Sa confession l'a soulagé mais pas encore libéré. Il va falloir entrer dans le dur… Je l'ai prévenu, je vais devoir le bousculer. Le cœur serré, j'hésite en le voyant si faible mais il le faut. Il m'a choisie pour ça, qu'il en soit conscient ou pas. Une mission dont j'accepte le poids.

— Les lettres de votre ami Jeannot… Y en a-t-il eu d'autres, après son départ au Venezuela ?

Il tourne vers moi un regard incrédule, surpris par ma question. Et de me trouver encore là ?

— Je vous ai dit que je voulais tout savoir, même si c'est difficile. Faites-moi confiance, Henri, je vous en prie.

Il consent d'un léger signe de tête.

— Pas d'autre lettre. Je n'ai jamais répondu, à la deuxième…

Je ne fais pas de commentaire.

— Pourquoi Jeannot a-t-il attendu vingt ans ? J'ai toujours pensé que s'il ne m'avait pas parlé, c'est qu'il avait honte pour moi. Je suis parti en 46. Il n'a rien dit pendant deux ans. Alors que nous étions inséparables.

— Il n'en aura pas vu l'intérêt ? Il était clair pour lui que vous n'y étiez pour rien. Il aura voulu vous épargner une peine inutile. Pourquoi conclure directement à la honte ?

Il n'est pas convaincu, simplement résigné à m'écouter. Je continue :

— Admettons que vous ayez pris la place de Franck. Il avait dit : « Je n'en ai pas pour longtemps », n'est-ce pas ? Il serait peut-être revenu avant que la troupe de SS débarque… et ça n'aurait rien changé.

Je vois qu'il n'y a jamais pensé. Une lueur d'intérêt apparaît dans ses yeux. Je pousse l'avantage :

— Et puis vous y êtes allé, faire le guet, non ? Vous avait-il donné une durée précise ? Alors… Ce n'est pas comme si vous aviez failli à votre mission puisqu'elle n'était pas définie. Ce qui est normal puisqu'en réalité *elle n'existait pas* !

Avant qu'il puisse protester je m'approche de lui et lui reprends la main. Je retrouve sa chaleur et lui la mienne…

— Votre cousin n'y croyait pas ! Et vous deviez bien le sentir. Quand il vous a envoyé là-bas, ce n'était pas tout simplement une punition, donnée sous le coup de l'agacement ? Ou un moyen de vous faire sauver la face en vous confiant cette mission ? Si vous aviez accepté de le remplacer, personne ne serait allé monter la garde sur ce chemin, où la probabilité qu'il se passe encore quelque chose était nulle. Je me trompe ?

— Non…

— Vous aviez ratissé les environs le matin même, débusqué quelques soldats paumés, réfugiés comme des animaux autour d'un point d'eau et c'est une vraie troupe… Attendez, que dit le journal, déjà ?

Je lâche sa main pour reprendre la pochette que j'ai posée au bout de son lit, remettre mes lunettes, sans perdre une seconde :

— Voilà ! *Une trentaine de SS armés en formation bien ordonnée, commandée par un lieutenant...* Qui pouvait imaginer ? L'ironie du sort a voulu que ce qui était une lubie soudaine, une vue de l'esprit, un *prétexte* trouvé par votre cousin se soit transformé en réalité aux conséquences tragiques. Je vous le demande encore, qui aurait pu imaginer ? Ni vous ni personne !

Je laisse à mes paroles le temps de se déposer. Sans cesser de le regarder, je range l'article et me penche à nouveau vers lui. Il reprend ma main et la serre, comme pour me dire de continuer.

— Vous avez quitté votre soi-disant poste parce que vous n'en pouviez plus. Qui pourrait vous blâmer ? Pour commencer, pourquoi votre cousin vous a-t-il demandé de le remplacer ? Qu'avait-il à faire de si important pour abandonner sa garde et la confier à un enfant de la moitié de son âge ? Ses motifs étaient plus nobles que les vôtres ? Je ne veux pas salir sa mémoire. Je dis juste que nos motivations sont complexes et qu'on a déjà bien du mal à les comprendre nous-mêmes. Alors celles des autres…

Il fronce les sourcils, ébranlé, tout en me regardant droit dans les yeux. J'insiste encore :

— Pourquoi votre mère est-elle venue voir son neveu à cet instant précis ? Pourquoi une balle atteint-elle celui qui est à côté de vous sur un champ de bataille ? Comment peut-on vivre après ça ? Accepter les hasards de la vie, peu importe l'enchaînement des causes tant que les intentions sont bonnes ? Ce sont elles qui comptent, n'est-ce pas ?

J'ai le sentiment de m'embrouiller, et lui avec, de me perdre dans des arguments qui n'ont aucune consistance. Démunie, d'une maladresse infinie, auprès de cet homme qui m'a confié ce passé qui l'emprisonne. Un fils qui pleure sa mère qu'il croit avoir trahie... Une mère qui rêverait de pouvoir le rassurer aujourd'hui...

— Si vous aviez accepté, vous auriez pu être celui qu'on abat. C'est horrible à dire mais je le dis. En tant que mère, j'aurais été heureuse que vous vous soyez soi-disant dégonflé si ça vous a sauvé la vie. Pour son enfant, une mère peut tout oser, tout ressentir ! Je me mets à sa place... Je vois cet officier tirer sur mon fils, si jeune, cet enfant que j'ai porté, cette chair qui fait vibrer la mienne, mon magnifique garçon. Je sais dès la première rafale qu'il est perdu mais je m'élance vers lui. Je ne sens pas les balles traverser mon corps, je ne sens que le sien, sous le mien, qui ne bouge plus. On me soulève et je voudrais hurler qu'on me laisse là, sur le corps chaud et si tendre de mon enfant mort, mais on m'arrache, on m'emmène en ambulance, à l'hôpital on m'opère. Toutes ces heures, les dernières, il n'y a que ça. La mort de mon enfant... Les derniers instants que j'emporte de cette vie...

— *Ooooooh...*

Du corps usé d'Henri sort un long râle, un gémissement grave qui vient de loin. Je sens dans sa main une vibration puissante qui se propage dans la mienne, se déploie à l'intérieur de moi, et par-delà nos deux corps, plane et tourne autour de nous comme les volutes d'une fumée dont on ne perçoit plus le foyer d'origine, remplissant bientôt toute la chambre. Face à moi Henri a les yeux ouverts mais il ne me voit pas. Son regard a quitté l'extérieur pour se replier en lui-même. Je reste à la périphérie. Il a gardé sa main dans la mienne. L'autre est posée sur sa poitrine qui continue d'émettre doucement sa plainte.

Quand elle commence à faiblir, je me penche vers lui et j'ajoute :

— Voyez ce qui lui a été épargné. À elle, à son immense amour de mère…

Son cri s'arrête et ses yeux refont surface. Ils rencontrent les miens, un bref instant, fulgurants de reconnaissance. Il hoche la tête en silence. Un sourire large envahit son visage. Il ferme les yeux.

Il s'est endormi sans que son sourire s'efface.

Je reste un long moment à le regarder dormir.

Avant de partir, je l'embrasse et lui glisse à l'oreille : « Vous pouvez être tranquille, Henri. »

Je récupère la pochette au bout de son lit et la range dans le tiroir de sa table de nuit.

Épuisée, je sors de sa chambre. Pas même la force de me réfugier en salle des bénévoles ou dans la bibliothèque. Je fais quelques pas, traverse le coin famille, les yeux baissés, m'enferme dans les toilettes, rabats le couvercle, m'assieds, pose la tête sur mes genoux et, les bras ballants, je fonds en larmes sans bruit.

Quand je sors des toilettes, le visage et les mains rafraîchis, les yeux dégonflés, j'aperçois au bout du couloir Amir sortant d'une chambre avec un brancard. Responsable du funérarium, il est jeune, plutôt réservé. Il pousse devant lui un corps à visage découvert, comme c'est la coutume ici. Pas question de raccompagner nos morts comme on se débarrasserait de visiteurs dont on a honte, par une porte dérobée ou une sortie de service.

Je reste immobile quelques instants, le temps pour mon cerveau d'enregistrer le numéro de la chambre. 118… M. Kashani.

Karen, passant d'une chambre à l'autre avec le chariot des perfusions, a dû noter mon étonnement car elle se dirige vers moi :

— Tu n'étais pas au courant ?

— Non.

— Aurélie ne t'a pas dit ?

— Elle a dû oublier. Il est mort quand ?

— Vers 13 heures.

— Ça s'est passé comment ?

— Tranquillement. Depuis dimanche il a décliné très vite, il n'était plus du tout conscient. Lionel était là quand c'est arrivé.

— Tant mieux… Merci… Mais pourquoi vous l'emmenez si vite au funé ?

— Aucune famille. Personne ne viendra le voir dans la chambre alors autant le descendre. On aura plus de temps pour tout préparer. On a au moins trois entrées demain.

Je fais quelques pas et suis le brancard des yeux jusqu'au moment où Amir entre dans l'ascenseur. Il se penche alors sur le corps. Ses lèvres bougent. Il lui parle avec tendresse et va lui parler tout le temps qu'il va lui consacrer. Il est connu pour ça.

Je m'arrête et regarde l'heure. Ma demi-journée n'est pas tout à fait terminée mais je n'ai plus la force de rester. J'enlève mon badge et le glisse dans ma poche.

En retournant vers la salle des bénévoles, je me souviens de ce malade, il y a longtemps… Encore assez vaillant pour se tenir debout et faire quelques pas, il s'était appuyé sur mon bras pour se lever de son lit tout en m'interrogeant sur Saint-André. « Mes voisins de chambre n'arrêtent pas de changer » ; « Je n'ai pas compté mais ça fait au moins trois ou quatre fois depuis que je suis ici » ; « Où sont-ils allés ? » Quand nous sortions de sa chambre, il insistait : « Les gens viennent ici pour mourir, c'est ça ? » À cet instant, la porte de la chambre voisine s'était ouverte. Amir en était sorti, poussant un brancard avec le corps d'un défunt, le visage lisse, paupières baissées, cheveux coiffés, les draps bien nets. Le malade n'avait pas quitté le brancard des yeux tandis qu'il s'éloignait vers l'ascenseur, traversant lentement tout le service. J'étais au bord d'un gouffre, appréhendant le moment où il se retournerait vers moi, préparant mes réponses, toutes plus vaines…

La question n'était pas venue. Nous avions commencé notre promenade dans le couloir comme si de rien n'était.

Il avait réellement vu *sans voir.* Dans ses yeux qui suivaient le brancard, il n'y avait *rien*, et pourtant ils le suivaient, écarquillés. Cette scène étrange a renforcé ma certitude qu'il y a en nous des forces puissantes, que notre esprit ne nous appartient pas même quand nous croyons jouir de toutes nos facultés.

En salle des bénévoles, je sors la fiche de M. Kashani pour la ranger dans le classeur des décès. Elle y restera assez longtemps pour que chacun puisse la consulter puis elle sera détruite.

Je n'écris rien sur la fiche d'Henri.

Qu'a-t-il dit vendredi ? « Ça ne regarde que nous. »

Avant de quitter Saint-André et de remonter le boulevard vers le métro, je vais faire un tour dans le jardin. M'allonger sur un banc, peut-être. Besoin d'air, de calme, de verdure.

Comme à chaque fois que je sors du bâtiment, je regarde à quelques mètres devant moi la grosse poubelle en métal, solidement plantée au bord de l'allée cimentée, dans le virage en haut d'une petite pente. Elle était autrefois plus à l'intérieur du chemin et gênait considérablement le passage des lits des malades, obligeant à des manœuvres pénibles. À chaque fois, je maudissais ces gens qui font des plans sans devoir se colleter avec le résultat.

Il y a un an, le jardin a été rénové. Nouvelles plantations, création d'un potager aromatique, d'une fontaine… Les allées, inchangées. Un jour durant le chantier, après une visite pénible dans une chambre, j'étais sortie prendre l'air. L'équipe de jardinage était au travail. On s'était mis à discuter.

Je leur avais dit ma frustration et pour illustrer mon

propos, je m'étais approchée de la poubelle en faisant mine de la déplacer. Et là, miracle, malgré sa lourdeur, je l'avais sentie vaciller. Un mouvement infime. On s'était alors mis à plusieurs, au moins quatre, et on avait pu commencer à la faire pivoter en la faisant basculer sur sa base. En quelques minutes, le mouvement était pris, on la déplaçait d'une trentaine de centimètres. Assez pour qu'elle s'efface à jamais du chemin de circulation.

C'est mon apport à la Maison médicale Saint-André, anonyme, modeste, mais j'en suis fière. Je pense parfois à tous ces bénévoles qui un jour auront constaté, sans vraiment comprendre, que les lits tournaient plus facilement. Du premier coup. À toutes ces familles, ces amis dans la peine, qui ne remarqueront rien.

Quand en passant je vois l'auréole sur le ciment, laissée par des dizaines d'années de présence au mauvais endroit, j'ai un sourire intérieur.

Je sourirai encore quand elle aura disparu.

14

Appelle-moi dès que possible. Urgent. Merci.

Mon téléphone est posé sur mon bureau en mode silencieux. Quand j'ai vu qui était l'auteur du message, j'ai dérogé à la règle que je me suis fixée et je l'ai ouvert. Alain, le pédiatre qui m'a adressé Hugo, n'écrit jamais pour ne rien dire.

Devant moi, Erwan est en train de terminer son exercice d'écriture : il copie *lulululu…* et *rueruerueru e…* pour travailler ses *l* et ses *r*, la tête penchée sur sa feuille. Sa houppette brune qui a poussé depuis notre dernière séance ne bouge quasiment pas. Comme toujours, il s'applique avec une force de volonté exemplaire. Il ne semble pas m'entendre quand je lui dis à voix basse :

— Je dois téléphoner un instant mais continue, surtout, ne te déconcentre pas. C'est très bien ce que tu fais.

Je poursuis de la même voix basse quand la communication s'établit :

— Alain ? C'est Claire. Je suis en séance mais je peux te parler…

À l'autre bout du fil, Alain est aussi concis que d'habitude. Il s'agit bien d'Hugo.

— … Il est un peu choqué mais ça va. J'ai envie de comprendre ce qui s'est passé, de creuser. C'est le bon moment. Il est là, juste avec sa nounou. Il m'a parlé de toi. Je sens que c'est important, il aurait besoin que tu sois là.

Le cabinet médical qu'Alain partage avec d'autres praticiens est à quelques minutes à pied, boulevard Garibaldi. J'ai écourté ma séance avec Erwan, annulé la suivante, heureusement sans grands enjeux. Isabelle était en consultation, je lui ai envoyé un message pour la prévenir de mon départ.

Situé au rez-de-chaussée d'un immeuble haussmannien, le cabinet empiète sur la cour avec son extension moderne aux vitres opaques qui abrite la salle d'attente. La secrétaire médicale me fait entrer directement dans le bureau d'Alain. Il se lève et m'accueille en m'embrassant. Il est seul.

— Merci d'avoir été aussi rapide.

La première fois que je l'avais vu, je l'avais jugé un peu hâtivement, amusée par son côté vieux beau : le visage encore bronzé à l'automne, les cheveux ondulés coiffés vers l'arrière, la barbe de quelques jours, la pointe d'accent du Midi et le sourire enjôleur, la chemise rose, les mocassins… Mais j'avais vite découvert un homme engagé, rigoureux, et d'une grande douceur avec les enfants.

Il a l'air soucieux. Sur son front, ses rides font des lignes horizontales comme une portée musicale.

— Hugo ?

— Je l'ai renvoyé dans la salle d'attente avec sa nounou. Je voulais d'abord te raconter…

Je m'assieds.

— La nounou a appelé en début d'après-midi pour voir si elle pouvait passer entre deux rendez-vous, disant qu'Hugo avait fait un malaise. Elle n'a pas pu joindre les parents mais elle avait le numéro du cabinet. De ce qu'elle m'a expliqué ici, il a refusé de s'habiller pour le judo. C'est elle qui l'emmène le mercredi. Sa grande sœur Chloé, elle, est autonome : elle a conservatoire, danse et je ne sais quoi encore, elle n'est pas là du tout. Bref, le ton est monté et il s'est mis en colère. La nounou a menacé d'appeler sa mère, son père. Elle s'est fâchée mais à peine, m'a-t-elle dit. Il a alors piqué une crise de nerfs en se roulant par terre et il a perdu connaissance. Elle a paniqué, appelé. Je les ai pris tout de suite.

Un enfant ne s'évanouit pas sans raison. Je suis désolée sans être vraiment surprise. En écho à mon inquiétude, Alain poursuit :

— Je t'ai dit au téléphone, je suis préoccupé par ce gosse. Il a fait une syncope, *a priori* un simple malaise vagal. Rien d'inquiétant en soi. Mais dans son cas, ça ne m'étonnerait pas que ce soit dû à un gros stress émotionnel. Avec sa crise d'eczéma… Ça fait un moment qu'il somatise. Je n'ai rien vu à l'examen, juste un hématome au niveau de l'épaule. Il m'a dit être tombé de vélo. C'est possible. Sinon, je lui ai demandé comment ça s'était passé avec toi, les deux séances, et il a répondu que la « dame d'écriture » était très gentille…

Alain sourit et moi aussi.

— Il aime bien venir te voir même si ça met « Papa et Maman en colère entre eux ». Il a lâché ça sans vouloir en dire plus. Il s'est refermé tout de suite. Je n'ai pas voulu insister. Je vois sa sœur et lui depuis longtemps mais très rarement. Il ne me connaît pas vraiment et il est toujours très timide, très réservé. Avec ce qu'il a dit et ce que tu m'écrivais hier dans ton mail, ça m'a paru intéressant qu'on lui parle ensemble.

Avant de partir à Saint-André hier, j'ai fait un compte-rendu rapide de mes séances avec Hugo. J'avais pu en discuter avec Isabelle le matin même et conforter mon diagnostic : pas de trouble d'apprentissage mais une grande anxiété d'origine psychologique. Mon message devait refléter ma perplexité… J'évoquais la dureté du père avec son fils, ses exigences scolaires démesurées, les comparaisons délétères avec la sœur brillante quoiqu'en perte de vitesse… Mais aussi sa bonne volonté une fois dépassées ses réticences initiales, la façon qu'il avait eue d'accueillir mes propositions, l'ouverture qu'il avait même manifestée, qui m'avait surprise en fin de séance.

Quand j'ai rédigé ce message, j'ai essayé d'être le plus professionnelle possible et de faire abstraction de ce que j'avais ressenti la veille pour cet homme. Une attirance qui m'avait fait du bien mais qu'il fallait isoler du reste. Un exercice difficile, auquel je m'étais livrée en m'appuyant sur mes notes, les phrases qu'il avait prononcées. Et en laissant son SMS sans réponse…

« Merci de ce rendez-vous aujourd'hui, qui ouvre des perspectives nouvelles. »

Je reprends pour Alain le contenu des deux séances. Celle avec le père d'Hugo, encore très présente et que je détaille un peu plus, et la première avec sa mère, qui me paraît déjà floue.

— Tu ne disais rien sur elle dans ton mail, fait-il remarquer.

— C'est vrai. Je ne sais pas quoi en penser. Elle a quand même fait la démarche de venir me voir et de convaincre son mari. Elle soutient son fils et en même temps elle le casse. Fuyante, ambiguë. Triste… Comme son petit garçon.

Quand j'entre dans la salle d'attente, je suis heureuse de voir Hugo se lever instantanément de son siège et se diriger vers moi. Plusieurs enfants sont assis par terre, entourés de jeux, certains lisent, d'autres jouent avec le portable des adultes assis à côté d'eux ou bien le leur, enfoncés dans les grands canapés. Un homme jeune fait les cent pas au ralenti avec un nouveau-né blotti contre son épaule, d'un pas élastique qui exagère le mouvement de sa marche. Les deux jambes nues de l'enfant donnent des impulsions dans le dos de son père comme un nageur en plein cent mètres brasse mais il est silencieux. L'ambiance est calme pour un mercredi dans un cabinet où consulte un pédiatre. L'été et les vacances sont encore proches. La nounou d'Hugo est une jeune femme noire à l'apparence soignée. Elle a posé son magazine et m'interroge du regard…

— Vous pouvez rester là si vous voulez.

— D'accord, dit-elle d'une voix posée, agréable. J'ai mis un message à ses parents. Qu'est-ce que je leur dis quand ils répondent ?

— Qu'ils appellent le médecin directement.

Hugo porte un tee-shirt bleu marine qui accentue la clarté de ses yeux. Un pantalon beige et des tennis en toile. La tenue plus décontractée du mercredi... Nous nous regardons sans un mot. Son sourire timide répond au mien. Dans le couloir, je pose une main légère sur son épaule pour le diriger vers le bureau. Je ferme la porte derrière moi et nous prenons place dans les deux fauteuils.

La pièce inspire confiance avec ses longs rayonnages en bois remplis d'ouvrages médicaux, de maquettes du corps humain, de jeux et jouets pour les enfants. Sérieuse et ludique, traditionnelle et moderne, avec ses sièges en cuir et son grand bureau en acajou où règne un écran extra-large.

De sa voix douce et chantante, Alain se penche vers nous en s'adressant à Hugo :

— Comme je t'ai expliqué tout à l'heure, j'ai appelé Claire, la dame d'écriture... Son cabinet est tout près d'ici et elle a pu venir. On a de la chance, non ? Ça m'intéresse beaucoup de savoir ce que vous avez fait ensemble. Elle m'a dit que tu avais recommencé à écrire, et très bien, en plus. Que c'était très beau. J'aimerais voir ça un jour.

J'apprécie la façon toujours simple et sans mièvrerie qu'a Alain de parler aux enfants, quel que soit leur âge.

Hugo se tourne vers moi avec une expression de lassitude, de désarroi. Dans son regard subsiste une lueur d'inquiétude. Il a été secoué par ce qu'il vient de vivre.

J'ouvre mon sac.

— Regarde ce que je t'ai apporté. J'ai pensé que tu serais content de la montrer au docteur. Je suis sûre que ça l'intéressera mais je ne sais pas s'il sera capable de reconnaître le modèle…

Sourire complice d'Alain.

Hugo tend les mains vers moi et s'empresse de répondre, mais à voix basse :

— C'est une Lamborghini Countach.

Il manipule le modèle réduit avec le même émerveillement que la première fois. Il le tourne et le retourne, ouvre délicatement les portières… C'est grâce à lui que j'ai découvert qu'elles pivotaient vers le haut. Une ouverture en ciseaux, ou en élytres, m'avait-il expliqué, comme s'il s'agissait d'un vocabulaire habituel chez un enfant de son âge.

Alain le laisse quelques instants avant de demander :

— Tu me la prêtes, juste un moment ? Le constructeur, j'avais reconnu. La ligne est tellement caractéristique… Mais le modèle, je n'aurais pas trouvé.

Hugo s'avance dans son fauteuil et fait rouler la voiture sur le bureau en direction du médecin. Il semble un peu rasséréné. J'en profite pour expliquer :

— Hugo est un expert. Sa mère m'a dit qu'il avait fait l'année dernière un exposé très intéressant sur des voitures américaines des années 1940, dont je n'avais jamais entendu parler.

Je me tourne vers lui :

— C'était quoi, déjà ?

— Des Tucker, dit-il d'une voix plus assurée.

Alain a pris la voiture dans ses mains et la fait bouger dans l'espace avec des gestes semblables à ceux de l'enfant il y a un instant, tout en disant d'une voix pensive :

— Tucker ? Ah oui, il y a un film… de Coppola, je crois…

Hugo se lève d'un bond, le visage rayonnant :

— Vous l'avez vu ?

— Oui. Il y a longtemps. Un très bon film.

Le petit garçon se tient face au médecin, debout les mains à plat sur le bureau d'acajou comme un adulte, un professeur penché vers son auditoire.

— Alors, vous connaissez les Tucker 48…

Alain secoue la tête gentiment.

— Je vais être honnête avec toi. Je ne m'en souviens plus. Mais tu sais ce que je vais faire ? Je vais le revoir, et la prochaine fois que tu viens ici, on en parle ensemble, d'accord ?

— Je peux vous prêter le DVD…

— Très bonne idée. Je compte sur toi.

Alain se soulève à la hauteur d'Hugo et lui tend la main. L'enfant la saisit et la serre avec le plus grand sérieux avant de reculer et de se rasseoir avec un sourire satisfait.

— Maintenant, dis-moi. Après la séance chez Claire la dernière fois, tu es retourné à l'école ?

— Ben non, c'était trop tard. On est rentrés à la maison.

— Ton papa t'a raccompagné, c'est ça ?

— Oui…

— Il t'a parlé du rendez-vous ?

— Il a rien dit du tout.

— Et le soir, au dîner, il en a discuté avec Maman peut-être ?

— Ils étaient pas là. On a mangé avec Colette.

— La nounou, m'explique Alain sans cesser de regarder Hugo. Ils n'en ont jamais parlé, depuis lundi ?

Hugo se tourne vers moi et je lis dans ses yeux non seulement l'interrogation mais un début de panique. Il s'est avancé au bord de son fauteuil et il racle nerveusement le sol du bout des pieds. Je rapproche mon siège et fais pivoter le sien de façon à lui faire face :

— C'est important que le docteur sache. Lui et moi, on travaille ensemble depuis longtemps. On veut juste être sûrs que ton papa et ta maman ont bien compris ce qu'on avait fait tous les deux quand tu es venu me voir, et qu'ils sont bien d'accord.

Hugo est au bord des larmes.

— Justement, ils sont pas d'accord du tout…

Je lui prends doucement la main en le regardant droit dans les yeux :

— Ce serait bien que tu me racontes. Tu te souviens de ce que je t'ai dit la première fois ? Que tu pouvais dire tout ce que tu voulais sans être grondé, que ça restait notre secret si tu voulais. Eh bien ici, c'est pareil… Papa et Maman se sont disputés, c'est ça ? Hier soir ?

Il hoche timidement la tête.

— Pendant le dîner ?

— Juste après, dans la cuisine…

— Tu te souviens de ce qu'ils ont dit ?

— Pas vraiment…

— Ce n'est pas grave si tu ne te souviens pas. Ça arrive, c'est normal. Est-ce que tu peux juste me dire qui a commencé à parler ?

— Papa... Il a dit à Maman qu'elle avait été nulle avec... avec vous.

— Il a dit ça... Il a un peu expliqué pourquoi ?

Hugo se concentre, ou il hésite, je ne sais pas. Je le regarde avec un sourire que je veux le plus rassurant possible, enveloppant. Il soupire et lâche d'une traite :

— Il a dit qu'à cause d'elle maintenant tout le monde voulait s'occuper de moi et qu'elle servait à rien qu'à inventer des problèmes là où y en avait pas.

Je l'encourage des yeux. Il a le regard voilé de larmes mais il continue vaillamment :

— Il a dit que le problème en fait, c'était elle. Et après il a dit que c'était moi. Que j'étais un boulet, c'est ce qu'il a dit...

J'avance encore. Mon fauteuil touche presque le sien, nos jambes s'intercalent et nos visages en face à face sont tout proches. Il lutte pour ne pas se mettre à pleurer.

— Mais c'est pas grave, ça me dérange pas.

Émue, atterrée, je soutiens son regard, compréhensive. Ne surtout pas le contredire. Je jette un coup d'œil en direction d'Alain qui nous regarde attentivement, pensif.

Je le laisse souffler un moment. Sa main serre la mienne. Quand il me regarde, je sens derrière ses larmes l'envie de lâcher. La peur, aussi. Je reprends doucement, avec une pression de la main en réponse à la sienne :

— Tu sais, Hugo, tout ce que tu nous dis, on le croit, et on sait que tu fais du mieux que tu peux pour nous raconter et ce n'est pas facile. C'est très fort, ce que tu fais. On te remercie beaucoup.

Il a un pâle sourire.

— Tu veux bien que je continue à te poser des questions ? C'est pour être sûre de bien comprendre.

Il me donne son accord en remuant la tête, bouche fermée, serrée, le visage grave.

— Tu m'as dit que Papa et Maman étaient dans la cuisine… Ta sœur et toi, vous étiez là aussi ?

Il répond en baissant la tête, presque en marmonnant :

— Chloé, elle était partie dans sa chambre. Elle fait toujours ça, elle part, elle s'enferme, elle met son casque et elle me laisse tout seul…

— Donc tu étais dans la cuisine avec Papa et Maman…

Il fait oui de la tête, toujours baissée.

— Vous étiez assis ? Debout ? Tu te souviens… ?

Le dos et la tête enroulés sur lui-même, il poursuit à voix basse :

— Maman, elle était devant l'évier parce qu'elle voulait laver la casserole des pâtes, au départ. Papa, quand on a fini de manger, il vient jamais dans la cuisine. Mais là, il était venu. Il était debout, près de la table. Moi, j'ai voulu partir quand ils ont commencé à se disputer mais Papa m'a interdit.

Il s'arrête. Je passe une main sur son dos, qui se soulève un peu. Il soupire et reprend encore plus faiblement :

— Il a dit que je devais rester parce que c'était ma faute, tout ça, et que j'avais qu'à bien tout écouter. Il m'empêchait de partir, de toute façon.

— Comment ça, il t'empêchait ?

Il lâche ma main et forme avec ses doigts l'amorce d'une pince, sans lever la tête, sans me regarder.

— Il te tenait, c'est ça ? Tu peux me montrer à quel endroit ?

De l'autre main il se tapote l'épaule, toujours sans bouger, recroquevillé. Alain et moi nous regardons avec le même accablement, la même tristesse, le même dégoût d'un scénario écrit d'avance.

— Ça t'a fait mal, quand ton Papa te tenait l'épaule ?

— Un peu…

— Tu lui as dit ?

Il secoue vigoureusement la tête et dit d'une voix plus forte :

— Non, surtout pas !

— Ça arrive souvent qu'il te fasse mal comme ça ?

Il relève enfin la tête, visage fermé. Les larmes ont disparu.

— Pas vraiment. C'est juste hier… mais il a pas fait exprès !

J'interroge Alain du regard. Il me fait signe de continuer. J'inspire profondément pour calmer mon émotion, la colère qui monte, et pour ne pas perturber Hugo davantage.

— Tu veux bien qu'on parle un peu de ta maman ?

— Si vous voulez…

— Pendant la dispute, tu te souviens de ce qu'elle disait ?

— Au début rien, comme d'habitude.

Je pose une main sur ses genoux et j'attends. Il me regarde, les yeux grands ouverts maintenant.

— Mais là, après, elle a crié. Très fort.

— Ça fait peur quand quelqu'un crie…

— Très.

— Ça a duré longtemps ?

— Je sais plus… Je sais pas… J'ai plus entendu. C'était quand je suis tombé par terre.

— Comment ça, tu es tombé ? Tu t'es cogné ?

— Non. C'est juste que ça a fait du noir, et puis comme si je dormais, et après j'étais dans mon lit, et personne criait plus, j'étais content.

Alain et moi nous regardons, sidérés. Un premier malaise, hier ? Et les parents n'ont pas réagi…

— Ce matin, ils en ont parlé avec toi ?

— Ben non, c'était fini.

— Tu sais si ça t'était déjà arrivé, avant, que ça fasse du noir comme ça, comme si tu dormais ?

— Je crois pas. Je sais pas.

Une fois encore, je marque une pause, pour lui. Pour moi. Et je reprends, résignée, déterminée :

— Tu m'as dit qu'au début de la dispute, ton papa avait dit que tu étais un boulet… Tu sais ce que ça veut dire ?

— Ben oui, je comprends.

— Tu en penses quoi ?

— Je sais que c'est pas gentil mais ça va, je préfère.

— Tu préfères ? Il te dit d'autres choses, il a d'autres noms pour toi ?

Hugo hausse les épaules.

— Le cossard, l'abruti. Mais en général il m'appelle tête de nœud. Il dit toujours ça au petit déjeuner en rigolant : « C'est mon tour d'emmener Tête-de-Nœud à l'école, aujourd'hui ? »

Le salaud ! Cette fois, j'ai du mal à ne pas exploser. Je me tourne vers Alain qui m'apaise et m'encourage des yeux avec tristesse. Je détourne la tête pour ne pas la laisser m'envahir, moi aussi. La tenir à distance. Continuer. Pas le choix.

Hugo me regarde avec l'air d'attendre ma prochaine question. Il me paraît plus fragile encore que les dernières fois avec son teint pâle, ses cheveux blonds si fins tombant sur ses épaules, son corps frêle de garçonnet.

— Ta sœur, il lui donne aussi des noms spéciaux ?

— Non, mais elle travaille bien, elle !

— Et toi tu travailles mal, tu crois ? Tu es pourtant bon élève.

— Il dit que ça suffit pas et que du coup je ferai jamais un vrai métier. Garagiste si je réussis à bien travailler, si j'ai beaucoup de chance. Sinon, c'est sûr, homme de ménage. C'est pour ça que Colette, elle a pas le droit de nettoyer ma chambre.

— Elle nettoie le reste de l'appartement sinon ?

— Tout sauf ma chambre ! C'est moi, tous les dimanches, pour que je m'habitue c'est ce que Papa dit. Moi, ça me dérange pas de passer l'aspirateur, c'est marrant, je joue à faire comme si c'était un rallye, avec des obstacles, tout ça. Des fois j'enlève le bout, c'est comme si c'était un animal avec une trompe super-longue… et qui mangerait que des saletés !

Il a un petit rire qui me brise le cœur.

— Et Maman, elle en pense quoi ?

— Elle dit rien. Je sais pas…Quelquefois, si elle peut, elle vient m'aider.

Il s'est arrêté net et son visage a blanchi soudainement. Il se recroqueville à nouveau dans son fauteuil et dit d'une voix éteinte :

— Quand c'est les vitres, elle vient, des fois, mais pas tout le temps. Moi, je voudrais bien qu'elle vienne plus, qu'elle vienne toutes les fois.

Sa voix se brise, presque inaudible :

— C'est qu'une fois par mois qu'il faut les laver mais j'aime pas…

Je me suis penchée encore pour mieux l'entendre, quand il ajoute dans un souffle :

— Parce que j'ai peur…

Il se tait, épuisé, et se met à pleurer sans bruit.

J'essuie ses larmes et passe une main dans ses cheveux en murmurant « Ça va aller, Hugo… » Il met ses bras autour de mon cou et je dois lutter pour ne pas me mettre à pleurer moi aussi. C'est à peine si je sens trembler ce corps léger qui s'agrippe au mien.

Alain s'est levé et s'est approché de nous. Hugo finit par desserrer ses bras. Je me redresse. Le médecin s'accroupit à côté de l'enfant :

— Est-ce que tu veux bien retourner avec moi dans la salle d'attente ? Pas longtemps, juste pour que je puisse parler un peu avec Claire. Après je reverrai ta nounou et ce sera fini. En attendant, tu en profites pour jouer, d'accord ? ... Tu peux la prendre avec toi, dit-il en lui tendant la Lamborghini.

Alain est sorti raccompagner Hugo.

Les coudes sur les genoux, la tête entre les mains, je ferme les yeux. Tristesse et colère, pour l'instant cette dernière l'emporte. J'ai des bouffées de haine pour cet homme, et de dégoût. Comme des remontées de bile, brûlant tout. Je pense à ses photos sur les réseaux sociaux… Comment a-t-il pu m'attendrir, me troubler ? Il était touchant quand il évoquait son enfance, ce petit garçon qui travaillait avec sa mère à la table de la cuisine… émouvant quand il exprimait sa douleur de père face à la perte de son nouveau-né, au petit cercueil à peine plus grand qu'une boîte à chaussures… Vrai, tout ça ? Fabriqué ? Ce qui est certain, c'est la suite, quand il est revenu de la salle d'attente. Son prétendu *mea culpa*, ses sourires séducteurs, sa façon de me passer la brosse à reluire, et je suis tombée dans le panneau ! Enfin la femme, pas la thérapeute. L'anxiété dévastatrice d'Hugo, la recommandation d'un suivi psychologique, tout allait figurer dans mon bilan et Alain en aurait eu connaissance. Tôt ou tard, ce que nous découvrons aurait fait surface. Même si c'est dur à entendre, je suis soulagée que ce soit aujourd'hui.

Alain revient, accompagné de la secrétaire médicale qu'il congédie sèchement en lui disant de se débrouiller avec les rendez-vous. Il a encore ce ton efficace et même autoritaire quand il s'adresse à moi :

— Colette, la nounou… Je crois qu'elle a des choses à dire et qu'elle a même envie de les dire. Je lui ai dit que je la verrai dès que tu seras partie.

Il s'assied, lisse ses cheveux vers l'arrière d'un geste nerveux, répété, puis il soupire :

— Je redoutais quelque chose mais ça… Pauvre gosse !

— Il était comment quand tu l'as laissé avec la nounou ?

Avant de quitter la pièce avec Alain, Hugo s'est tourné vers moi avec un regard triste qui va me hanter longtemps.

— Pas trop mal. Il s'est mis à jouer tout de suite. La nounou est affectueuse avec lui, ça se voit.

— J'irai lui dire au revoir avant de partir.

Alain me regarde avec sa gentillesse habituelle :

— Bonne idée. Et maintenant, qu'est-ce qu'on fait ? On ne peut pas laisser ce gosse comme ça, dans cet environnement…

Garder les idées claires. Agir. J'abonde avec reconnaissance :

— Il faut donner l'alerte.

— Ça me paraît indispensable. Je pensais à une information préoccupante… Tu connais ?

— J'en ai déjà fait, une fois, avec une institutrice.

L'information préoccupante est un courrier documenté envoyé à une cellule spécialisée du département : quand un enfant n'est pas en danger immédiat mais quand les conditions de son développement affectif, physique, intellectuel sont « gravement compromises », si je me rappelle bien les termes.

— On a largement de quoi en faire une, tu es d'accord ?

C'est une première étape, pas anodine, qui déclenche une évaluation par les services sociaux. J'acquiesce d'un signe de tête.

Alain sort un bloc-notes du tiroir de son bureau.

— Donc tu connais la procédure…

— Je vais faire mon compte-rendu de bilan, comme d'habitude. En parallèle, j'écris mon témoignage : ce que j'ai perçu des parents en séance et ce qui vient de se passer avec toi. Je t'envoie tout ça vendredi après-midi… Ça te va ? Pas trop tard ?

— C'est parfait, de mon côté je n'irai pas plus vite. Il va y avoir aussi le témoignage de Colette, la nounou…

Il commence à noter sur son bloc :

— L'eczéma, le refus d'écrire en classe, les syncopes, en quelques jours seulement, ça commence à faire. Il somatise depuis longtemps mais là ça s'accélère. Je vais évoquer la violence psychologique. La dévalorisation permanente, les humiliations, la façon dont son père lui parle…

À cette évocation, j'éprouve un véritable haut-le-cœur.

— Les *mots* qu'il utilise… Immondes, inhumains ! C'est abject de dire ça à un enfant, comment peut-on, ça me sidère…

Alain lève les yeux vers moi avec une expression désabusée que je ne lui ai jamais vue.

— Je ne m'y habituerai jamais mais avec le temps, plus rien ne me surprend.

Le poids qu'il doit parfois porter sur ses épaules… Je laisse échapper un long soupir avant de lui demander :

— L'hématome, tu vas dire quoi ?

— Je dois rapporter les faits. Je vais le mentionner sans commentaire mais ça parle tout seul. Que la peau ait marqué comme ça en dit long sur la violence contenue du père. Elle peut déborder un jour et devenir vraiment physique, volontaire.

— Hugo n'a pas été très clair. Est-ce qu'il y a eu des précédents ? Sans que ce soit des coups portés mais ce genre de violence soi-disant involontaire… On est censé contrôler sa force, non ?

— C'est vrai.

— De toute façon, pour moi, il y a une mise en danger physique dès aujourd'hui. On ne fait pas faire les vitres à un enfant, ça peut être dramatique ! Tu as vu comme il était terrorisé rien que d'en parler ?

— C'est à se demander s'il ne faudrait pas faire un signalement. Mais on doit s'en tenir aux faits. Je rapporterai les mots d'Hugo, ambigus, c'est sûr… Et je vais voir ce que raconte la nounou. Je prépare le dossier et je te fais relire tout ça avant envoi, OK ?

Une fois dans la rue, je m'arrête un instant. Je n'ai pas besoin de retourner au cabinet. Isabelle fermera. Je vais rentrer à pied chez moi. Trois quarts d'heure de marche, c'est le minimum dont j'ai besoin.

Les rues défilent, les paroles échangées dans le bureau d'Alain résonnent, inlassablement. Les images se succèdent, réelles ou projetées, celles d'Hugo et de son père, dans mon bureau ou la cuisine de leur appartement. Un aspirateur poussé le long d'un mur. Une chambre d'enfant à la fenêtre ouverte.

Je marche et les pensées s'adoucissent lentement, usées par le martèlement répété de mes pas sur la chaussée.

Arrivée en bas de mon immeuble, je poursuis mon chemin. Pas eu ma dose. Sans me poser de question, chaussée de La Muette, entrée du jardin du Ranelagh, avenue Proudhon, plus loin le kiosque à musique. Autour de moi, l'agencement sage d'un jardin à l'anglaise un peu trop plat, lisse et désuet, traversé par le bruit des voitures ; mais aussi le lieu plus intime et fantasque des souvenirs d'enfance, quand je passais ici la plupart de mes mercredis, emmenée par la mère d'une amie. La griserie conquérante des tours de manège, les cris d'effroi et les explosions de joie devant les marionnettes, les jeux partagés, les rêves et les histoires… Je sais où se dirigent mes pas.

Au sud du jardin, je m'assieds devant la statue de La Fontaine. L'auteur est planté debout sur une estrade, bronze géant enveloppé d'une grande cape. À ses pieds, le corbeau de la fable tient dans son bec un fromage. En contrebas le renard monte les marches qui mènent à l'estrade, corps tendu vers eux, regard froid, comme absent, museau pointé touchant presque le bec de l'oiseau. J'ai toujours aimé penser que la scène nous montre le corbeau *après* la fable. Qu'il a tenu la promesse qu'il s'était faite « qu'on ne l'y prendrait plus » et qu'il tient cette fois fermement son fromage. Quant au renard, s'agit-il du même, pensant renouveler son exploit, les mêmes sortilèges ? Ou d'un autre, lui aussi « par l'odeur alléché » ?

Quoi qu'il en soit, le corbeau est le gagnant de l'histoire. Elle lui coûte un fromage mais le renard, une fois sa prise consommée, que gagne-t-il ? Condamné perpétuel, éternel esclave de sa convoitise… Et puis ici le corbeau n'est pas seul. Il se tient entre les jambes de son créateur, silhouette voûtée, grave et tendre penchée vers lui. Protecteur. Le renard tente de les rejoindre, de grimper sur cette estrade qu'il n'atteindra vraisemblablement jamais, le regard vidé, une patte à jamais figée en l'air… Ou peut-être. Enfant, j'imaginais qu'il finissait par monter et qu'ils goûtaient ensemble ce fromage tant désiré.

Peu à peu l'apaisement me gagne. Le soulagement d'avoir agi à temps. Dans la salle d'attente, Hugo s'est jeté dans mes bras. Je ne suis pas certaine de le revoir mais Alain me donnera régulièrement de ses nouvelles. Je peux compter sur lui. Hugo est en de bonnes mains, qui ne le lâcheront pas.

En sortant du jardin, je ralentis le pas. Une affiche sur le flanc d'un immeuble attire mon regard. La photo d'une famille posant dans son château. Trois générations assises sur des fauteuils ou bien debout, smokings anglais et robes du soir des années 1920 où se mêlent çà et là des tabliers de cuisine. Mercredi 25 septembre, sortie sur grand écran de *Downton Abbey.*

Tandis que j'approche de chez moi, la critique d'un journaliste entendue ce matin même à la radio me revient en mémoire. Pas une leçon de cinéma, si je me souviens de ses termes, mais un bonbon anglais à déguster sans rougir. Idéal aujourd'hui. Happy-end garanti. Pourquoi ne pas proposer à Christophe, mon vieux copain de lycée, de m'accompagner ? Cinéphile endurci, il commencera par protester mais se laissera convaincre. Par amour pour Maggie Smith et pour l'accent anglais. Aussi et surtout par amitié.

Devant mon immeuble, je m'arrête un instant... Je vais plutôt en parler à mes amies du cours de Pilates. Depuis le temps qu'on évoque l'idée de sortir toutes les trois... Avec un peu de chance l'horaire des séances conviendra, peut-être même au Majestic Passy. Je pousse la porte d'un cœur plus léger.

15

Aujourd'hui, jeudi 26 septembre, jour de célébration. Henri a quatre-vingt-douze ans. Je longe le boulevard d'une foulée souple, alerte. L'après-midi s'annonce aussi beau que le matin. Les rayons du soleil, encore palpables, réchauffent la peau d'un doux picotement sur toutes les surfaces qu'on veut bien leur montrer. La caresse d'un été qui se prolonge… Les jambes nues, je porte ma nouvelle robe et un gilet court à grosses mailles car l'air est frais, malgré tout. C'est peut-être la première et dernière occasion de la porter cette année.

Laissant le boulevard derrière moi, j'ai la sensation en gravissant l'escalier extérieur qui mène à Saint-André que le bruit de la rue s'est assourdi d'un coup. Comme entrer dans un sas, avant d'être absorbée par la tranquillité des lieux.

Je n'ai pas oublié ce que m'a dit Jérôme, le dernier fils d'Henri, vendredi dernier. Avec ses frères, ils vont fêter l'anniversaire de leur père dans la bibliothèque, juste après le déjeuner. Coup de chance, au même moment a lieu la formation interne hebdomadaire dans la grande salle de réunion. Organisée en priorité pour les soignants, ouverte aux bénévoles et à tout le personnel, elle traite de sujets divers (celui du jour, particulièrement d'actualité dans mon service : comment expliquer aux familles les limitations de l'alimentation et de l'hydratation en fin de vie). J'ai un prétexte tout trouvé pour revenir ici.

L'impression d'y passer ma vie, en ce moment… et en même temps, que ma vie se passe au-dehors bien plus intensément. Une semaine à peine depuis qu'Henri m'a envoyée à La Mollière. Trois jours depuis le rendez-vous avec Hugo et son père. Comme si le temps s'était resserré, concentré autour de ces allées et venues répétées.

Puisque je suis là, je vais « passer une tête » dans la bibliothèque pour « saluer M. Malcor »… Apercevoir Henri, même un très court instant. Lire dans ses yeux l'apaisement ? Lui dire par ma présence que je pense à lui. Ensuite ? On verra bien.

Les portes coulissantes s'ouvrent, je salue Emma-de-l'accueil, monte au premier, traverse le service adjacent à Saint-Jacques. La bibliothèque se trouve au bout d'un petit couloir, dans une aile latérale.

Le couloir est vide, la porte du fond, fermée. Je m'immobilise pour la regarder, m'attendant à ce qu'elle s'ouvre sur un soignant quittant la pièce, un verre ou un bout de gâteau à la main, lançant un « et encore un très bon anniversaire ! » ; ou à ce que derrière moi des pas, des conversations animées me rejoignent, ceux de ses fils, ou belles-filles, ou petits-enfants, chargés de plateaux ou de bouteilles…

Pas un bruit, personne.

J'avance pour en avoir le cœur net mais il est lourd de ce que je sais déjà. La porte est fermée à clé. De la salle des bénévoles juste à côté me parviennent les éclats de voix de la réunion d'équipe et même quelques rires. Je repars à Saint-Jacques d'un pas lent, engourdi.

115, 116, 117… Les chambres défilent, je regarde les témoins lumineux au-dessus des portes. Lumière verte et volet du hublot fermé : soin en cours. Lumière rouge : le malade a sonné. Là-bas, chambre 126, celle d'Henri : lumière orange… Elle indique en général la présence d'un bénévole. Mais si elle est allumée *et* le volet baissé, elle signale un décès.

Je m'adosse au mur du couloir. Je ne sais pas ce que je ressens.

L'esprit toujours vide et le cœur inerte, je finis par me décoller du mur pour me diriger vers la chambre et le coin famille juste à côté. Les fils d'Henri sont assis à la table ronde, près de la petite cuisine. Je reconnais Jérôme, le dernier. Il se lève quand il m'aperçoit et fait un pas vers moi pour me serrer la main. La silhouette longiligne de son père.

— Vous êtes la bénévole que j'ai vue la semaine dernière.

Je touche machinalement le côté gauche de ma poitrine, là où j'accroche d'ordinaire mon badge, mais il ajoute :

— Claire, si je me souviens bien ?

Touchée par cette marque d'attention, je confirme de la tête.

— Mes deux frères, Bertrand et Luc.

Il les désigne de la main. Nous nous saluons. Bertrand doit être l'aîné. Il a gardé de ses traits d'enfant une rondeur que n'ont pas les autres, héritée de sa mère. Presque de la mollesse dans le visage, démentie par des yeux marron perçants derrière ses lunettes sans monture. Luc a le nez et les yeux clairs de son père mais le menton plus prononcé, carré, le front plus court. Il ressemble davantage à Henri, finalement, que Jérôme, dont le visage moins anguleux rappelle celui de l'aîné. Ils ont changé, vieilli, les ressemblances ont fluctué, se sont croisées avec les années mais j'ai bien sous les yeux les trois garçonnets de La Mollière. La fratrie, reconstituée.

Jérôme s'adresse à moi en me montrant la table :

— Je vous en prie, asseyez-vous avec nous si vous avez le temps ? On attend le reste de la famille et les amis de mon père, enfin ceux qui peuvent encore se déplacer. Ils ne seront pas là avant un moment.

— Je ne veux pas vous déranger…

Jérôme insiste en s'asseyant et en tirant pour moi la chaise vide à côté de la sienne.

— Je suis désolée, pour votre père.

— Merci… Le médecin a été formidable. C'est lui qui a appelé ce matin. Papa est décédé entre 6 et 7 heures, après le passage d'une infirmière. On a pu parler avec elle. Elle nous a dit qu'il était paisible et qu'à son avis il était parti tranquillement…

Sa voix tremble mais il garde ce sourire qui rappelle tant celui d'Henri.

Bertrand s'adresse à moi avec une pointe d'amusement dans le regard :

— Je crois que vous êtes au courant. On devait fêter son anniversaire en ce moment même. Quatre-vingt-douze ans ! Mais ça lui ressemble bien, cette façon de s'esquiver juste avant. Il n'aimait pas beaucoup être le centre de l'attention.

— Typique de Papa, renchérit Luc d'une voix basse, chargée d'émotion.

En entendant ces hommes de plus de soixante ans prononcer ce mot « Papa » devant une inconnue, avec un tel naturel, j'envie l'intimité qui aura été la leur malgré le caractère peu expansif d'Henri. J'en ai la conviction en les voyant ici et m'en réjouis pour eux. Moi, j'ai toujours parlé de « mon père »...

Après un moment de silence, j'interroge d'une voix hésitante :

— Vous avez pu le revoir... récemment ?

Les trois frères se regardent et c'est encore Jérôme qui réagit le premier :

— J'étais là mardi soir. Je suis revenu avec Bertrand et Luc le lendemain. Enfin, hier...

— On a eu le temps de se voir, vraiment. On a eu cette chance tous les trois, ajoute Luc, gravement.

— Vous avez peut-être envie de le revoir, vous aussi ? demande Bertrand en me regardant.

— Si ça ne vous ennuie pas...

— Au contraire, répond très vite Jérôme. Prenez tout votre temps. On sait que vous avez beaucoup vu Papa… Merci. Merci infiniment.

Je me lève, reconnaissante, et je fais quelques pas vers la chambre. Perplexe aussi. Ai-je imaginé ces regards appuyés, ces sourires chargés d'intention ? Qu'ont voulu me dire ses fils ? Que leur aura dit Henri ?

Je pousse la porte et les questions s'évanouissent.

— Henri…

Chuchoté, le mot est sorti comme s'il attendait sa contrepartie. Je tends l'oreille. *Claire ?...* Sa voix de basse résonne encore dans la pièce. Poussant le dossier, je rapproche du lit le fauteuil roulant, une fois de plus, mais je reste debout sans oser m'asseoir.

Les draps sont remontés jusqu'à la taille, ses bras posés dessus. Il porte une veste noire, une cravate noire, une chemise blanche. Pas de foulard. Machinalement, je tourne la tête vers la fenêtre, là où je l'avais aperçu pour la première fois, accroché à la patère. Disparu.

Désemparée, refusant l'évidence, je balaie la chambre d'un regard inquiet, les pieds cloués au sol. J'ai à nouveau dix ans, comme dans mon rêve il y a quelques nuits, et j'entre dans la salle de classe, l'écharpe mauve de ma maîtresse n'est plus à sa place et j'avance, le cœur étreint par ce portemanteau vide, désespérément vide, à jamais.

Je me réfugie dans le fauteuil. Les images se bousculent. Henri assis au bord du lit, son plateau-repas sur la table roulante repoussée à côté de lui, Henri en robe de chambre près de la fenêtre, dans ce fauteuil roulant, le regard perdu dans ses souvenirs, Henri calé contre ses oreillers, buvant à la paille avec précaution et me fixant de ses yeux pâles, Henri reposant sur ce lit qu'il n'aura plus quitté…

Son corps est encore là.

Cette fois il est allongé complètement, parfaitement rectiligne, sans cet effort pour se redresser et se plier vers l'autre. Sa tête semble plus lourde, posée sur un oreiller plat. Ses cheveux fins sont tirés strictement vers l'arrière, on ne les voit quasiment plus. Les yeux ont disparu derrière les paupières. Son visage n'est plus que d'os et de chair, avant que celle-ci disparaisse à son tour. Il paraît plus grand, plus massif. Je ne le reconnais pas et pourtant je l'ai observé, ce visage…

Et puis je la vois. Cette petite touffe ronde de poils fins et blancs sur le dessus du nez, presque à sa pointe, comme une minuscule queue de lapin. Une petite boule de douceur, de pureté dans ce visage marqué par la vie. Presque invisible. Incongrue, innocente, émouvante. Je revois ma première visite dans cette chambre, quand je l'avais aperçue pour la première fois. Il s'était endormi, j'étais assise au même endroit. C'est bien lui… Je me lève et la touche du bout des doigts. Soyeuse. Sa peau sur l'arête du nez est froide mais pas glaciale comme elle le sera bientôt, quand le corps devra être conservé, réfrigéré en attendant les obsèques. Je m'enhardis et pose un baiser sur son front. Ce n'est pas la première fois que j'embrasse un front mort, cette moiteur froide qui me fait toujours penser à de la glace fondue. Je passe une dernière main sur ses joues creuses, froides, mortes elles aussi.

Je me rassieds et je pleure. Les larmes coulent sans effort et sans douleur. De la peine, oui, mais de celle qui porte en elle son baume car elle est née des sentiments vrais et dit l'histoire accomplie, la plénitude. On aura pleuré dans cette chambre, lui et moi.

Il est mort ce matin entre 6 et 7 heures. Seul. Je pose ma tête sur l'appuie-tête du fauteuil et je ferme les yeux. Je songe à l'interview de ce médecin il y a longtemps, avant que je vienne ici, qui parlait de la mort comme d'un voyage. Rien de très surprenant… Mais il développait l'analogie avec beaucoup d'humanité. Imaginez le mourant sur un quai de gare, disait-il. Toute sa famille est là, ses amis, ils se sont tous relayés pour pouvoir lui dire adieu, le cœur brisé, les larmes retenues ou bien versées. Ils vont l'accompagner jusqu'au bout du quai. Tout en marchant, c'est plus fort qu'eux, ils le retiennent par la manche, tirent sur son manteau, et il faut qu'il détache ces bras qui s'agrippent, ces mains crispées qui cherchent à empoigner les siennes car il doit monter dans le wagon, c'est terrifiant, excitant peut-être, inconnu certainement. Il en faut, du courage, pour monter sur le marchepied quand une foule derrière vous se lamente et vous étouffe de ses baisers. Alors prendre le premier train au petit matin, dans une gare déserte, c'est peut-être plus facile. S'épargner et épargner aux autres le déchirement des départs…

C'est une image simple que j'aime beaucoup. Je l'ai utilisée quelquefois pour ces familles, ces proches désespérés de ne pas avoir été là au moment « pile ».

Certains n'ont pas quitté le chevet du lit, couchant sur place, depuis des jours et des jours, et il suffit de cinq minutes pour aller se dégourdir les jambes, dix pour s'acheter un sandwich et c'est le moment que l'autre « choisit » pour mourir. Je n'ai pas été là, se désolent-ils… Mais si lui, ou elle, n'avait pas voulu, précisément, que vous soyez là ? Et vous, que voudrez-vous le moment venu ?

Je me redresse et j'ouvre les yeux.

Et moi ? Étonnant. Depuis quatre ans que je viens ici, je ne me suis jamais posé la question, ce qui est une réponse en soi. Je ne sais pas. Je peux imaginer Maud et Charlotte âgées, à mes côtés, calant leur respiration sur la mienne et découvrant tout à coup qu'elles respirent seules depuis un moment… Ou bien comme Henri, j'attends l'heure creuse pour monter dignement j'espère dans le wagon, le dos bien droit, sans un regard en arrière.

Je tourne la tête vers lui. Le noir lui va bien. Un surcroît d'élégance. Sur son visage à quelques centimètres du mien je crois voir un sourire, léger. Celui qu'il a eu mardi soir en s'endormant.

On voudrait que les dernières paroles soient belles, lourdes de sens, un testament qui nous aidera à mieux vivre l'absence… Souvent banales en réalité. Celles d'Henri pour moi ? Un son rauque, un long râle animal. Mais ce sourire que je n'oublierai pas. Mes derniers mots ? « Vous pouvez être tranquille. » J'espère qu'il l'a été au moment de mourir, qu'il l'est encore, qui sait…

Aucun de ses fils n'a exprimé ce regret de ne pas avoir été là. Ils semblaient heureux d'avoir « eu le temps » de le revoir « vraiment ».

Vincent… Je n'ai pas eu le temps de le revoir vraiment. Il est parti courir un matin et quelques heures plus tard il était allongé comme Henri, méconnaissable, d'une propreté révoltante derrière une vitre de l'Institut médico-légal. Il avait plu le matin de sa mort. Il avait hésité à sortir. Puis le temps s'était dégagé et je savais que je le retrouverais bientôt les baskets maculées de boue, la peau léopardée d'éclaboussures. Il aurait laissé ses chaussures à l'entrée, sur le paillasson, puis aurait filé dans la salle de bains, jeté son short et son tee-shirt dans le panier à linge. J'aurais pesté pour le principe si les pellicules de boue commençant à sécher étaient tombées comme des flocons sur le sol. Je l'aurais surtout regardé entrer dans la douche, les jambes musclées, le haut des cuisses, les fesses et le dos immaculés.

J'ai récupéré sa tenue de sport dans un sac quand le corps a quitté l'institut, pris en charge par les pompes funèbres.

Je me souviens de ce jour, bien après l'enterrement, quand je l'avais exhumée du sac. J'avais jeté le short et le tee-shirt sans un regard mais les baskets… Elles avaient été grossièrement nettoyées par le personnel de l'institut. La toile noire percée de trous gardait des traces de boue séchée. J'avais eu cette envie farouche de les garder, de les laisser sur le paillasson, sur le palier de l'étage. Pour les voir à chaque fois que je rentrerais chez moi. Elles auraient disparu un jour, comme l'écharpe de ma maîtresse avait fini par s'envoler du portemanteau où elle était restée accrochée pendant des semaines, pendant des mois. Un jour proche ou lointain, inconnu, qui ne dépendrait pas de moi.

Je ne l'avais pas fait, pour les filles. Je les regardais, posées sur le sac, sur la table de la cuisine. Il ne pouvait pas être mort puisque ses baskets étaient là. Ses habits, dans le placard. Sa brosse à dents, sa mousse à raser, dans la salle de bains. J'avais dû me résoudre à appeler mon cousin Emmanuel pour qu'il vienne emporter ses affaires. Au dernier moment, j'avais conservé son pull gris.

Je pense une nouvelle fois aux paroles des fils d'Henri. Je ne sais pas si mes filles seront « là », si elles auront pu me revoir « vraiment ». J'espère surtout qu'il n'y aura pas grand-chose entre nous à partager « vraiment », *in extremis*, en dehors des regards, des baisers, des caresses, de leurs mains dans la mienne.

« Il veut mourir mais il ne lâche rien », avait dit Paule, l'infirmière coordinatrice. Henri a fini par lâcher, ce matin… Mardi, il y a deux jours, son dernier fils Jérôme était ici. Juste après moi. Les deux autres sont venus le lendemain alors qu'ils devaient tous se retrouver pour la petite fête d'anniversaire aujourd'hui. Jusque-là leurs visites avaient été nettement plus espacées. Je ne sais pas si l'état d'Henri s'est dégradé subitement mais à la façon dont son fils Bertrand en a parlé, ils comptaient bien célébrer les quatre-vingt-douze ans de leur père. Henri se sera-t-il confié à son plus jeune garçon ? Aura-t-il exprimé son désir de parler aux aînés sans attendre, sans l'effervescence d'une fête, aussi mesurée soit-elle ? Se sera-t-il enfin livré sur la mort de sa mère ?

La réponse est là, dans la pochette que j'avais rangée pour lui dans la table de nuit. Il m'avait envoyée chercher les lettres de son ami Jean pour les détruire. Je suis partie mardi soir quand il s'est endormi. Aura-t-il demandé un peu plus tard à un soignant de le faire pour lui ? Ou sont-elles encore là… ?

Du bout des pieds je fais rouler mon fauteuil pour le rapprocher de la table de nuit et je tends le bras. J'ouvre le tiroir avec un peu d'appréhension… La pochette n'y est pas. À sa place, le foulard d'Henri, de Marguerite plutôt, plié en carré comme une serviette de table.

J'imagine aussitôt Henri le manipulant de ses mains amaigries, tirant et retirant sur le tissu pour en éliminer les plis. À mon intention ? Pour moi, cette étoffe délicate, laissée précisément ici ? Ou bien un soignant lors de la toilette mortuaire aura-t-il jugé qu'un costume et une cravate s'accommodaient mal d'un carré de soie ?

Je le sors du tiroir, léger, fluide, épousant ma main, et le glisse entre ma robe et mon gilet. Le tissu bleu pâle, moucheté d'un imprimé cachemire très discret, apparaît sous les grosses mailles. Comme un filet de pêche posé sur une mer calme. Je le retire et le pose sur mes genoux, le dépliant et le lissant à mon tour.

J'ai la tentation d'ouvrir le col de sa chemise pour le glisser autour de son cou…

Ses fils n'en ont rien fait, rien demandé. Alors que ce sont eux qui auront apporté son costume ce matin.

Mais savaient-ils ?

Et la pochette ? Une nouvelle fois je parcours des yeux la pièce. Elle n'est ni sur la table roulante rangée le long du mur, ni sur les étagères. Emportée hier par ses fils après leur dernière visite ? Je ne le saurai jamais mais c'est ce que j'ai envie de croire. Et que les lettres y sont encore.

— Henri…

Une fois encore son prénom est sorti tout seul. J'entends dans ma voix une tendresse amusée. Il aura entretenu le mystère jusqu'au bout, avec ses lettres ! M'a-t-il manipulée ? Non… « Pas détrompée » quand je pensais être en quête d'une correspondance amoureuse. Il a dit mardi que c'était plus simple de me laisser penser ça et « plus motivant aussi » pour moi. Ce n'était pas le moment de l'interroger et maintenant c'est trop tard. Mais je crois comprendre. Je pensais sauver le couple d'Henri et Marguerite, effacer les accrocs, les faux pas, les faiblesses pour que demeure l'essentiel. Le parallèle est facile. Ce que je voulais faire pour eux, il me revenait de le faire pour nous. Quel qu'ait été notre parcours et ses cahots, Vincent est l'homme que j'ai aimé et que j'aimerai toujours. Forte de cette certitude qui ne disparaîtra pas, je peux enfin le laisser mourir afin de vivre à nouveau.

Je replie en carré le foulard, le range délicatement dans le tiroir et me lève pour faire quelques pas. Par la fenêtre, toujours ces arbres, qui diffèrent d'une chambre à l'autre et me paraissent toujours les mêmes. Ils sont immobiles eux aussi. Pas un souffle de vent aujourd'hui. J'ouvre la fenêtre et m'y accoude. La chambre n'a pas d'odeur tangible mais j'ai envie d'y faire entrer un peu d'air. D'une température proche de celle de la pièce, il paraît plus dense, chargé des odeurs du jardin et de celles de la rue, impossibles à démêler, finalement neutre dans sa complexité.

Je ne sais pas quelle vision de la mort Henri avait, s'il en avait une… Il avait demandé une sédation et n'en a plus parlé. On voudrait que le mourant ait des préoccupations métaphysiques. En réalité, le « mourant » n'existe pas. Il y a des vivants et il y a des morts. « On ne meurt que vivant », a dit Pierre, le psychologue. J'ai envie d'ajouter qu'on meurt d'autant mieux qu'on est pleinement vivant, malgré les renoncements auxquels la fin nous contraint souvent.

Ne plus conduire, ne plus jamais marcher, ne plus s'asseoir, ne plus se reconnaître dans la glace avec vingt kilos de moins… On a envie de dire : « Qu'importent vos kilos perdus, ces joues disparues, votre apparence, puisque vous allez mourir ? » Mais c'est tellement difficile ! Je revois Henri lors de notre première rencontre, tirant sur le tissu de son pantalon pour me montrer la maigreur de ses cuisses, enserrant ses poignets de ses doigts avec ce regard incrédule et terrifié à la fois. La fin de la vie, c'est la vie dans toute sa diversité, son absurdité, ses préoccupations dérisoires, humaines. Sa noblesse aussi quand de tout son être, ignorant sa mort prochaine, on ne se soucie que de celui ou celle qui reste. La femme ou l'homme qu'on va laisser seul, les parents inconsolables, les enfants bientôt orphelins, le chien perdu sans son maître. L'appartement qui ne pourra plus être gardé, les fins de mois plus tendues…

Certains veulent se préparer à ce qui les attend, c'est vrai. Sont-ils plus « prêts » que les autres à l'instant où ? Je ne sais pas. Cet inconnu me plaît.

Je referme la fenêtre et retourne m'asseoir. Serai-je, moi, « plus prête » d'avoir si souvent côtoyé la mort comme disait Henri ? Pas si sûre… Mais j'ai surtout envie de savourer la vie, ici et maintenant, c'est bien ce qui importe, et la seule certitude : naître, vivre et mourir vivant.

Le cœur gonflé, dopé par cette évidence, je me relève d'un coup, pleine de reconnaissance pour cet homme allongé là qui a su lire en moi. Je fais les cent pas dans la pièce avec un sentiment d'exaltation qui ne pourra pas durer, je le sais. Pour l'instant, il me porte et c'est bon. Quand il faiblira, il restera en moi l'élan et la confiance qui l'ont engendré.

Une dernière fois, je m'arrête au pied de son lit. J'aurais aimé partager avec lui ce que je suis en train d'éprouver. Poursuivre nos discussions, nos échanges. Mais il nous a été beaucoup donné, en peu de temps. Avec un ultime regard pour son visage, je murmure « Merci Henri » et je quitte la pièce.

La table ronde du coin famille est vide. Ils sont tous les trois dans le bureau de Jean-Philippe, le médecin. Je vois leur dos par la cloison vitrée. Ces trois hommes mûrs, ces trois petits garçons qui ne sont plus les enfants de personne, je pourrais les attendre pour peut-être enfin savoir ce que leur père leur aura confié… Mais qu'importe. Ma place n'est plus ici, aujourd'hui parmi eux.

Les transmissions ont dû commencer sans Jean-Philippe car je n'aperçois aucune blouse dans le couloir. Un homme petit, à peine un mètre soixante, marche un peu plus loin d'un pas hésitant, le visage balayant les alentours. Les cheveux gris, ras, des lunettes rectangulaires en métal. Je vais vers lui et lance sans trop hausser la voix :

— Bonjour monsieur. Je peux vous aider, vous renseigner ?

Il s'approche de moi d'un pas plus franc, comme soulagé. Je suis atterrée… C'est une femme qui se dirige vers moi. Une méprise que je ne commets jamais en entrant dans une chambre… Une des raisons d'être de ces listes de noms que je recopie chaque semaine : pouvoir dire « monsieur » ou « madame » quand la rareté des cheveux et les traits accusés rendent les suppositions hasardeuses. Certaines fois, malgré le « madame » écrit sur une fiche, malgré le prénom féminin, je garde un doute et me résigne à un simple « Bonjour » anonyme. C'est la première fois que je fais une telle erreur ici.

Je ne sais pas si elle m'a entendue mais elle répond chaleureusement :

— C'est très gentil, merci. Je cherche l'ascenseur.

Encore confuse, et trop heureuse de me rendre utile :

— Je vous accompagne !

— Vous êtes bien aimable.

Chemin faisant, je lui explique que le couloir fait le tour des deux services de l'étage. Il suffit de le suivre pour immanquablement retrouver la sortie.

J'attends avec elle que l'ascenseur arrive sans lui demander quel était le malade auquel elle a rendu visite.

Je ne porte pas mon badge et de toute façon, je ne l'aurais pas interrogée sans un encouragement. Elle continue de sourire et moi aussi. Le silence entre nous n'est pas pesant.

Elle entre dans l'ascenseur, se retourne vers moi et juste avant que les portes se ferment :

— Vous êtes une très belle femme !

Stupéfiée par cette scène qui me semble irréelle aussitôt vécue, je reste plantée là. Remplie d'une gratitude bien réelle.

Dans la salle des bénévoles, je récupère mon sac. Sur le tableau des volontaires pour dimanche prochain figure mon nom : je m'étais inscrite pour pouvoir revenir une dernière fois dans la semaine. J'efface. Je ne serai là que dans huit jours maintenant, dans une éternité. Je ferme la porte derrière moi.

Demain, « mon jour », Philippe prendra ma place. Je profiterai de mon après-midi. J'ai déjà bien avancé sur le bilan d'Hugo et mon témoignage pour Alain. Je finirai tôt. Assez pour avoir le temps de me préparer pour mon dîner avec le collègue divorcé de Carole. Après tout ce qui vient de se passer depuis deux semaines je n'attends rien, je suis « une belle femme capable de tout » comme a dit ma cousine avant de prendre rendez-vous pour moi. Étrange comme les mots peuvent se télescoper parfois, se mettre à résonner, un jour plutôt qu'un autre.

Que peut-il arriver demain, je ne sais pas. Garder l'élan et la confiance… Une rencontre. Comme de pousser une nouvelle porte pour entrer dans une chambre.

Je sors du bâtiment. Après un coup d'œil à la poubelle en métal postée discrètement dans son virage, je quitte l'enceinte de l'établissement.

Je traverse le boulevard, m'arrête sur le trottoir. Au lieu de prendre tout de suite à droite en direction du métro, je vais poursuivre mon chemin. La rue suivante est moins passante et bordée d'arbres… Celle d'après, jalonnée de boutiques dont j'aime les devantures. Celle d'encore après mène à la Seine et ses promenades…

Je marche. Je ne sais pas si les grandes retrouvailles auront lieu un jour, entre les vivants d'hier et les vivants d'aujourd'hui. Mais les petites sont déjà là, possibles en soi, à chaque instant. Se réchauffer encore au souvenir de l'autre… J'abrite un feu de plus, celui d'Henri, mon mort à moi aussi.

Aujourd'hui je suis plus riche d'un mort.

Note de l'auteure

Ce livre est dédié à Chantal Malcor Deydier de Pierrefeu, ma grand-mère paternelle, née en 1900 et morte le 19 août 1944, et à son neveu François (Franck), mon oncle.

Les faits rapportés dans l'article de *Nice-Matin*, lu par Claire au chapitre 13, sont authentiques, tout comme l'article lui-même.

Les deux citations à l'Ordre de l'armée, signées du général de Gaulle, le sont aussi.

Le reste est imaginaire.

Remerciements

À ceux d'hier et à ceux d'aujourd'hui :
Carole, Elisabeth, Hugo, Jacques,
Marie-Alice, Odile, Olivier, Philippe

Achevé d'imprimer en juillet 2022
sur les presses de la Nouvelle Imprimerie Laballery
58500 Clamecy
Numéro d'impression : 207035

Imprimé en France

La Nouvelle Imprimerie Laballery est titulaire de la marque Imprim'Vert®